OTRAS AVENTURAS DE HERBERT WEST, REANIMADOR

# Reciclar, reusar, reanimar

Otras aventuras de Herbert West, reanimador

Dennis Arita

www.casasolaeditores.com

*Reciclar, reusar, reanimar*

*Otras aventuras de Herbert West, reanimador*

Dennis Arita ©
—1ra edición, Casasola Editores 2024 ©
270 p. 5.5 x 8.5 pulgadas
ISBN-13: 9781942369837
Ilustración de portada de Allan McDonald
Diseño y diagramación: Óscar Estrada

215 East Hill Rd. Brimfield, MA. 01010
Impreso bajo demanda en Estados Unidos.
Unión Editorial Centroamericana
© Casasola Editores

www.casasolaeditores.com

# Reciclar, reusar, reanimar

Otras aventuras de Herbert West, reanimador

---

## Dennis Arita

*La nave blanca zarpa y me deja otra vez*
*entre la niebla. A punto estuve de llegar*
*navegando en un mar de sueños.*
*Todo parece estar tan lejos de mí*
*cuando navego en la nave blanca.*

—H.P. Lovecraft, *La nave blanca* (1967)

**PRIMERA PARTE**

**LA NAVE DE LOS MUERTOS**

## 1

Brian Kane oyó el golpe sobre la cubierta del barco antes de ver los cuerpos retorciéndose bajo el resplandor del rayo. Medio minuto después, Herbert West volvió a salir de la oscuridad durante los tres segundos que duró el relámpago. Las piernas separadas, luchaba por mantenerse de pie sobre la cubierta del Lazarus mientras buscaba librarse de las manos enormes que le atenazaban la garganta.

Otro destello alumbró a West tendido de espaldas sobre los maderos y bajo el ciclón que barría la cubierta. Había logrado librarse de las manos del gigante asesino, pero no del cuerpo que amenazaba con aplastarlo. Aunque West era de estatura normal y se conservaba en buena forma, a Kane no le parecía suficiente para mantener a raya al atacante. A esas alturas, West habría tenido que estar muerto. Kane no estaba cerca de los dos, pero pudo imaginar las venas hinchadas por el esfuerzo en la frente de Herbert. Los gruñidos le llegaron a los oídos por encima de los truenos. También los chillidos.

—¡Kane! ¡Kane!

Tragó saliva y se quedó inmóvil. Se acurrucó en un rincón detrás de una fila de toneles metálicos. Apretó los párpados y esperó que otro asesino saliera de la oscuridad y le cortara el cuello como quien trocea el tallo de una cebolla.

—¡Kane, maldito cobarde, sal de allí!

Mientras temblaba como una hoja bajo el ciclón que amenazaba con hundir al Lazarus, Kane se sacó del bolsillo la navaja española que había robado del camarote del capitán Magnus. La abrió. La larga hoja chispeó bajo los rayos. Kane hizo una mueca. Era obvio que West estaba a punto de perder la partida. Un segundo después, los dos contrincantes volvieron a perderse en las tinieblas. La navaja tembló en sus manos.

No supo si el odio o la admiración a West lo impulsó a salir de su escondite y saltar en medio de la oscuridad. Con la navaja abierta en la mano, se lanzó encima del atacante con tanta fuerza que lo hizo perder el equilibrio. Mientras rodaban por la cubierta, oyó a West soltar un grito ahogado. Por un momento creyó que con la fuerza del salto sólo había logrado que el monstruo le rompiera el cuello.

Azotaron la pared de la cabina de mando y dejaron de dar vueltas. Kane apretó la navaja mientras el monstruo se ponía de pie de un brinco, aunque se había golpeado la cabeza con una fuerza que habría dejado fuera de combate a un forzudo.

El relámpago alumbró la cara deforme del gigante.

Cuando era niño, a Kane lo aterrorizaban los rostros de los demonios en los grimorios que coleccionaba su abuelo paterno Sutter Kane. Tirado de espaldas sobre la cubierta, volvió a sentir aquel terror. Era como si la cabeza del demonio estuviera hecha de trapo y un titiritero la estuviera retorciendo y cambiara de lugar los huesos y los músculos. Sus ojos amarillos relumbraron en la oscuridad como linternas. El resplandor que lanzaban era tan poderoso que proyectaban dos conos de luz cegadora.

Kane se quedó clavado al piso del Lazarus. La lluvia no lo dejaba ver con claridad, pero alcanzó a distinguir cómo la cara de su adversario se estiraba y contraía. Escuchó con claridad el crujido de sus mandíbulas. De la garganta le salía el estruendo de un triturador de rocas. Un nuevo trueno hizo saltar a Kane.

Apretó con furia el mango de la navaja y perdió la cuenta de las veces que hundió la hoja de metal en el tórax de su atacante. Fue como hacerle una caricia en lugar de clavarle quince centímetros de acero. Cualquier otro se habría revolcado en el suelo y chillado de dolor. Pero el enorme sujeto sólo se sacudió como un perro y levantó al cielo los brazos musculosos, como si tomara impulso antes de arrancarle la cabeza de un mordisco. En ese momento, Kane se dio por muerto.

—¡Mátalo ya!

El aullido de West lo hizo reaccionar. Lanzó la navaja al aire y volvió a atraparla con la punta de la hoja apuntando al suelo. Fue una maniobra arriesgada. El mango podría haberse deslizado fácilmente sobre su mano resbalosa.

En un solo movimiento sin interrupción le clavó la hoja en el corazón. Retorció el mango como un sacacorchos. Soltó la navaja, cerró los ojos y se puso el brazo frente a la cara, esperando que el sujeto le cayera encima como una carga de ladrillos.

Pero eso no fue lo que pasó.

## 2

Del diario *El Vigía de Arkham*
25 de octubre de 1941

### NOCHE DE HORROR EN ARKHAM

#### Sin pistas de los sospechosos Brian Kane y Herbert West

Al menos siete asesinatos reportaba hasta la madrugada de hoy la policía en varias zonas de esta otrora pacífica ciudad. La mayoría de los hechos de sangre se han registrado, según el sargento Mike Fogarty, en los alrededores de la facultad de Medicina de la Universidad de Miskatonic.

Las víctimas mortales de la pandilla de criminales incluyen tanto a personal de la facultad como a residentes de Arkham, quienes se dedicaban a sus quehaceres normales cuando se suscitaron los espeluznantes ataques.

En lo que muchos llaman "la masacre de Arkham", "la noche del horror" e incluso "el ataque de los zombis caníbales", los asesinos emplearon medios desconocidos para cometer los crímenes con tal saña que muchos de los cadáveres quedaron irreconocibles.

Los dantescos homicidios comenzaron en los alrededores de la facultad de Medicina, afirman varios sobrevivientes de la masacre. Luego los asesinos continuaron su orgía de sangre en las calles y vecindarios de Arkham.

Aunque las autoridades todavía no han identificado plenamente a los responsables de los crímenes que enlutan a nuestra querida ciudad, testigos entrevistados por este diario aseguran que entre los implicados se hallan los estudiantes de Medicina Herbert West y Brian Kane.

Si bien los testimonios son caóticos y dispares, los interrogados por las autoridades afirman que West y Kane lideraban una banda de seres "infernales y deformes" que hicieron de las suyas con el personal de seguridad de Miskatonic.

Otros sobrevivientes de la masacre aseveran que entre los criminales había un ser "gigantesco, de rostro cubierto de horribles cicatrices" que despedazó a dos guardias usando "nada más que las manos".

Los sospechosos de los hechos sangrientos, Herbert West y Brian Kane, escaparon con rumbo desconocido, pero la policía de todos los condados vecinos ha aunado esfuerzos en una búsqueda titánica para dar con ambos.

West, quien según informes de la facultad llegó a principios de este año a Miskatonic con procedencia de Europa, es uno de los alumnos estrellas del antiguo centro de estudios superiores.

Estudiantes entrevistados por este rotativo califican al exalumno de la Universidad de Zúrich como un "genio científico", mientras otros lo consideran un "misántropo insoportable" y un "asqueroso desquiciado".

Estas últimas aseveraciones podrían basarse, según David Gale, profesor de Humanidades en Miskatonic, en los extraños sucesos que rodean la estadía de varios años de West en la famosa universidad suiza.

Gale afirma que uno de los mentores europeos de West murió en "escandalosas y terribles circunstancias". "Mi amigo, el finado decano de este centro de estudios, doctor Alan Halsey, aseguraba que West es una rata traidora", agrega.

Si bien no queda del todo claro cómo se desarrollaron los hechos, el catedrático de Miskatonic señala que el profesor alemán Erich Gruner falleció en medio de espeluznantes tormentos en 1939 como consecuencia de un experimento fallido conducido por el propio West.

Poco después de la "aterradora" muerte de Gruner, la universidad europea expulsó a West, relata Gale.

"El camino que trajo a West a esta ciudad está manchado de sangre", añade.

Se trata de una opinión compartida por la antigua casera de West, Erica Carlyle. La vecina de Arkham cuenta cómo el joven científico y ahora prófugo de la ley desarrollaba experimentos "diabólicos" en el sótano que ella le alquilaba "por una bicoca".

"Vi con mis propios ojos cómo ese chico revivía a un perro muerto inyectándole no sé qué mejunje", afirma Carlyle.

Rogamos estar atentos a la edición vespertina de este diario para más información sobre este caso.

## 3

Se encendieron las lámparas de la cubierta. Bajo la luz, el gigante parecía más vivo y enloquecido que nunca. Contempló fijamente el mango de la navaja clavada en su pecho como si fuera una cuchara hundida en una bandeja de margarina.

La tormenta había amainado. Parecía que el Lazarus no iba a hundirse como habían creído. Esa idea no habría tranquilizado a Kane, suponiendo que hubiera pensado en algo así, pero en ese momento tenía ocupaciones más urgentes. La principal era impedir que el monstruo le rompiera el cuello igual que a un pollo.

Se retorció como un endemoniado sobre la cubierta, pero fue inútil. El sujeto tenía piernas de hierro. Kane estaba clavado a la madera como un insecto atravesado con alfileres. El gigante se enfureció más, apretó los puños y soltó un aullido que taladró los oídos de Kane. Se echó hacia adelante y le rodeó el cuello con las manos. Estaban más frías que la lluvia. Las luces amarillas volvieron a apagarse. En medio de la oscuridad, Kane gritó antes de que el loco empezara a estrangularlo.

—¡West!

No pudo decir nada más. Los dedos le estrujaron con tanta fuerza el cuello que sus ojos casi salieron disparados de las órbitas. Dio patadas frenéticas y se retorció en el piso. Fue como si le hubieran clavado tapones en los oídos que sólo dejaban entrar un silbido lejano.

Sintió que algo se arrastraba sobre la cubierta. Todavía le quedaba suficiente oxígeno en el cerebro para imaginar que otro gigante como el que lo estaba asfixiando acababa de salir de la oscuridad para hacer pedazos a West. Dejó de dar patadas sobre las tablas de cubierta y se quedó quieto, esperando morir. Su último deseo fue que West no utilizara su cadáver para sus malignos experimentos.

Unos segundos después abrió los ojos. Las luces se habían encendido de nuevo. Como si estuviera soñando, vio que el sujeto se levantaba y comenzaba a tambalearse.

El gigante dio cinco o seis saltos por la cubierta mientras agitaba los brazos. De pronto se detuvo. Parecía esperar algo.

Entonces su cabeza estalló.

Aunque Kane no había terminado de recuperarse y no dejaba de abrir y cerrar la boca para tomar aire, se tapó la cara con el brazo y pegó un grito. En realidad, fue más un resuello porque apenas tenía aire en los pulmones.

El gigante dio tres pasos más antes de derrumbarse. Sólo le quedaba la mitad inferior de la cabeza. Era como si hubieran partido una naranja y tirado una de las mitades. La sangre salía a chorros de las arterias. La cubierta estaba inundada de fluidos y pedazos de cráneo, pero el cuerpo no paraba de sangrar.

Kane estaba todavía tratando de entender cómo demonios seguía vivo. No supo de qué modo se las arregló para alejarse del cuerpo sin cabeza. Moviendo los talones, se deslizó sin despegarse del piso hasta golpear la borda con la espalda.

El gigante tenía un hacha clavada entre los omoplatos.

Herbert West saltó desde la oscuridad. Se acercó al cuerpo que seguía convulsionando en el suelo y le puso un pie encima. Agarró con ambas manos el mango del hacha y se la arrancó.

Kane hizo una mueca cuando West levantó el hacha y volvió a dejarla caer. El cuerpo hizo el ruido de una sandía al partirse. Aunque tenía la mitad de la cabeza esparcida por la cubierta, el gigante se sacudió en el suelo como si lo atravesara una corriente eléctrica. West le plantó encima la suela del zapato derecho y levantó el mango. La hoja del hacha salió en medio de un chorro de sangre espesa. El gigante dejó de moverse.

Había pasado lo peor de la tormenta. El Lazarus siguió balanceándose sobre las aguas. Sin soltar el hacha, West se acercó a Kane. Se inclinó, le puso la mano en el hombro y lo sacudió. Kane dio un salto. West se apartó de los ojos un mechón de cabello mojado. Se veía extraño sin sus grandes anteojos de montura gruesa.

—Tranquilo —West le dio una palmada en la espalda y señaló con el pulgar el cuerpo inmóvil tendido en la cubierta—. No estuvo mal —suspiró y levantó el hacha ensangrentada—, pero te faltó un poco más de creatividad.

Le tendió la mano para ayudarlo a ponerse de pie. Kane no se movió. Le dieron escalofríos.

—Vamos, chavalín. Arriba. Tenemos mucho que hacer.

Kane aceptó la mano y se levantó con dificultad. Le dolía todo. Aún no lograba entender muy bien cómo había sobrevivido. West arrancó una lámpara de la pared del puente de mando. Con la cabeza inclinada, se movió por la cubierta mientras dirigía la luz al piso.

—¿Qué buscas? —preguntó Kane.

—¡Esto!

West, con una sonrisa triunfal, le mostró sus anteojos. Tenían roto el puente que unía el marco sobre la nariz, pero seguían siendo útiles. West se los guardó en un bolsillo del pantalón.

—Está claro que nuestro amigo, el doctor Halsey, tiene que ver con este insólito ataque en alta mar.

—¿De qué estás hablando?

West hizo un sonido burlón cuando vio la mueca de incredulidad de Kane.

—Antes de embarcarnos en este cachivache, hice unos pequeños ajustes en mi agente de reanimación. Si se lo inyectas a un cadáver, la cabeza le estalla en unas horas. No sé cuántas. El efecto varía de cuerpo a cuerpo. En las ratas y monos ocurre una hora más o menos después de aplicarla. Digamos que es una versión a prueba de errores. Lo hice para evitar sorpresas.

Hizo un gesto de resignación.

—Como pasa en estos casos, a veces se presentan sorpresas desagradables. No importa lo que hagas para evitarlo.

—¿Sorpresas desagradables? —Kane señaló al gigante sin cabeza—. ¡Esa cosa estuvo a punto de hacerme picadillo! ¿Viste sus ojos? Brillaban como si se hubiera tragado dos linternas.

West alzó los hombros.

—Tranquilo, chavalín. El brillo que viste en los ojos de este imbécil es la prueba de que Halsey está aquí. Por cierto, me gustó eso de las dos linternas.

Una de las cosas que Kane más odiaba de West era su hábito de llamarlo chavalín y, a veces, muchachón. Se molestó tanto que lo oyó sin ponerle demasiada atención.

—A estas alturas no tiene nada de raro que estemos en peligro —dijo West como si todo el asunto fuera una broma de colegiales—. Todavía no hemos dado con la dosis correcta según cada caso, así que seguimos expuestos a que pase lo inesperado. No te niego que estamos en peligro. Pero ya viste que mi fórmula es un éxito increíble. De todos modos me lastimas los oídos hablando de peligros —sacudió la cabeza con incredulidad—. Ya deberías saber que el riesgo es parte integral de la vida de un científico. ¿No fue por eso por lo que te convertiste en médico? ¡La aventura!

Se puso de pie, levantó los brazos y giró de puntillas como si fuera el dueño del mundo.

—¡Loco maldito! —Kane apretó los puños.

Intentó levantarse, pero el dolor se impidió. Un puñado de agujas ardientes se le clavaron en la espalda. Se tocó las costillas. Por suerte, parecía no tener fracturas. Señaló el cadáver descabezado.

—¿Quieres decir que Halsey le inyectó tu fórmula a este tipo?

—Es obvio, ¿no?

Kane se aguantó las ganas de decir que lo único obvio era que alguien estaba usando la fórmula mejorada. Que hubiera sido Halsey era una cuestión menos obvia.

West le ofreció el brazo para ayudarlo a levantarse.

Kane tardó un poco en reaccionar y ponerse de pie.

—¿Y ahora qué? —dijo—. Si lo que dices es verdad, entonces Halsey debe estar planeando algo más.

West movió los ojos con impaciencia.

—La pregunta es dónde está Halsey y cómo dio con nosotros. Llevamos dos días en este barco y no lo he visto por ningún lado. El colmo sería que esté disfrazado de marinero —añadió Kane.

West sonrió misteriosamente.

—Todavía hay un par de lugares donde Halsey puede estar escondido. Y no sólo Halsey.

Kane iba a preguntarle de qué estaba hablando, pero West no dejó que lo interrumpiera. Kane ya estaba acostumbrado a que actuara de ese modo. Al principio de su amistad, si era posible darle ese nombre, el egocentrismo de West lo hacía encolerizarse a cada rato. Con el tiempo y la necesidad había aprendido a dominar sus impulsos y terminó convertido en un cínico.

A veces había llegado a tenerle lástima, pero se deshacía rápidamente de esa idea cuando recordaba que era tan culpable como West de muchas de las atrocidades que cometían en nombre de la ciencia. Kane se había vuelto también responsable desde el día en que se había dejado deslumbrar por la brillantez científica de su compañero de la carrera de Medicina en la Universidad de Miskatonic. El destino de los dos quedó sellado cuando escaparon en vez de entregarse a la policía después de lo que los periódicos llamaban la masacre de Arkham.

West volteó el cadáver empujándolo con el pie. Cerró a medias los ojos para enfocar la vista. Era obvio que echaba de menos sus anteojos. Sacudió la cabeza y señaló la navaja enterrada en el pecho del muerto.

—Si lo que buscabas era acabar con el esclavo mental de Halsey, lo mejor era clavarla un poco más a la izquierda, ¿no crees?

Tenía razón. Se la había enterrado en el lado derecho del pecho. Iba a responder algo, pero estaba demasiado débil para argumentar. West sujetó el mango de la navaja y la arrancó del cadáver. Iba a tirarla, pero prefirió limpiarla, cerrarla y guardarla en un bolsillo de sus pantalones. Señaló al gigante tendido en el piso.

—Por suerte, la tensión se concentra en la parte superior del cráneo —West se frotó la barbilla—. Eso deja un margen razonable para comprobar que Halsey usó con este esclavo su estúpido aparato para crear zombis.

Kane estaba tan intrigado como West. Había oído mencionar varias veces el dispositivo inventado por el decano, pero jamás lo había visto. Estaba seguro de que West tampoco había contemplado nunca la obra maestra de Halsey. Lo único que conocían era un diagrama que el decano había mostrado en clase. Fue una de las veces en que se dejó llevar por el egocentrismo o la emoción.

No habían visto nunca el aparato, pero West y Kane sí habían tenido un par de oportunidades de comprobar que funcionaba. Aunque habían logrado escapar de los zombis enviados por el decano para aniquilarlos, el Lazarus era el primer lugar donde se les presentaba la oportunidad de examinar de cerca el cadáver de uno de los esclavos mentales de Halsey, como West los llamaba.

West se arrodilló y puso el hacha a un lado. Volvió a darle vuelta al cuerpo para ponerlo bocabajo. Se sacó del bolsillo la navaja para cortar la chaqueta y la camisa del muerto. Hizo dos cortes rectos desde la nuca hasta la cintura. Guardó la navaja y terminó de romper la ropa con las manos.

Se puso de pie de un salto y señaló la espalda desnuda.

—¡Lo sabía! —dijo en un susurro feroz.

Bajo la luz débil de la cubierta, Kane vio algo parecido a un lunar en la espalda del muerto. Se arrodilló junto a Herbert para ver más de cerca.

No era un lunar. Lo que llevaba pegado a la espina dorsal tenía forma achatada y poliédrica y lanzaba un brillo opaco. West volvió a sacar la navaja y deslizó la delgada hoja entre el objeto y la piel. Movió la mano de un lado a otro. El artefacto salió despedido de golpe con un chasquido y comenzó a rodar por la cubierta.

—¡Atrápalo! —dijo West.

Kane detuvo el objeto poniéndole la mano encima. Lo levantó y se lo acercó a los ojos. Se parecía a una esmeralda tanto por la forma como por el color verde oscuro. La luz escasa impedía determinar a simple vista cómo funcionaba. Visto al trasluz, parecía contener una cantidad mínima de un líquido transparente, aunque era difícil afirmarlo. Un diminuto punto de luz recorría el borde del dispositivo.

Kane volteó a ver a West. Había estado a punto de decir ¡maravilloso!, pero logró reprimirse. Sabía que West iba a enfadarse si mostraba admiración por el trabajo de su peor enemigo.

West hizo una mueca. Era una de las pocas veces en que no sabía qué decir. Sin duda, el invento de Halsey tenía ciertas ventajas sobre la fórmula reanimadora de West, aunque sólo se trataba de ventajas de método. Aplicar el aparato del decano parecía más fácil y eficaz que inyectar el compuesto, pero el resultado del elixir reanimador de West era infinitamente superior. Eso estaba claro.

Pero ¿y si los dos métodos se unían?

Kane tembló al pensarlo.

West le arrebató el aparato y lo guardó sin decir nada.

Kane echó una ojeada temerosa alrededor. Sólo había un extraño silencio. Hasta el mar parecía haberse callado de repente, como si esperara algo. No importaba adónde Kane dirigiera la vista, el Lazarus y su pequeña luz opaca estaban rodeados por una gigantesca muralla negra.

—Despierta —dijo West—. Vamos a hablar en serio con nuestros amigos del Lazarus. Pero primero tenemos que tirar este cuerpo al mar. Ya no me sirve para nada.

Aunque Kane se había vuelto un ser tan repugnante como Halsey y West, no pudo evitar estremecerse.

4

Cuaderno de bitácora y otros apuntes del capitán S. Magnus

Crucero # (ilegible)

Tripulantes: capitán Sven Magnus, piloto William Norris,

maquinista Anthony Mancuso, marineros Peter Walker, Nicholas Prasad, Jeffrey Chan

Pasajeros: Bill Sanderson, Dick Molinsky, Herbert Burke, Brian Hare

Carga de los pasajeros: Dos cajas de cedro de 2x1.5x1.5 metros, dos baúles, cinco maletas grandes, ocho maletas medianas, cuatro maletines de mano, una jaula de metal con treinta roedores vivos de pelaje blanco, aparatos científicos varios

Puerto de salida: Tampa, Florida

Destino: La Ceiba, Honduras

Velocidad: doce nudos

Duración esperada del viaje: cuatro días

Fecha de salida: marzo 2, 1943

————————————

Los cuatro pasajeros terminaron de abordar a las 8:00. La carga completa había entrado en la bodega del Lazarus a las 12:25.

Soltamos amarras a las 16:34.

Cielo despejado, 22 grados centígrados al salir de puerto.

Sin anuncio de tormenta.

————————————

Sin señales de Pete Walker. Lo único seguro es que desapareció en la madrugada de hoy. Era un marinero de buenas costumbres. Demasiado callado para mi gusto. Pero era un tipo fiel que no pasaba el tiempo diciendo estupideces como Nick.

La primera sospecha es que se tiró al mar, sabrá Dios por qué. Es lo malo de esos tipos demasiado silenciosos. No se sabe qué esperar de ellos. La vida de marinero no es para esa clase de gente. Pero era bueno para el trabajo. Lo contrario de Nick, que no para

23

de hablar tonterías. Y de hacerlas. El único defecto de Pete era que no le gustaba beber. Cuando bebía, lo hacía a la fuerza. Eso no es bueno. Cuando veas que alguien hace algo así, lo más seguro es que sea un tipo con problemas mentales que terminará echándose al mar.

Llevo horas rascándome la cabeza. Que un marinero desaparezca así porque sí, sin que nos hayamos topado con ninguna tormenta, me deja con tres palmos de narices. En medio del mar más tranquilo que he visto en décadas. Un nudo de velocidad. Casi un lago. Ni una arruga encima. Liso como la sábana de un hotel de primera.

Desaparecido. Ni un rastro. Puf. Hagamos una partida para buscarlo, dijo el guardaespaldas imbécil de Sanderson. ¿Para qué? ¿Para revisar veinte metros de eslora en total? ¿Una bodega donde además de las dos cajas de Sanderson va lo justo en agua fresca, café, pemmican, carne salada y galletas?

El trato no me gustó desde el comienzo. Pero el dinero sí. Mil dólares limpios de polvo y paja, todos para mí.

¿Y los demás gastos? Cubiertos por la compañía minera de ese maldito engreído de Sanderson. O como se llame.

Todavía no me lo creo.

Si una cosa está clara, es que Sanderson siempre les paga a sus compinches para que cierren el pico, pero ahora se le fue la mano. Debe haber algo muy gordo en una de esas malditas cajas de madera de primera.

Además, Sanderson es famoso porque las alturas le dan miedo. Así que no tiene nada de raro que ande en barco en vez de subirse a un avión.

El problema es que el asunto apestaba desde antes de que Pete se hiciera humo.

Me duele decirlo, pero ahora me doy cuenta de que Nick tuvo la razón todo el tiempo. Este viaje apesta. Y no es un decir. Apesta de veras.

Esas cajas huelen muy mal, dijo Nick.

Era el segundo día de viaje y estaba seguro de que él sería el segundo marinero en desaparecer. Faltaban tres días para llegar a La Ceiba. Lo que yo menos quería eran problemas en un viaje tan corto y peligroso. Pero lo único que veía en el horizonte eran problemas y más problemas.

¿Cómo que huelen muy mal?

Siempre pongo en duda la palabra de un hombre que no sea blanco. Y Nick no lo es. Así que, diga lo que diga, el tipo no es confiable. Por algo nació en un mercado de Nueva Delhi, en medio de estafadores, prostitutas, locos y lisiados.

Pues si no me cree, capi, puede ir abajo a ver que no miento. Creí que era un cargamento de armas, como siempre, pero le aseguro que en esas cajas viene alguna maldición del otro mundo.

Sh, cierra el pico.

Llevo dos días callándome, dijo Nick, pero después de lo de Pete, lo de esas ratas y esa cosa andando por la cubierta…

Me le acerqué para olerle el aliento. Para variar, andaba sobrio.

¿Ratas?, pregunté. ¿Qué pasa con las ratas? ¿De qué estás hablando, imbécil?

Nick se rascó la barba.

Esas sucias ratas albinas, dijo.

Juntó las palmas de las manos y se las puso en la frente. Comenzó a susurrar quién sabe qué en la lengua que hablaba en Bombay.

Lo que decía Nick era verdad. Molinsky, el gorila de Sanderson, me lo había contado en la cubierta. Ratas de laboratorio, gordas como cachorros. Si esas ratas vencieron al cáncer, el viejo también, dijo Molinsky ese día. Día de confidencias. ¿De veras?, dije. Molinsky sólo movió la cabeza. Sanderson tenía los días contados. Molinsky levantó dos dedos. Dos meses, máximo, luego, puf. El viejo está seguro de que esa droga que les dieron a las ratas puede salvarlo. Molinsky suspiró. Una fórmula nueva inventada en los laboratorios que Sanderson tiene en Pennsylvania. No parecía convencido. Vaya vaya, dije. En eso recordé a mi madre en el hospital de Nantucket. Arrugada como una pasa, esperando que el tumor terminara de matarla. Agarrándose a las sábanas, como si allí estuviera la cura. Muerta dos días después. Y pensar que el secreto para salvarla podía estar en un par de ratas paliduchas. El mundo es un tiovivo.

Endemoniadas, dijo Nick. Dándose cabezazos contra las jaulas, chillando, mordiendo los alambres. Hay algo raro en esa bodega que las vuelve locas. Lo que soy yo, ni loco vuelvo a bajar allí.

¿Ah sí?, dije.

Nick siguió moviendo la cabeza.

¿Y esa cosa de la que hablas?

Nick volvió a juntar las palmas. Tuve que sacudirlo para que no se pusiera a rezar otra vez.

¿Qué es lo que viste?

No sé, tartamudeó Nick. Un gigante con cara de monstruo. Lo he visto salir y entrar en la bodega de noche. Una sombra así de grande, jefe.

Nick levantó el brazo encima de su cabeza.

No sé cómo nadie más lo ha visto, dijo. O a lo mejor lo vieron, pero se quedan callados.

Iba a decirle algo sobre botellas de licor escamoteadas en las literas, pero mejor me callé.

Le tapé la boca con la mano.

Cállate, maldito negro. Eso no es asunto tuyo, dije. Tú sigue haciendo tu trabajo y mantén la boca más apretada que el sostén de una solterona.

No soy negro, capitán, dijo Nick por en medio de mis dedos.

26

Tal vez tenía razón. La piel de mis manos estaba más oscura que su cara. Pero yo podía lavármelas con jabón y agua. Le quité las manos de encima. Me limpié la baba en su camiseta. Iba a dar vuelta para irme cuando Nick volvió a lloriquear.

Mire, capi, no tengo nada contra llevarles armas a esos locos salvajes en Centroamérica, pero otra cosa es cargar cachivaches que van contra el Sanātana Dharma.

Volví a echarme sobre él, pero esta vez saqué primero una de mis fieles navajas españolas. Había perdido una de mi colección, pero tenía suficientes para seguir destripando badulaques. Me encanta hacerlo de vez en cuando.

Eché mis doscientas y pico de libras sobre el enano. Le apreté el cuello con el codo izquierdo. Con la otra mano acerqué la afilada hoja de acero al ojo del maldito pagano.

No quiero repetir esto. ¿Me oyes?

Nick movió la cabeza.

Muy bien, idiota. Escúchame bien. No quiero que vuelvas a mencionar nada sobre esas cajas. ¿Oíste?

Volvió a mover la cabeza.

Voy a dejarte un recuerdito. Sólo para que cada vez que te veas al espejo pienses en el bueno del capitán Magnus y en lo lindo que es mantener la boca cerrada.

Le hice un rápido corte en la mejilla derecha. Lo suficientemente profundo para dejar una cicatriz. Nick soltó un débil grito. Sonreí. Le apreté más el cuello contra la pared de la cocina.

Óyeme bien. No sabes que llevamos armas. ¿Entendido?

Nick asintió.

De hecho, nunca has visto un arma en toda tu vida. Si alguien te pregunta qué cosa es un arma, no tienes ni idea de qué es eso. Tampoco has visto nunca una caja grande en la que podrían caber cuatro docenas de rifles o doscientas granadas. En realidad, tampoco sabes qué diablos es una caja de madera. De hecho, ni siquiera sabes por qué estás a bordo del Lazarus. Posiblemente ni recuerdas cuál es tu nombre. Y si vuelves a decir una sola palabra del asunto, vas a acabar convertido en estofado para tiburones. ¿Entendido?

Lo solté. Nick se derrumbó como un guiñapo.

Salí de la cabina. Respiré el aire marino. El cielo estaba igual de limpio que la ropa interior de una doncella. Encendí la pipa. Empecé a subir por la escalerita de hierro a la parte de arriba del puente de mando.

Me detuve en seco. ¿Y si el idiota de Nick no estaba mintiendo del todo? Era un imbécil, claro que sí, pero su nariz estaba en perfectas condiciones. Por algo yo mismo lo había contratado cuando era pinche de cocina en un comedor de Bombay. Un cocinero con mal olfato es un pésimo cocinero. Aunque no me constaba que Nick fuera bueno cocinando.

No perdía nada con bajar a la bodega. No era mi lugar favorito del Lazarus. En realidad, no me gustaban las bodegas en general. Prefería encargarle eso a Pete. Siempre le había encantado ese trabajito, con lo callado que era. Lástima que ya no estaba allí para seguir haciéndolo. En cuanto salí de Suecia para dedicarme a esta profesión, juré pasar el mayor tiempo posible bajo el sol y las palmeras. Nunca metido en la bodega de un buque. La cubierta era mi territorio favorito. Además, Sanderson había dado la orden de que nadie entrara en la bodega. Yo era el único, además de él y Pete, que tenía una copia de la llave de la puerta, pero hasta a nosotros nos ordenó mantenernos lejos del lugar si no era necesario. Obviamente, me dio igual. Dije por supuesto, señor, y me olvidé del asunto.

En fin. Solté un par de nubes de humo azulado y seguí silbando mientras me dirigía a la bodega.

Aquí es donde la cosa empieza a ponerse rara.

Apagué la pipa antes de entrar y le sacudí las cenizas dándole golpecitos contra la suela de un zapato. En cuanto abrí, oí los chillidos de las sucias ratas albinas.

El imbécil de Nick tiene la razón. Aunque me acerqué con cuidado a la jaula, di un salto para atrás cuando uno de los sucios animalejos se tiró contra la reja. Sin darme cuenta de lo que hacía, me pasé la mano por la nariz para ver si todavía estaba pegada a mi cara. Hijas de mala madre.

Estaban tan alborotadas como una tripulación hambrienta en mar picado. No sé cuántas son. Por lo menos veinte. Pero parecen cien por el ruido que hacen. Mordisquean la reja de la jaula como si fueran tiras de queso. Algunas se han lastimado tanto que tienen el hocico rojo de su propia sangre. Si en algún momento se han matado unas a otras, deben haberse comido los cadáveres porque no hay ninguno a la vista.

Vi a todos lados en busca de algo para darles una paliza si no había más remedio. No hallé nada. Mi pipa es bastante larga, así que usé la cazoleta para darle algunos golpes a la reja. Fue como si les hubiera acercado un dulce o algo parecido. Las malditas sabandijas hasta intentaron arrebatarme la pipa con las manitas rosadas. Y tienen tanta fuerza como un mono infernal. Tuve que pegar un buen tirón para quitarles la pipa. Alimañas del diablo.

Me picó la curiosidad. No pensaba quedarme de brazos cruzados mientras cosas raras pasaban en mi barco. Descolgué una lámpara de pilas y la encendí.

Digamos que el lugar estaba ordenado. Las dos grandes cajas del cargamento de Sanderson estaban aseguradas con cuerdas y ganchos a las paredes del Lazarus. No las habíamos estibado. La bodega era lo bastante grande para alinearlas a lo largo de la pared sin ponerles nada encima. Era lo mejor. No estaba seguro de que se tratara de material explosivo, pero era mejor evitar que algo así nos mandara al infierno en cuestión de segundos.

Está claro que el idiota de Sanderson suelta buen dinero para que nadie le eche el guante. Por algo dicen que en los barcos de su empresa ha llevado suficientes pertrechos a Centroamérica para destruir dos continentes. Es una forma rápida de garantizar que nadie va a crearles problemas a sus socios en esas selvas. Que me cuelguen si el Lazarus es el único barco que su compañía usa para llevar mercenarios y armas de un lado a otro. Debe tener una flota completa llevando y trayendo gente armada. Me refiero a barcos cuatro veces más grandes que el mío. Ochenta, cien tipos bien entrenados, armados hasta los dientes, desembarcando en la selva para mantener bien controlado el lugar. Tipos como Sanderson se las saben todas.

No tiene nada de raro lo que hacen tipejos con dinero como él para mantener andando sobre ruedas sus negocios en esas tierras sin dios. Lo raro es que haya escogido mi buque para viajar con su guardaespaldas. Y no me cabe duda de que va a necesitar a ese gorila apenas ponga pie en Honduras. La región es un hervidero de mosquitos y locos armados que te despedazan con machetes si los ves fijamente más de dos segundos. Y no digamos si te quedas viendo a sus mujeres.

Centroamérica. El lugar es tan caliente como un asador de Luisiana. Lo sé de primera mano. Todos allí quieren asaltarte, robarte o hacerte cosas peores. Y aunque Sanderson conoce esos tugurios como la palma de su mano, nunca es suficiente cuando se trata de la chusma que pulula en esos lados. Tengo entendido que los centroamericanos son expertos en entrenar monos para robarles a los turistas o a los idiotas que escogen esos países para instalar negocios. Y allí hay más monos que en una película de Johnny Weismuller. Y ratas. Miles de ratas.

Luego están Burke y Hare. Casi siempre encerrados en sus cabinas. De los dos, el que más habla es Hare. Parece un tipo simpático. Me hizo un par de preguntas sobre el tabaco que uso para fumar. Burke tiene pinta de tarado con esos anteojos gruesos y la mirada perdida.

¿Y el tal Molinsky? Un imbécil con cara de asesino. Verlo da miedo. Y eso que yo mido casi dos metros y antes de ser capitán le hice a la lucha libre. Y ya que estamos en eso, me pregunto qué piensan hacer con sólo dos cajas de pertrechos. La madera no tiene ninguna marca por fuera, así que empiezo a dudar de que de verdad llevan lo que dicen que llevan.

Por eso bajé a la bodega. Me acerqué a una de las cajas, la que estaba más cerca de la puerta. Nick debía de tener una nariz de otro mundo porque no sentí ningún mal olor. Pasé los dedos por las bisagras, la aldaba y el candado de bronce. Era imposible abrir las cajas de madera de cedro sin una barra de hierro o algo por el estilo. Sin darme cuenta había sacado mi pipa para encenderla. Apagué rápidamente el fósforo y me lo metí en el bolsillo. Me insulté en voz baja. Mientras no estuviera seguro de lo que Sanderson llevaba en aquellas malditas cajas, lo mejor era ser precavido.

Estaba revisando un rincón cuando escuché que alguien abría la puerta. Sin darme cuenta de lo que hacía, me agaché y me deslicé hasta una esquina oscura. Mientras me escondía detrás de unos capotes colgados de la pared, me sentí como un imbécil. Al fin y al cabo estaba en la bodega de mi barco. Tal vez no del todo mío. Todavía me faltaban docenas de viajes y por lo menos cinco años para terminar de pagarlo. Pero la sensación seguía siendo la misma.

Con un dedo aparté lo suficiente uno de los capotes para ver lo que pasaba en la bodega. Entró Sanderson. Iba vestido de chaqueta, pantalón negro perfectamente planchado y polainas color hueso. El pelo pegado al cráneo con algún producto hecho con grasa de mexicanos.

Sí, he oído las historias de terror sobre el emperador de los minerales. Dicen que come niños crudos mientras lee poemas satánicos.

Se acercó a la nariz el clavel rojo que traía en un ojal de la chaqueta. Además del equipaje normal y de sus asquerosas ratas albinas había hecho subir al Lazarus un aparato de vidrio como una pirámide en el que venían veinticinco claveles. Se suponía que el aparato aquel mantenía las cosas en perfecto estado durante quién sabe cuánto tiempo, sólo el diablo sabe cómo. El charlatán de Molinsky nos habló de la obsesión de su jefe por la inmortalidad o una estupidez por el estilo. Trae más cosas diabólicas en sus maletas, dijo el gorila después de tomarse un par de tragos, unas máquinas extrañas que compra en Rusia y en China. El cáncer tiene loco al jefe, capitán. Sanderson puso cara de contrariedad cuando se dio cuenta de que Molinsky estaba hablando de más. El asunto es que el clavel que traía en la solapa se veía ya medio marchito.

Detrás de Sanderson venía Molinsky con su andar de gorila en celo. Traía un pañuelo colgando del bolsillo del pantalón del overol. Tuvo que agacharse para entrar. El tipo es una montaña de carne. Dijeron un par de frases que no alcancé a entender. Molinsky se rio y prendió un cigarrillo. Su jefe sonrió y encendió un habano de extraordinaria calidad. Estuve a punto de pegar un salto desde donde estaba. Me mordí un puño. Aquel par de engendros iban a hacernos volar por los aires.

Molinsky se agachó para revisar no sé qué.

La sonrisa de Sanderson se le congeló en la cara. Se detuvo con el habano entre los dedos y arrugó la frente.

¿Dejaste encendida esa lámpara la última vez que bajamos aquí?, preguntó.

Molinsky se puso de pie de un salto. El tipo por un momento pareció medir dos metros y medio.

¿Lámpara?, dijo.

También se veía más imbécil que de costumbre. Tengo entendido que el derechazo feroz de la Bestia de Milwaukee en un ring de Illinois lo había dejado con problemas cerebrales. Aunque antes de eso el tipo no era lo que se dice un candidato al Nobel.

Sanderson movió la cabeza. Vio alrededor. No detuvo la mirada en el rincón donde me había escondido. Yo había dejado de respirar desde hacía cinco minutos.

Hum, gruñó Molinsky. Se acercó a la lámpara y le reguló la perilla. Era como un gorila que acababa de atrapar una luciérnaga. Sí, jefe, creo que la dejé encendida.

Movió la cabeza y sonrió. Sanderson dijo algo entre dientes. El grandulón tiró el cigarrillo al suelo. Se sacó del overol un gran manojo de llaves y se acercó a una de las cajas. Sanderson hizo un movimiento brusco y le puso la mano en el brazo para detenerlo. Molinsky arrugó la frente y vio a su jefe a los ojos.

¿No?, dijo.

Sanderson se quedó olisqueando el aire.

Ábrela, dijo al fin.

El grandulón se agachó. El candado de la primera caja hizo clic. Molinsky se echó el candado en el bolsillo del overol y levantó la tapa de madera rústica.

Volví a morderme el puño cuando vi que de la caja salía una luz amarilla. Molinsky se rio como un niño. Volteó a ver a su jefe.

Sanderson seguía chupando su puro de diez dólares.

Apaga esa lámpara y hazte a un lado, dijo.

Molinsky obedeció. Sanderson se acercó a la caja. Se puso a sonreír como un tarado cuando aquella luz le dio en la cara. Hasta en medio de la oscuridad, la cosa que traían en la caja dejaba escapar cierto resplandor. Sanderson se rio a carcajadas y chupó su puro con más fuerza que nunca.

¿Sabes lo que traemos aquí, Dick?

El grandulón sonrió.

No, dijo. ¿Qué?

La inmortalidad, respondió Sanderson como si estuviera anunciando algo en la radio.

¿La qué?

Sanderson movió la cabeza y le dio al grandulón una palmadita en el hombro.

No tienes ni idea, ¿verdad?

Molinsky no paró de sonreír.

Por eso sólo gente como yo pueden ser dueños de este tesoro, dijo Sanderson.

Movió la mano sobre la caja.

Sí, jefe, dijo Molinsky.

Ahora ciérrala y vámonos, dijo Sanderson.

Sí, jefe.

Después de que salieron me quedé diez minutos detrás de los capotes. No me moví un centímetro. Salí del escondite y eché una buena ojeada alrededor.

Me aseguré de que aquel par de idiotas se habían largado. Me asomé a la puerta de la bodega y la abrí un poco. Sin moros en la costa. Iba a regresar para echar una ojeada. Quería salir de dudas.

Me acerqué a la caja que los dos tipos acababan de revisar. Moví el candado de un lado al otro. Sólido como una roca. Fui a ver la siguiente. Lo mismo.

En el momento en que toqué el candado de la segunda caja, las ratas en la jaula se volvieron más locas que nunca. Pegaban saltos como pulgas.

Tuve que aguantarme las ganas de ver lo que había allí dentro. El problema es que nadie me asegura que no se trata de una trampa puesta ahí por el propio Sanderson. El tipo es un demonio, si lo que cuentan de él es verdadero.

Lo mejor es dejarlo para mañana y levantar las aldabas de las dos cajas, pero necesito una barra de hierro para hacerlo. En la bodega no hay herramientas ni nada parecido. Por suerte tengo unas en la cabina que compré en una ferretería muy bien surtida de Nueva Orleans.

Salí volando.

Sí, ir mañana es lo mejor.

## 5

S e deslizaron de puntillas hasta la puerta de la bodega.

—¿Estás seguro de que llevaba una barra de metal?

—Seguro, jefe.

Molinsky iba con la espalda pegada a la pared. Sanderson no hizo lo mismo. Cuidaba mucho sus trajes hechos en Londres por una famosa firma de sastres.

Sanderson asintió. Se sacó una pistola Colt 1911 de la chaqueta. Comprobó que estaba cargada y la mantuvo en alto a diez centímetros de la oreja derecha. Molinsky hurgó bajo la pernera de su overol y extrajo un largo y ancho cuchillo de cazador. Sanderson levantó una ceja cuando vio la hoja metálica brillar bajo el sol oblicuo de la tarde. Se alejó un poco de Molinsky.

—¿Entramos? —preguntó el boxeador.

—Tranquilo, grandulón. No sabemos si este tipo anda algo más que una barra.

No tuvieron que esperar mucho. En cuanto oyeron los pasos en las gradas metálicas que conducían a la cubierta, Molinsky se agachó ligeramente. Sostuvo en el puño derecho el cuchillo de cazador con la punta dirigida hacia abajo y con el filo al frente. Cruzó el brazo sobre el pecho y contuvo la respiración.

Se lanzó al frente como en sus mejores días en el ring. Sanderson no se movió. Apuntó con la Colt a los dos hombres que jadeaban, rodaban por el piso y se enredaban como gusanos. Parecía darle lo mismo la posibilidad de meterle un par de balas a su socio.

Lo distrajo el sonido de la barra de hierro sobre la madera del piso. Sin perder la compostura, le dio una patada con el botín derecho. La barra se alejó repiqueteando hasta chocar con la borda. Sanderson vio alrededor en busca de testigos. Nadie. La escotilla que conducía a las cabinas estaba cerrada. Como siempre, Burke y Hare estaban encerrados en sus diminutas cabinas. Antes de que alguien oyera un ruido sospechoso, Sanderson le dio a Molinsky una vigorosa patada en el trasero.

Los dos rodaron por las cinco gradas hasta rebotar en el piso de la bodega. Sanderson entró sin dejar de apuntarles con la pistola. Cerró cuidadosamente la puerta y se quedó viendo el panorama desde arriba.

Molinsky llevaba la peor parte. Tenía un ojo hinchado y varios cortes en la cara y en los codos. Sanderson se alarmó al ver que el guardaespaldas ya no tenía el cuchillo en la mano. Amartilló la Colt y esperó. Molinsky siguió dando volteretas por el suelo. Golpeó una caja de madera con la espalda, las rodillas y la cabeza. De alguna manera logró soltarse de la llave que ya casi le descoyuntaba un brazo.

Aunque pesaba al menos trescientas libras, Molinsky se retorció como una serpiente. Rodeó con los brazos el cuello de su contrincante. Sanderson sonrió. El guardaespaldas mantenía la flexibilidad de sus días en el ring, aunque no la inteligencia.

Las venas se hincharon en la frente de Molinsky. Bramó y soltó un par de maldiciones mientras el capitán golpeaba el suelo con los talones. Pasaron cuatro minutos. Magnus dejó de patalear y se quedó inmóvil. Molinsky siguió apretando cinco minutos más. Luego lo soltó. Le dio un empujón y dos patadas para quitárselo de encima.

—Qué tipo tan duro —dijo entre jadeos que le hacían subir y bajar el pecho como un fuelle.

Sanderson siguió apuntando con la Colt al capitán Magnus.

—¿Está vivo?

—¿Quién?

—Magnus, idiota. ¿Quién más?

Molinsky se agachó y pegó la oreja al pecho del capitán. Escuchó durante un minuto. Luego acercó la cara a cinco centímetros de la de Magnus y se quedó quieto un minuto más. Al final se sentó con la espalda arrimada a una caja de madera. Parecía incapaz de creer lo que acababa de pasar.

—Está más muerto que un clavo.

Sacó un pañuelo para limpiarse el sudor de la cara. Encontró su cuchillo en el piso y lo metió en la funda que llevaba pegada a la pierna.

—¿Seguro?

—Seguro.

—Te creo. No es el primero que matas. Quítale las llaves de la bodega.

Molinsky vio a su jefe y luego al capitán. Era obvio que no tenía la menor idea de lo que estaba pasando. Revisó la ropa de Magnus hasta encontrar un puñado de llaves. Se lo metió en el overol.

El capitán había logrado arrancar todas las bisagras con la barra de uña. La prueba estaba en el piso. Había colocado cuidadosamente en el suelo los tornillos y las cuatro bisagras y había dejado levantadas las tapas de ambas cajas.

Sanderson se rascó la cabeza con el cañón de la pistola. Tardó un minuto en volver a hablar. Señaló las cajas con el cañón de la Colt.

—Hay que cerrarlas. Muévete, grandulón.

Molinsky se puso de pie con dificultad. Cerró la primera caja y puso las aldabas y los tornillos encima de la tapa de madera. Se acercó a la caja más lejana y vio lo que había dentro.

Se quedó como una piedra.

—¿Qué te pasa? —dijo Sanderson—. Ciérrala. No quiero que se empolven mis trajes. Con uno de ellos podría pagar tu sueldo de un año.

Molinsky retrocedió sin voltearse ni despegar la mirada de la caja abierta. Una mueca de horror le retorcía la cara grasienta. Sanderson se le quedó viendo sin saber qué decir. El guardaespaldas dio un grito cuando el extremo del pasamanos de las gradas se le clavó en la espalda. Giró, se tropezó, cayó, se levantó, subió en dos zancadas por la escalera y abrió la puerta.

El chorro de luz cegó momentáneamente a Sanderson. Soltó la pistola cuando Molinsky dio un violento salto hacia atrás.

El guardaespaldas había salido a toda velocidad en busca de la puerta, pero olvidó agacharse y se dio un golpe tan fuerte en la frente que le sacó astillas al dintel. Cayó de espaldas como un títere. Siguió rodando y al final se quedó inmóvil, con la cabeza metida en el espacio entre dos gradas de metal.

Sanderson contempló el cuello torcido de Molinsky, hizo una mueca y se tocó instintivamente la nuca. Esperó un poco, pero el guardaespaldas siguió quieto, con los brazos y piernas enredados debajo del cuerpo. Parecía un muñeco desarticulado.

Sanderson estaba temblando. Volteó a ver la caja abierta que había vuelto loco a Molinsky. Recogió la Colt y la amartilló. Sin dejar de apuntar, se acercó dando pasos cautelosos.

Cuando vio lo que había dentro, abrió la boca, pero ningún sonido le salió de la garganta. Empezó a temblar con tanta violencia que dejó caer otra vez la pistola al piso.

No pudo dejar de ver, fascinado, el par de ojos amarillentos que brillaban en el fondo de la caja.

La mano del color de la ceniza salió disparada como una cobra desde la caja abierta y la atenazó la garganta. Los ojos del magnate de los minerales se hincharon. Parecían a punto de explotar.

—Señor Sanderson —desde la caja resonó una voz mezcla de gruñido y burbujeo, como si saliera de una tubería en mal estado—. No sabe cuánto esperé el momento de conocerlo.

## 6

El cañón de una pistola los saludó cuando entraron en la parte baja del puente de mando. Sin que nadie se lo pidiera, levantaron los brazos.

A pesar de que las lámparas no bastaban para iluminar bien el reducido espacio, West reconoció la cara sombría de Magnus. El arma que le apuntaba a él y a Kane estaba en la mano derecha del capitán. West mantuvo las manos a la altura de los hombros. El hacha era bastante pesada. Se inclinó ligeramente para ver más de cerca la cara de Magnus.

El capitán tenía la piel cenicienta. Los ojos abiertos fijos en un punto indeterminado brillaban con un intenso tinte amarillo. West no pudo reprimir una sonrisa. Magnus sostenía la pistola sin mantener el dedo sobre el gatillo. Era como un niño que juega con un arma de madera. En el aire flotaba un penetrante olor a amoniaco.

Con los ojos dirigidos al piso, el magnate Bill Sanderson no paraba de temblar. Si no se había caído al suelo era porque tenía la espalda pegada a la pared.

—Hola, capitán —West habló con exagerada animación e inclinó la cabeza—. Cuánto gusto.

—Déjese de payasadas, West. Y suelte esa hacha ahora mismo. No quiero acabar con ustedes tan pronto. Tengo otros planes. Jamás en su vida ha mostrado una pizca de respeto por la muerte de los demás, pero ahora que le toca el turno de morir no haría mal en dejar de comportarse así. Le puedo garantizar que sus últimos momentos de vida serán muy desagradables. Ojalá eso lo haga reflexionar un poco.

La voz rasposa que sonó desde el fondo de la sala hizo saltar a Kane. West siguió sonriendo como si acabara de encontrarse con un viejo amigo. Parpadeó y cerró a medias los ojos. Tiró el hacha en un rincón.

—Vaya, si es el célebre doctor Halsey, decano de la bicentenaria Universidad de Miskatonic en la pintoresca ciudad de Arkham.

Como en los días en que era uno de los más respetados decanos de Miskatonic, Alan Halsey hizo una entrada teatral. Llevaba puestos guantes blancos y levita, también blanca, que le llegaba a las rodillas.

Kane se quedó boquiabierto. Si no recordaba mal, el decano medía un metro noventa y cinco, pero parecía haber crecido diez centímetros más en el año que había pasado desde su desaparición. West vio a Halsey sin mostrar emoción. Lo único que hizo fue arrugar la frente y levantar una ceja.

Más que la altura de Halsey, lo que alarmó a Kane fue su cara. Contempló fijamente al doctor como si no acabara de creer lo que estaba viendo. Estaba seguro de que era Halsey, pero había cambiado mucho en el transcurso de un año. Aunque cambiado no era tal vez la palabra correcta. Tenía la altura, la forma de caminar y los gestos de Halsey, pero hasta allí.

Si bien Kane recordaba al doctor como un sujeto de facciones angulosas, la cara que lo recibió en el puente de mando se parecía más a un territorio arrasado por una erupción volcánica que a un rostro humano. Le habían arrancado la nariz, la piel y la musculatura del lado derecho del rostro, pero en vez de reparar los destrozos habían tratado de taparle los huesos con pedazos de carne escogidos al azar.

A pesar de sus intentos de parecer bondadoso, Halsey había sido siempre un monstruo por dentro. En el año transcurrido desde su fuga de Arkham, había logrado convertirse también en un monstruo por fuera.

Otra persona habría tratado de taparse con una máscara, pero no el decano. Mientras se deslizaba sobre el sucio piso de madera del Lazarus, trataba de que la luz opaca de la cabina le iluminara lo mejor posible la cara desfigurada. Se acercó lentamente a sus dos exalumnos.

Al caminar parecía ir haciendo la mueca de insatisfacción que West y Kane conocían muy bien y que se había hecho famosa en la facultad. Era la misma que le torcía la boca cuando se reunía con los profesores de Miskatonic porque creía estar rodeado de imbéciles. Y eso que en la facultad de Ciencias había al menos cinco premios Nobel.

Sólo se sentía satisfecho cuando daba clases. Todos creían que le encantaba la enseñanza, pero la satisfacción que sentía cuando estaba en las aulas se debía a una razón muy distinta. Le repugnaban sus alumnos, pero sabía que era capaz de dominarlos. Era algo que hacía todo el tiempo y que le causaba una enorme felicidad. Le resultaba más difícil hacer lo mismo con sus compañeros de facultad, aunque lo había logrado en un par de ocasiones. Recordar sus pequeños triunfos entre los demás profesores era para él una mina de alegría egoísta. Todos en Miskatonic lo sabían y más de uno juró vengarse y hasta habló, en tono de broma, de un complot para librarse de Halsey. *Vivus vel mortuus* era la frase latina preferida en los pasillos universitarios cuando alguien se refería a él.

Pero Halsey no odiaba a nadie tanto como a West. Nunca antes, con ningún alumno, su cara se había deformado tanto hasta convertirse en una máscara de odio ilimitado.

El rostro del decano jamás había mostrado más deseo de venganza que cuando apartó a Bill Sanderson para acercarse a Herbert West. Parecía imposible que en medio del odio se abriera paso en Halsey una expresión de felicidad diabólica, pero eso fue lo que sucedió. En la cara amorfa parecía llevar tatuada la sonrisa de una hiena. Le importaban muy poco la dificultad y el dolor de hacer muecas para mostrar el rencor que se lo estaba comiendo por dentro. Era como si disfrutara que la ira lo torturara cada vez que torcía el rostro.

Sus escleróticas brillaron con una enfermiza luz amarillenta.

Sin bajar los brazos, West le dio un codazo a Kane. Levantó las cejas y señaló con la barbilla a Halsey, como indicando algo llamativo en su apariencia. Pero había tantas cosas horribles en el decano que Kane no entendió a qué se refería.

Halsey se detuvo a metro y medio de sus exalumnos. De la garganta le salió el chasquido de una cascabel. Echó la cabeza para atrás y enseñó, como un trofeo, una ancha cicatriz de quince centímetros de longitud que le arrugaba el cuello.

—West —cascabeleó—. ¿O prefiere que lo llame Burke? Ponerse ese apellido es otro de sus típicos chistes de mal gusto. Con el talento que tiene para la comedia debería dedicarse a escribir parodias de colegiales en vez de ensuciar el nombre de la ciencia con sus —dibujó unas comillas en el aire con los dedos— descubrimientos.

West no contestó. Lo único que hizo fue levantar la barbilla con actitud desafiante. Halsey recorrió con la mirada la sangre que cubría la ropa y la cara de su exalumno.

—No sé cómo se las ingeniaron para eliminar al guardaespaldas de Sanderson —el decano se acarició lo que alguna vez fue una barbilla—. No tengo más remedio que aceptar que tiene una suerte endemoniada. Se portó muy mal, West. El pobre bruto no iba a acabar con usted. Mis órdenes eran que lo trajera vivo. Pero usted no tuvo compasión de él.

—No sabe cuánto se lo agradezco —West hizo una mueca—. Pero no es suerte. Si no me cree, puede salir ahora mismo a la cubierta. La fórmula que usted robó de la bodega está programada para hacer estallar la cabeza del idiota que se la inyecte. Si quiere pruebas, no tiene más que salir y ver lo que queda de Molinsky. Si usted se puso la fórmula modificada, tiene las horas contadas. Sólo mi antídoto puede salvarlo.

Kane le dirigió a su amigo una mirada nerviosa. Unos minutos antes se habían deshecho del cuerpo del luchador tirándolo por la borda.

—Cierre la boca —Halsey no pudo ocultar un ligero tartamudeo—. Me ofende con esas tonterías. Creí que era más inteligente. Me tienta la idea de hacerle una lobotomía para ayudarlo a superar su idiotez.

—En cambio, usted no sólo es más inteligente que un año atrás. También está mucho más atractivo que la última vez que nos vimos —dijo West.

Halsey se lanzó hacia adelante, cerró las dos manos alrededor de la garganta de West y lo levantó a un pie del suelo. Kane no pudo moverse. Era como si estuviera clavado al piso. La pistola del capitán Magnus estaba apuntándole a la frente.

West dio patadas en el aire y agarró la mano del doctor. Por más que lo intentó, no pudo abrir los dedos que estaban estrangulándolo.

En la cara destrozada de Halsey se insinuó una sonrisa de placer. En el recinto resonó un ruido bronco, como el de un paciente con tuberculosis terminal. Era su risa.

Sus manos dejaron de apretar. West cayó al piso. En medio de jadeos y ataques de tos, se arrastró para alejarse del decano.

—No voy a darle el placer de matarlo tan fácilmente. Todavía puedo usarlo.

Halsey movió las manos mientras hablaba. Parecía haber vuelto a las aulas de la universidad para explicar el punto más delicado de una cirugía cerebral ante un grupo de admirados alumnos.

—Acabar con ustedes es lo más fácil del mundo. Lo único que tengo que hacer es ordenárselo al buenazo del capitán —dio una palmadita en el hombro de Magnus—. Usted lo sabe muy bien. Bill Sanderson no lo sabía y por eso trató de rebelarse. Pero su rebeldía se le esfumó en cuanto vio con sus propios ojos cómo su guardaespaldas mataba a... ¿cómo se llamaban?

Sanderson entendió que se dirigía a él. Dio un ligero salto. Tenía la cara cubierta de moretones. Su traje estaba grasiento, mojado de sudor y manchado de sangre purpúrea.

—Sólo sé que eran los marineros y el piloto —tartamudeó y señaló a Magnus—. Él sabía los nombres, pero ahora está...

Sanderson no encontró las palabras para describir el estado del capitán.

Halsey se rio.

—¿Muerto? ¿Por qué de repente se volvió tan reservado? Muerto. No debería costarle tanto decir eso después de años de ordenar asesinatos. Muerto como van a estarlo todos en este barco dentro de poco. Pero no se preocupen. Prometo revivirlos para que hagan mi voluntad. Les aseguro que van a hacer cosas que ni en sus peores delirios se les cruzarían por la cabeza.

Hizo una pausa dramática.

—Tengo grandes planes para todos. Su dinero me va a servir para mejorar y ampliar mis experimentos. No creo que a nadie le parezca raro que un muerto vivo invierta millones en mi fabulosa empresa científica. De todos modos, según las malas lenguas, el millonario Bill Sanderson tiene años de parecer un muerto en vida. ¿Será por ese cáncer maligno que se lo está comiendo?

Sanderson tuvo que apoyarse en la pared para no desmayarse.

—Luego le toca a mi querido exalumno Herbert West. Estoy seguro de que con las torturas adecuadas no se negará a darme los ingredientes de su fórmula y el procedimiento para crearla. Y una vez que esté en tierra —el decano iba alzando cada vez más la voz—, voy a hacer mi primer ensayo multitudinario. Hay millones de almas sin dirección en este mundo. Creo que es el momento de ser su guía por el tortuoso camino de la vida.

West estaba todavía recuperando el aliento. Se recostó en la pared de la sala y se acarició la garganta enrojecida.

—Qué gran trabajo —dijo con voz ronca.

La cabeza de Halsey osciló como una peonza.

—¿Perdón?

West se puso de pie. Rechazó con un gesto la ayuda de Brian Kane.

—Todo esto —West señaló a su alrededor—. Todo lo que ha

hecho en los últimos días e incluso antes es un esfuerzo capital. Eso es. Un logro excepcional, doctor. Me quito el sombrero.

El decano mostró su incredulidad soltando un gruñido.

—¿Cree que soy un retrasado mental?

Halsey remedó lo mejor que pudo la expresión con que una persona normal habría mostrado estar en desacuerdo. Fue una señal de que el decano conservaba algo del extraño sentido del humor que le había dado mala fama en Miskatonic.

—Esos trucos infantiles no van a servirle para nada. Como esa tontería de la fórmula mejorada. ¿No se le ocurrió nada mejor? Por suerte, estar muerto me ha enseñado a desconfiar más. Especialmente del tipejo que me asesinó. O sea, usted. Mejor prepárese para morir de la forma más horrenda. Después de haberme dado su fórmula, claro está.

—Ya se le olvidó que no lo maté yo, doc —suspiró West—. Más bien le di la vida. No hay día que no lamente ese error. Está claro que usted no recuerda lo que le pasó, así que no me queda más remedio que contárselo. Aunque usted es el protagonista, la historia no es tan aburrida. Fue hace un año, durante la pandemia en Arkham. Esa noche usted se mató en un accidente de tránsito cuando regresaba a su casa del hospital. Llevaba una semana sin dormir una gota. Durante todo ese tiempo estuvo atendiendo a cientos de enfermos del virus.

Halsey torció la boca. No dijo nada mientras esperaba el desenlace de la historia.

—Lo recuerdo como si hubiera sido ayer. Brian y yo estuvimos en un pabellón cerca del suyo y también trabajamos sin descanso. Quién sabe cómo lo hicimos. Logramos dormir un poco cuando bajó el ingreso de pacientes. Pero usted, no sé por qué, quería hacer el papel de héroe y se negó a recostarse un solo minuto. Al final, eso le costó la vida. Fue un terrible accidente. El metal le arrancó la mitad de la cara. También le cortó la garganta —West se pasó un dedo sobre la nuez de Adán—. Lo peor fue que el timón se le enterró en los pulmones y le perforó las tripas. No tenía ni veinte minutos de haber salido del hospital cuando regresó, pero cuando lo hizo fue en una camilla cubierta de sangre. Brian y yo trabajamos como locos tratando de salvarlo, pero fue imposible —West hizo una pausa—. ¿Sabe qué es lo más irónico?

Halsey siguió callado.

—Lo más irónico es que la pandemia estaba a punto de terminar cuando usted se mató. Mientras yo llevaba su cadáver a la morgue, el ingreso de enfermos al hospital se detuvo en un tris y en los días siguientes se fue en picada. Mientras llevaba en camilla el cadáver del decano Halsey, se me ocurrió algo. ¿Por qué no experimentar con él inyectándole mi fórmula reanimadora? No creo que se moleste, pensé. Ahora no es más que un pedazo de carne y no va a perder nada si alguien le devuelve la vida. Era raro tener cadáveres tan frescos para mis experimentos. Además, con el desorden en la ciudad tenía la libertad de hacer cosas que no habría podido hacer antes. Así que puse manos a la obra.

—Eso no tiene sentido —dijo Halsey con tono burlón—. Había muertos frescos por todas partes.

—Lo recuerdo perfectamente. No crea que no experimentamos con un par, pero dejamos de hacerlo en cuanto descubrimos que el virus destruía tantas células cerebrales que todos los sujetos revivían convertidos en bestias salvajes.

Halsey lanzó un gruñido, pero no interrumpió el relato. West le echó una mirada disimulada al capitán. Magnus parecía cada vez más inquieto, pero nadie más parecía estar fijándose en él. De sus ojos salía un resplandor amarillo que con cada minuto se hacía más fuerte.

—Me pareció mejor trabajar solo —relató West—. No quise involucrar a Brian porque estaba tan agotado que se derrumbó en el suelo del hospital y se durmió dos días seguidos. Lo primero que hice después de reanimarlo a usted y administrarle un anestésico fue quitarle tejidos y carne de los muslos para injertárselos en la cara. Fue un trabajo apresurado, eso sí.

—Fue un trabajo de carnicero —corrigió Halsey.

—Considerando las circunstancias, creo que fue algo decente.

—Fue un trabajo de carnicero —repitió Halsey—. En cuanto me desperté y me vi en el espejo, sólo pensé en vengarme.

Dio un paso al frente que hizo retroceder a West.

—Eso no tiene nada de raro. Nunca fui su alumno favorito —West insinuó una sonrisa burlona—. Pero hay una gran diferencia entre poner una mala nota y cometer asesinato. Le diré una cosa. En lugar de quejarse como un niño malcriado, debería mostrar algo de agradecimiento con la persona que lo rescató de la muerte en lugar de pasar un año enviando zombis para secuestrarme.

—¿Agradecimiento? —rugió Halsey—. ¿Por terminar convertido en esto?

El doctor se pasó la palma abierta de la mano sobre la cara. West, incrédulo, movió la cabeza.

—¿Para usted hubiera sido mejor seguir muerto? Es una pena que mi primer experimento exitoso piense de esa manera.

—La muerte es mil veces mejor que vivir como un espectáculo de circo.

—Creí que estar muerto iba a volverlo más inteligente —Herbert bajó la voz—. Aunque, la verdad, creo que eso fue lo que sucedió. La experiencia lo ha vuelto a usted más astuto. No sé si se lo debe a mi fórmula o a un nuevo compuesto inventado por usted. Su trabajo con el mejunje hipnótico me ha sorprendido. Es sencillamente genial.

Kane vio a West como si no lo reconociera.

—Pero dígame, doctor, ¿cómo se las arregló para colarse en este barco? La curiosidad me vuelve loco —West se dio golpecitos en la sien derecha con un dedo—. Todavía no logro entender cómo lo hizo.

Parecía tener un interés genuino en las aventuras del decano.

Halsey se carcajeó. Hizo un intento lastimoso de aclararse la garganta.

—No fue fácil. Me quedaba muy poca fórmula reanimadora y por eso la cuidaba como un tesoro. Ese es uno de los problemas de su invento —alzó la voz—. Es adictivo. Conozco muy bien lo que les sucede a los heroinómanos. Estudié durante años los efectos en el cerebro humano. El ansia que causa su fórmula es incluso peor, West. Con unos mililitros, es como si flotara. Luego vienen las caídas. Entonces quiero dejar de existir. Pero la adicción es tan fuerte como mis ganas de vengarme, aunque a veces el hambre de ese líquido luminoso recorriendo mis venas es más poderoso. En cuanto usted me lo inyectó, me hizo eterno, pero también me convirtió en un eterno esclavo.

Halsey hizo un ruido con la garganta y apretó los puños. West asintió. Le dio a Kane una palmada en el brazo. Parecía invitarlo a escuchar con atención el relato del decano. Kane arrugó la frente y vio a su amigo como si estuviera contemplando los arrebatos de un loco.

—Hace dos meses, uno de mis ayudantes me llevó los diarios de la mañana —los dientes de Halsey rechinaron—. Cuando abrí el Times Picayune, no podía creerlo. Meses esperando nuevas noticias suyas y ahí estaba. Sonriente, sin una pizca de remordimiento. Herbert West.

West puso el brazo sobre el hombro de Kane.

—Y su amigo Brian —dijo.

—"Expedición parte en busca de El Dorado hacia la salvaje Honduras" —Halsey recitó mientras volvía a apretar los puños—. Eso decían los titulares. "El filántropo y ocultista Bill Sanderson encabeza la comitiva junto a un equipo de prometedores científicos. El millonario no dio detalles de su viaje por las peligrosas aguas del Caribe. Aseguró que no tiene miedo de las fuerzas navales nazis que según rumores circulan por esas aguas infestadas de tiburones. No sólo parto en busca de minerales que pueden trastornar el curso de la guerra, dijo Sanderson. También voy en busca de la fuente de la vida eterna". Me reí. No tuve que averiguar nada. Todo estaba ahí, descrito con el estúpido lenguaje de los periodistas. El lugar del embarque, el nombre del buque, el propósito del viaje, los nombres del multimillonario Bill Sanderson y su equipo de intrépidos pioneros.

West no dejó de asentir y sonreír.

Halsey continuó su relato.

—Me puse en movimiento de inmediato. Al contrario de lo que usted cree, estoy tan interesado en su fórmula que deseché mi plan original de matarlo. Lo primero que hice fue exterminar a mis ayudantes. Un baño de ácido es lo mejor en esos casos. Mi menjunje hipnótico, como usted lo llama en son de burla, convierte a mis subordinados en esclavos dispuestos a cumplir todas mis órdenes.

—Tengo que aceptar que su invento es una maravilla. Debe ser excitante ser su conejillo de Indias.

West le dio un ligero codazo a Kane y señaló con la barbilla a Magnus y al doctor. Los ojos del capitán despedían un intenso resplandor.

Kane no se fijó en Magnus. Estaba absorto en el rostro de Halsey. Era como si el decano lo hubiera hipnotizado. O como si, por un acto de magia, la cara de Halsey hubiera recobrado la normalidad con el poder de su voz. Las escleróticas del doctor también tenían un ligero tinte amarillo como las de un enfermo de ictericia.

—Bah —bufó Halsey—. Lo último que necesito son sus estúpidas alabanzas. Conozco muy bien mi invento y puedo decir sin dudarlo que es mil veces mejor que el suyo.

—Jamás lo he puesto en duda. Pero ardo en deseos de conocer la continuación de su historia. ¿Cómo logró esconderse varios días en este cachivache sin que nadie lo notara?

—Fue un golpe de suerte —en la voz rasposa de Halsey se insinuó algo parecido a la satisfacción—. Tomé una caja de herramientas de algún lado y agarré una llave inglesa para romperle la cabeza a quien se me atravesara, pero en el barco sólo había dos o tres obreros descansando mientras engullían ron y hacían bromas obscenas. Dejaron abierta la bodega y entré de puntillas, tratando de no hacer ruido. La bodega está mal iluminada y no me costó nada esconderme detrás de una ringlera de capotes colgados en un rincón. Esperé a que el barco zarpara para desatornillar las bisagras de la caja donde algún pobre idiota —Halsey le dirigió a West una mirada significativa— hizo que almacenaran al menos cinco galones de fórmula reanimadora. La reconocí de inmediato por su inconfundible resplandor amarillo —la emoción lo hizo tartamudear—. Tuve que morderme el puño para no gritar victoria. Tenía al menos un mes sin administrarme una dosis. Saqué la jeringuilla de mi estuche y en menos que canta un gallo me apliqué una dosis. Tuve que aguantarme las ganas de ponerme cuatro. Fue como si una corriente eléctrica me pasara por el cuerpo. Como si un ola vivificadora me levantara del suelo, como si…

Un grito interrumpió el relato de Halsey.

Era Magnus.

El capitán volvió a gritar y soltó la Colt.

West puso el pie encima de la pistola.

Magnus se agarró la cabeza con las manos y se revolvió como un epiléptico. Dio pasos erráticos por la sala sin dejar de apretarse la cabeza.

Sanderson y Kane se echaron para atrás instintivamente. El capitán era tan grande que en su estado normal habría podido levantar a Kane del suelo usando una sola mano. Muerto y fortalecido por el agente reanimador, parecía un monstruo blindado, indiferente al dolor y al miedo.

Sanderson se metió debajo de una consola de instrumentos. Kane se hizo un ovillo en el suelo y se tapó la cara con los brazos.

El capitán empezó a despedazar con las manos desnudas todo lo que se le cruzaba en el camino. Daba puñetazos tan recios contra la madera y el metal que en unos cuantos segundos se había destrozado las manos. Los huesos de las falanges acabaron rompiéndole la piel de los dedos y sus meñiques quedaron colgando de las delgadas tiras de carne.

Hizo trizas el radiocomunicador. Un chirrido salió del aparato en medio de una lluvia de chispas y una nube de humo áspero. Arrancó una pata de metal de una mesa y la usó como una barra para acabar de hacer trizas el instrumental del Lazarus. Fue como si estuviera desquitándose por años de esclavitud marinera.

West retrocedió hasta pegar la espalda a la puerta del puente de mando. Parecía fascinado no sólo por la furia destructora de Magnus, sino también por la expresión de asombro en la cara monstruosa del doctor Halsey.

Los ojos del capitán brillaban como dos potentes lámparas amarillas. Iba dando zancadas y brincos por el reducido espacio de la cabina mientras reducía a polvo el escaso equipo del barco. La cara se le había convertido en una masa bulbosa en la que sobresalían las gruesas arterias purpúreas. Los globos oculares se hincharon al doble de su tamaño normal y rompieron los párpados.

Se detuvo de golpe. Se puso de puntillas sin dejar de estremecerse. La pata metálica hizo un ruido sordo al golpear el suelo. Trató de gritar, pero la lengua le colgaba como un estropajo. Lo único que le salía de la garganta era un ronroneo apagado en medio de coágulos y burbujas rojizas.

En ese momento, su cabeza estalló.

Una lluvia de sangre y pedazos de cráneo se esparció por la cabina. Del labio inferior para arriba no quedó nada de lo que había sido la cabeza de Magnus, salvo por algunos restos de mandíbula que sobresalían entre los tejidos sanguinolentos. Todavía logró dar dos pasos de borracho antes de derrumbarse.

Bill Sanderson lanzó un grito de terror. Estaba llorando como un niño.

Halsey se había quedado mudo. A pesar de la rigidez de su cara, logró mostrar una mezcla de miedo y cólera, pero la única señal de horror eran los temblores que le recorrían el cuerpo.

Cubierto de sangre de la cabeza a los pies, Kane se arrastró hacia un rincón del puente de mando y se apretó los brazos contra las orejas.

West también tenía la ropa y el rostro manchados de rojo. Se limpió la sangre de la cara lo mejor que pudo y echó una mirada alrededor. Cuando pareció quedar satisfecho, comenzó a reírse a carcajadas.

—Eso es lo que le estaba diciendo, querido doc —señaló el cuerpo con media cabeza de Magnus—. Puse esos anuncios en los diarios para que usted viniera y robara mi invento. Estaba seguro de que usted se había vuelto adicto y que en su caso no había mejor anzuelo que la envidia. Desde que vi los ojos brillantes de Molinsky, supe que le había aplicado la fórmula mejorada. Es obvio que el pobre Magnus tenía alguna condición especial que retrasó el momento del estallido. Pero Molinsky padecía enfermedades que aceleraron el proceso hasta niveles insoportables. El momento del estallido depende de factores desconocidos, pero en general está marcado por la hora y el día en que se aplica mi nueva fórmula. La única forma de evitar que les explote la cabeza es recibir una dosis de mi antídoto, si prefiere llamarlo así.

West le dio a Halsey una palmada en el hombro.

—Ahora, la pregunta es cuándo va a estallar la cabeza del doctor Halsey.

Se acercó al decano y durante medio minuto se le quedó viendo a los ojos. En algún momento había recogido del suelo la pistola del capitán. Los ojos de Halsey despedían un brillo amarillento cada vez más vivo. Tenía la boca abierta. Parecía que deseaba decir algo, pero no lograba encontrar las palabras precisas.

West sonrió diabólicamente. Amartilló la pistola con la mano izquierda y levantó el brazo para apuntar a la cabeza del decano. Chasqueó la lengua, sacudió la cabeza y se sacó del bolsillo el dispositivo que había arrancado de la espalda de Molinsky.

—Como todos los receptores, esta cosa necesita un emisor. Y creo que sé dónde está. Kane, levántale la camisa al doctor.

Kane se quedó inmóvil en el rincón. West movió la cabeza y dio un par de pasos hacia atrás.

—Creo que mi amigo Brian está un poco alicaído. Hágalo usted —señaló a Sanderson con la Colt y de inmediato volvió a apuntarle a Halsey—. Vamos. Muévase.

Sanderson se acercó cautelosamente el doctor. Sin dejar de verlo a la cara, le levantó la levita blanca.

—¿Tiene algo en la espalda? —preguntó West.

El decano comenzó a tartamudear.

—Puede hablar en confianza, doc —dijo West—. Como puede ver, ni mi valiente amigo Brian ni el intrépido señor Sanderson planean interrumpirlo.

—Podemos hacer un trato —la voz de Halsey sonó más ronca que nunca—. Jamás intenté matarlo, West. Ni a mi otro exalumno. Sólo quiero su fórmula, pero usted siempre me la ha negado. Estamos a tiempo de lograr grandes cosas. Podemos intercambiar notas. La fórmula reanimadora necesita todavía algunas mejoras, pero creo que puedo trabajar en ella y entonces...

West dio una patada en el piso. Su cara era una máscara del odio más feroz. Volvió a levantar la pistola y pegó el cañón a la frente de Halsey.

—Sh. Cállese.

—¿Qué?

—Que se calle.

West se puso el índice derecho sobre los labios.

—Tiene algo pegado a la espalda —dijo Sanderson.

—¿Una cosa brillante de color verde?

Sanderson asintió con la cabeza.

West se sacó la navaja española del bolsillo y se la pasó al magnate de los minerales.

—Arránquele eso de la espalda y démelo. El capitán tiene uno igual. Quíteselo también.

El doctor Halsey gruñó e hizo un leve movimiento.

—Cuidado —West mostró la pistola—. Tengo el dedo muy inquieto.

Sanderson usó la delgada hoja de metal para desprender el aparato emisor de la espalda del doctor y de Magnus. Le entregó a West los dispositivos junto con la navaja.

—Tiene que haber más de estos en el barco —West levantó uno de los dispositivos para que le diera la luz opaca del techo—. Pero no se preocupe, doc, voy a encontrarlos. Creo que ya podemos irnos, ¿no les parece?

Sanderson negó con la cabeza. Se puso una mano sobre las costillas e hizo una mueca de dolor. Tuvo que recostarse contra la pared para no caerse.

—No podemos —dijo con voz débil.

—¿No? —preguntó West.

—No. Este imbécil —Sanderson señaló a Halsey— hizo que el capitán matara a toda la tripulación y la tirara al mar mientras Molinsky se encargaba de ustedes.

—¿Los mató a todos?

—Sí. Y después le ordenó que hiciera añicos el puente de mando.

Halsey negó las palabras de millonario con un enérgico movimiento de cabeza.

—Todo esto es culpa suya, West —dijo—. Su fórmula alterada lo convirtió en una bestia asesina. Todavía no entiendo cómo no me hizo pedazos también a mí.

La respuesta de West fue levantar la pistola y poner el cañón bajo el mentón de Halsey.

—¡Mátelo! —dijo Sanderson.

—Ya lo escuchó —West señaló al magnate con la cabeza—. Deme una buena razón para no hacerle caso.

Halsey tragó saliva y señaló el objeto verde que West seguía sosteniendo en la palma de la mano.

—Puedo fabricar más de esos. Traje un par de prototipos que puedo modificar.

West aflojó un poco la mano con que sostenía la pistola. No dijo nada durante diez segundos. Apretó de nuevo el cañón de la Colt contra el mentón de Halsey antes de volver a hablar.

—¿Cuántos?

7

~~Cuaderno de bitácora y otros apuntes del capitán S. Magnus~~
Diario de Brian Kane

5 de marzo de 1943
10:30 a.m.

Herbert insiste en la descabellada idea de reanimar lo que queda del capitán Magnus. Parece que se propone hacer que su cadáver sin cabeza nos guíe de alguna manera a un puerto de Honduras. Obviamente es una locura. Aunque lograra poner en pie de nuevo al capitán, lo cual es imposible, el puente de mando quedó punto menos que inservible y ninguno de nosotros cuatro tiene la menor idea de cómo reparar los daños.

"Es una pena decirlo, pero creo que un tipo sin cabeza tiene más imaginación que ustedes", aseguró West cuando le dije lo que pensaba de su horrendo plan.

Las bromas de Herbert suenan huecas y estúpidas en una situación tan desesperada como la nuestra. Llevamos dos días flotando a la deriva y no hemos visto señales de barcos. El mar resplandece como una plancha ardiente. Hace un calor espantoso. Me cambié de ropa, pero ya la ensucié. Está pegajosa de sudor. Tengo diarrea y a veces creo estar alucinando, pero prefiero no decírselo a nadie. La poca agua de beber tiene un sabor extraño y no hay suficiente porque Sanderson planeó el viaje para una semana como máximo. También la comida sabe a rayos. El Lazarus es una letrina flotante, cubierta de sangre, sudor y excrementos. Si no nos mata antes la sed, alguna enfermedad hará el trabajo.

Herbert, en cambio, parece hecho a prueba de catástrofes. En estas circunstancias es cuando entiendo que está loco. Sólo un enajenado podría comportarse como él. Y su locura no se debe a la temperatura infernal ni a la diarrea. West siempre ha estado loco, pero tengo el mal hábito de olvidarlo.

Según Bill Sanderson, el nulo tráfico de barcos de estos días se debe a que su amigo, el tirano hondureño Big Boy Macías, impuso el estado de emergencia y el toque de queda en todo Honduras para perseguir a los revoltosos que se atreven a levantarse contra su régimen. Nadie se salva de los toques de queda de Macías, agregó Sanderson. Ni siquiera los pocos y miserables pescadores que viven en las costas de Honduras. Estoy seguro de que las locuras políticas del presidente hicieron gozar en un tiempo a su camarada Bill Sanderson, pero esos tiempos se acabaron. Ahora reza para que un barco desafíe al dictador y nos encuentre.

Sanderson es el más débil de los cuatro. Estoy seguro de que morirá en unos pocos días si el toque de queda o lo que sea continúa y ningún marinero se aventura a navegar por esta zona. Está tan débil que me negué a maniatarlo en la bodega, como propuso West en algún momento.

"Sabes que tiene cáncer", dije. "Déjalo que viva en paz sus últimos días".

"Te has vuelto demasiado blandengue. ¿Y qué si se muere? Tienes en tus manos el poder de revivirlo si se te da la gana. ¿Cuál es el problema?".

"¿Entonces piensas revivirlo?".

"¿Estás loco? Claro que no. No voy a desperdiciar mi agente reanimador de ese modo. Lo guardo para mí y para ti".

"Prefiero tirarme al mar antes de dejar que me inyectes eso".

"Qué necio eres, chavalín. Por mí está bien. Sólo hazme el favor de llevarte al millonario a la bodega. Ponle una cubeta o algo. Ya sabes. Para emergencias".

Al final le dije que haga lo que le plazca. Pareció no prestar oído cuando le advertí que Magnus ya no tiene cerebro y que la fórmula no tendrá órgano sobre el cual influir.

"Le queda el cerebelo", dijo.

No parecía estar bromeando.

Agregué que los efectos serán catastróficos, como acontece siempre que administramos el compuesto a personas que llevan más de doce horas de haber fallecido.

Dijo que no piensa quedarse sin hacer la prueba.

Lo peor de todo no es que el plan de Herbert es una locura, sino que escogió al doctor Halsey, su peor enemigo, para que le ayude a llevarlo a cabo. En apenas unas horas, el malévolo doctor se ha convertido en poco menos que el esclavo de Herbert, arrastrado por su espeluznante adicción al compuesto reanimador. Me cuesta creer que incluso una mente preclara como la de Halsey se someta de un modo tan bestial a la droga que le devolvió la vida. No me atrevo a pensar lo que el compuesto obraría en mí si me lo aplicaran. Tengo que sacudir la cabeza para borrar esa idea de mi mente.

Estoy tan molesto con Herbert que sólo se me ocurrió comunicarle mi intención de hacer lo posible por llevar por mi cuenta al Lazarus a puerto, aunque mis conocimientos de marinería se reducen a la lectura de algunas novelas de Salgari. En cuanto entré al puente de mando y vi los instrumentos destrozados y luego la inmensa plancha hirviente del mar, supe que sólo un gigantesco golpe de suerte me servirá para lograrlo. Aunque mi actitud parezca infantil, no me atrevo a aceptar la derrota. Al menos no me resultó difícil localizar la palanca para encender el motor de la nave. Me felicité a mí mismo.

Herbert se rio a carcajadas.

"Tu plan es casi tan estúpido como el mío", dijo. "Pero yo sé más de medicina que tú de barcos, así que supongo que llevo las de ganar. Mientras tanto, harías bien en que el magnate de los minerales se encuentre a gusto en la bodega. Si no tuviera tanto que hacer, me encargaría yo mismo. No estaría mal que veas si hay por allí otra pistola escondida. Y si hallas alguna, haz el favor de no pegarte un tiro".


1:00 p.m.

A regañadientes me encargué de instalar a Sanderson en la bodega, si por instalar entendemos tirar un par de sábanas y capotes de goma en el suelo a manera de jergón. Mientras me encargaba de eso, los chillidos de las ratas de pelaje blanco que el millonario trajo a bordo estuvieron a punto de taladrarme el cerebro.

Las contemplé un rato. El hambre las ha vuelto locas. Se lanzan todo el tiempo contra la rejilla, que ya comienza a mostrar signos del desgaste causado por las mordeduras. Estuve tentado de darles algo de pemmican, pero me contuve a tiempo. No puedo darme ese lujo cuando aún no sé cuánto tiempo estaremos a la deriva antes de que alguien nos rescate. Si tenemos la suerte de que eso suceda. Puse un poco de agua en un tazón para darles, pero no encontré manera de abrir la puertecita de la jaula sin que me arrancaran un dedo. Al final me di por vencido y acerqué el tazón lo más que pude a la jaula. No le hicieron el menor caso. Me parece asombroso que no se hayan devorado entre sí.

Al contrario de sus peculiares mascotas, Sanderson parece conservar la cordura. Sin embargo, por su mente deben estar pasando toda clase de locas fantasías, ninguna de ellas ventajosa para Herbert y yo.

En ocasiones me parece sorprender un asomo de locura en los ojos sombríos y legañosos del millonario neoyorquino. Cuando eso pasa, mantiene la mirada fija en el espacio. Hasta el momento no ha experimentado ataques de furia. No soy experto en anomalías cerebrales, pero supongo que algo así les sucede por lo común a quienes se exponen a hechos asombrosos como los ocurridos en las últimas horas en el Lazarus. La mente de personas comunes y corrientes como él no es aún capaz de distinguir entre hechos científicos y cuestiones supuestamente sobrenaturales. La reanimación observada en un espécimen como el doctor Halsey es un hecho científico demostrable, pero, por el momento, explicarlo a los masas sería perder el tiempo.

He intentado alimentar y dar agua a Sanderson para conservarlo con vida. Toma sorbos de la botella, pero no parece dispuesto a probar bocado. Acepta lo que le doy cuidadosamente envuelto en papel encerado, pero lo deja a un lado y continúa absorto en el pasatiempo de ver fijamente las paredes de la bodega. También se acuesta de costado en la cama improvisada y parece dormir.

En una ocasión me acerqué para comprobar si todavía respiraba. Abrió los ojos tan de repente que me hizo saltar. Dijo algo que no entendí.

"¿Qué dice?".

"Láudano", susurró.

"¿Láudano?".

"Sí, imbécil. Láudano. Ya no aguanto el dolor. Tengo cáncer".

"Lo siento. No tengo láudano".

"Pero yo sí. Está en mi camarote, en el neceser a cuadros. Una botellita morada. Apúrese".

Le conté a West lo que le sucede a Sanderson.

"Dáselo. Me da igual lo que hagas con él. Por mí podemos lanzarlo por la borda", dijo.

Está tan absorto en la improbable tarea de reanimar a Magnus con ayuda de Halsey que parece haber olvidado el trato que selló con Sanderson antes de zarpar de Florida.

"Sólo me quedan unas semanas de vida", dijo Sanderson hace unos meses en Tampa. "Confío en usted para revivirme cuando muera. A cambio tendrá laboratorios en toda Centroamérica para hacer lo que se le dé la gana. Allí sobran conejillos de Indias".

"¿Me da su palabra?", preguntó West.

"Por supuesto".

Pero, unas horas después, West me confesó que lo menos creíble del mundo es la palabra de un millonario estadounidense.

"Tengo un plan B", dijo West.

No quise preguntarle en qué consistía ese plan.

Sin embargo, Sanderson parece ser ahora la menor de sus preocupaciones. West no atiende a nada que no sea seguir experimentando con su "agente reanimador" en el Lazarus. Para hacerlo sacó de una maleta grande su laboratorio portátil. Está convencido de que la fórmula puede tener éxito en el capitán Magnus.

Entretanto, el decano Halsey sabe que su vida, si es posible llamar así al estado en que se encuentra, depende enteramente del antídoto que Herbert le suministra. Por alguna razón que no alcanzo a entender, West ha decidido mantenerlo bajo su dominio por medio de las dosis cuyo efecto dura cuatro días. Al menos eso dice Herbert. Si no le diera la siguiente antes de ese plazo, la cabeza del doctor estallaría.

Halsey podría haberse librado fácilmente de West y de mí desde hace mucho, pero se ha vuelto tan dependiente de la sustancia reanimadora que ha preferido dejar vivir a West con la esperanza de extraerle de alguna manera los ingredientes de su fórmula.

En vez de lograr su objetivo, el decano ha terminado convertido no sólo en un lamentable adicto al compuesto reanimador, sino también en el sirviente de Herbert. Lo más sorprendente es que su extraña situación parece no causarle la menor inquina.

Cuando West le administró la primera dosis de antídoto, Halsey se tragó con avidez la cápsula de color gris. Fue sólo cuestión de minutos para que le preguntara a West de qué manera podía ser útil a la causa. Así la llamó. La causa. West le ordenó sacar de nuestras maletas el laboratorio portátil para instalarlo en el camarote de Sanderson. Es el único lugar con suficiente espacio para acomodar el cadáver del capitán. Al mismo tiempo permite que dos personas se desplacen con menor grado de incomodidad.

6 de marzo de 1943

7:00 a.m.

El láudano ha tenido un efecto asombroso en Bill Sanderson. Se ha comido al final los pedazos de pemmican que le serví e incluso me preguntó si hay más. Me cuesta un poco escucharlo en medio del estrépito que hacen sus malditas ratas. A él no le causan la menor molestia. Cuando le toca dormir, lo hace sin prestar atención a los chillidos de los animales.

Me irritó a tal punto el estruendo de los animales que traté de sacar la jaula envuelta en capotes para lanzarla al mar. Estaba en eso cuando West entró a la bodega a buscar no sé qué.

"Déjalas allí", dijo.

"¿Estás loco?".

"Pueden servir para algo. Hasta para comer".

Hice una mueca de asco.

"Por Dios, Herbert, son ratas mutantes. Podríamos envenenarnos".

"Pues mucho mejor. Dicen que Himmler anda una cápsula de cianuro en la dentadura para casos extremos. Estas ratas pueden ser nuestra cápsula de cianuro. La pistola que le requisé al capitán sólo tiene dos balas".

Precisamente la pistola de Magnus fue lo que encontré en un rincón de la parte baja del puente de mando cuando subí luego de revisar de nuevo el estado de Sanderson. Fiel a sus hábitos, West la había dejado tirada sin reparar en el peligro. La revisé. Tenía tres balas y no dos, como creía West. Al parecer es la única pistola que tenemos a bordo. Hurgué en todos los rincones y no encontré otra. Me la enganché bajo el cinturón.

Soy incapaz de negar lo alarmante que resulta ver a Halsey dedicado con total esmero a atender todas las peticiones de West. Pero el doctor, al contrario de mi amigo, parece estar en sus cabales, a pesar de tener la apariencia de un monstruo. De todos modos no deja de resultar chocante ver su cara deforme asomándose para entrar o salir por la escotilla que lleva al camarote del millonario. Es una visión extraña hasta para alguien que, como yo, ha visto en los últimos meses espectáculos que harían que cualquier otra persona perdiera la razón.

Lo peor de todo es que Halsey, o lo que queda de él, tiene el pasatiempo de fumar alguna droga exótica en una extraña pipa mientras contempla con enorme interés el mar apacible. El objeto que usa para fumar tiene un largo tubo en un extremo que el decano se inserta en una válvula adherida a su garganta. Desde mi aventajado punto de vista en el puente de mando puedo ver los copos de vapor elevándose en el aire caliente.

Para evitarme ese espectáculo, hubiera preferido que Halsey permaneciera encerrado con West en su camarote, hasta donde llevaron en andas el cuerpo de Magnus para comenzar los preparativos de la reanimación.

"No quiero sorpresitas, chavalín", dijo Herbert.

Consiguió reparar a medias sus anteojos. No parece causarle tantas molestias el alambre delgado con que unió el marco. Con el propósito de asegurarse de que Magnus será incapaz de arrancarle la cabeza, Halsey llevó cuerdas fuertes para atarlo a la litera donde el capitán del Lazarus acostumbraba dormir antes de cederle la cabina a Sanderson.

"Sabe que pierden el tiempo, ¿no?", le dije a Halsey, que estaba fumando su pipa en la cubierta.

"¿De qué está hablando?", preguntó el decano con su altanería acostumbrada.

No pude evitar que un escalofrío me recorriera el cuerpo al contemplar la cara destrozada del doctor.

"Usted lo sabe perfectamente. Suponiendo que Magnus reviva, se convertirá en una bestia asesina incapaz de razonar y mucho menos de pilotar este barco adondequiera que Herbert planea llevarnos".

"A Honduras".

"Como sea. Debe haber alguna manera de salir de esto, pero ninguna pasa por revivir al capitán. Lo mejor es esperar que nos rescaten cuando termine el toque de queda. Si no nos hemos muerto todos antes, claro está".

"¿Ah sí? ¿Cree usted que me rescatarán después de ver mi cara?".

"No me refería a usted cuando hablé de que nos rescaten. Me permito recordarle que fue usted quien mató a toda la tripulación y nos dejó en este predicamento. También por su culpa, Magnus destruyó los instrumentos de navegación y radiocomunicación. No tiene sentido que lo revivan si el barco está inservible".

"Todo este asunto es culpa de la suerte", dijo Halsey con una convicción a todas luces fingida. "Pero lo que estamos haciendo allá abajo en la cabina no tiene nada que ver con la suerte. Tampoco con reparar esta letrina flotante. Se trata de ciencia pura. Con ayuda de West, voy a poner de cabeza el mundo científico".

Hice una mueca de asco y le mostré la Colt.

"La única ciencia que debería entrar en su cabeza es la que está encerrada en una bala", dije.

11:00 a.m.

Los gritos y golpes que provenían de la parte baja del Lazarus me hicieron dar un salto en el puente de mando. Había empezado a dormirme después de pasar medio día revolviendo cables sin ningún éxito. El agotamiento que me habría hecho dormir como un leño en Arkham no me sirve de nada en el mar de Honduras. El calor impide que el sueño acabe de conquistarme. Ni siquiera el termómetro escapó a la ira destructora de Magnus, pero me parece que estamos a unos cuarenta grados centígrados.

No fue necesario que nadie me aclarara la razón del estropicio que se estaba produciendo en esa parte del barco.

El experimento de West había fracasado.

Apreté el mango del hacha que cargaba adondequiera que iba, descorrí el cerrojo de la puerta y bajé corriendo del puente de mando. Descendí por la escotilla y atravesé en dos zancadas el estrecho pasillo. La puerta del camarote de Sanderson estaba cerrada. Desde adentro me llegaba a los oídos el ruido de los objetos rompiéndose y los jadeos y gruñidos de los combatientes.

"¡Abre, Herbert!".

Me sentí como un imbécil después de haber dicho eso.

Me lancé contra la puerta sin soltar el hacha. Por fortuna, los constructores del Lazarus fueron bastante descuidados. Sólo fue necesario golpearla dos o tres veces con el hombro para hacerla ceder.

En el camarote estaba repitiéndose la escena de unos días atrás en la cubierta, pero magnificada y convertida en un macabro espectáculo de circo. El cadáver descabezado de Magnus estaba apretando con fuerza descomunal el cuello de Herbert. No vi a Halsey por ninguna parte. No me detuve para preguntarme cómo diablos un cuerpo sin cabeza era capaz de localizar una garganta.

Olvidé que llevaba la pistola al cinto. No sé cómo logré hundir el hacha en lo que quedaba de la cabeza del capitán sin acertarle a West. La afilada y pesada hoja de metal se hundió diez pulgadas entre los hombros del capitán hasta detenerse en el esternón. De la herida no salió ni una gota de sangre. El capitán se había desangrado por completo en el puente de mando cuando la cabeza le estalló.

Magnus soltó el cuello de Herbert, se irguió como si tuviera un resorte en la espalda, dio media vuelta y se desplomó sin más. Las convulsiones del cuerpo hicieron vibrar el mango del hacha durante unos segundos.

West, acurrucado en un rincón, estuvo tosiendo un buen rato y frotándose la garganta. Cuando logró reponerse, se puso de pie y vio el cuerpo del capitán con una mezcla de asco y resignación. Se agachó un par de veces en busca de algo. Luego se enderezó y me mostró el resultado de su búsqueda: sus anteojos, más estropeados que antes.

Señaló algo en la esquina del camarote. Volteé a ver hacia donde apuntaba con el dedo y vi a Halsey tendido cuan largo era en el piso. West volvió a agacharse, navaja en mano, y rajó de un tirón la camisa del capitán. Con la hoja afilada separó de la piel de la espalda de Magnus uno de los aparatos verdes del decano y se lo guardó en el bolsillo. Halsey se había despertado y estaba sentado en el suelo con la espalda apoyada en la pared. Un hilo de sangre le serpenteaba por la cara.

"Nunca tuvo cerebro. Por eso creí que no iba a echarlo en falta, pero creo que me equivoqué", West señaló a Magnus. "Ayúdenme a tirarlo por la borda".


7 de marzo de 1943

2:30 p.m.

West se encerró desde la mañana en el camarote de Sanderson junto con Halsey. Llevaba la maleta con su laboratorio portátil, unos cuantos instrumentos y los dispositivos de control mental que les arrancó de la espalda a Molinsky y Magnus, además del emisor y los prototipos que Halsey le dio. He querido hablar con Herbert sobre nuestra situación desesperada, pero ha estado más preocupado por los resultados del experimento con Magnus y por averiguar cómo trabaja el invento del decano. Los dos no parecen preocupados ni una pizca por la escasez de agua y comida ni por las enfermedades infecciosas. Lo que queda del agua potable despide un olor repugnante, pero no hay más remedio que tomarla con fe y entre muecas de asco. Por suerte no he visto flotar cerca del barco ninguno de los cadáveres que hemos arrojado al mar. Me pregunto si estas aguas están infestadas de tiburones. Todavía no he visto ninguno de esos peligrosos animales deslizándose a flor de agua cerca del Lazarus. En todo caso, nos han hecho un favor al librarnos de la peste con sus afiladas mandíbulas.

He dedicado buena parte del día a limpiar en la medida de lo posible algunas áreas del Lazarus, pero tuve que hacerlo en breves etapas porque el calor podría matarme si no procedo con cautela extrema. Arrojé al mar varias tablas, ropa y maletas sucias de sangre, además de un par de cajas de alimento que el calor ha corrompido. Me quedé viendo el mar. Despide un resplandor tan fuerte que podría cegarme. En algún momento me pareció ver cómo emergía de las aguas la cara de uno de los marineros muertos que arrojamos por la borda hace un par de días. Tuve que parpadear y frotarme los ojos. Volví a ver. Ya no había nada. Tal vez nunca hubo nada.

No me cabe la menor duda de que tanto el decano como Herbert están en el umbral de la locura. Su obsesión escapa a la comprensión humana. Es como si tuvieran un demonio dentro. Y pensar que no hace mucho yo mismo actuaba de ese modo. Estaba seguro de que lo que Herbert y yo hacíamos iba a cambiar la historia de la humanidad. También parecía moverme en una burbuja de la que no quería escapar. Ahora me doy cuenta de que quizá lo mejor sería eliminar a West y Halsey de algún modo. Sentado en el puente de mando, a veces me pongo a acariciar el mango de la Colt, extraigo el cartucho y me quedo viendo las palabras grabadas en la base de una de las tres balas. En una ocasión creí leer allí los nombres de Halsey y West. A veces no sé quién o qué soy.

A la una de la tarde bajé a la bodega a darle de comer a Sanderson. Ha adelgazado con rapidez asombrosa y parece hallarse en un estado casi comatoso. Le hablo, pero sólo acierta a emitir sonidos guturales incomprensibles.

Fui a tocar la puerta del camarote, pero West no abrió. Regresé a la bodega y me incliné junto a Sanderson para ponerle en la boca unos pellizcos de pemmican y carne salada que lo hice tragar con medio vaso de agua. Aunque quedamos sólo cuatro personas a bordo, no he dejado de imponer un racionamiento severo. Sanderson tragó un poco y luego cerró con firmeza la boca.

Las ratas estaban más salvajes y sucias que nunca. Era como si hubieran cambiado de pelaje. El blanco impoluto del comienzo era ahora un gris canceroso. Me acerqué a prudente distancia de la jaula. Los animales se alborotaron todavía más. Aunque dan la impresión de que quieren devorarme, siguen sin hacerse daño entre sí.

No fui capaz de seguir soportando los chillidos de las alimañas. Busqué guantes o algo parecido para agarrar la jaula, pero no encontré ninguno. Tomé entonces un par de los capotes de goma que cuelgan en un rincón de la bodega y los arrojé sobre la jaula para taparla. Los chillidos no hicieron más que aumentar de volumen.

En ese momento perdí del todo la paciencia. Tiré otro capote sobre la jaula y rodeé el bulto completo con los brazos. Subí a toda velocidad las gradas que daban a la cubierta, con cuidado de no partirme la cabeza contra el dintel. En cuanto estuve a un par de metros de la borda tiré con todas mis fuerzas la jaula al mar. Las ratas no dejaron de chillar mientras volaban por el aire caliente. Segundos después, escuché un ruido sordo y me acerqué a la borda.

Parpadeé varias veces para asegurarme de que no estaba teniendo visiones. Delgadas líneas blanquecinas se entrecruzaban rápidamente sobre la superficie tranquila del Atlántico.

Las ratas dibujaban estelas en el mar mientras nadaban en busca de las tablas y cajas que yo había arrojado al agua unas horas antes. La única explicación que encuentro para el fenómeno es que la jaula se abrió al golpear una tabla flotante. Los capotes en que la envolví sirvieron para convertirla en una especie de arca de Noé en miniatura. Las ratas así liberadas buscaron lo primero que encontraron a su paso para no ahogarse. Vi claramente cómo dos o tres roían la cubierta de una caja de pemmican podrido y se perdían adentro.

Me incliné sobre la borda. Seguir con la mirada la línea ligeramente curva del casco de la nave en busca de ratas me mareó tanto que estuve a punto de caer al agua. Me enderecé y me quedé quieto un rato mientras esperaba que se me pasara el mareo.

Volví a echar una mirada. No vi, como esperaba, a ninguna rata trepando por el casco. Tal vez alguna lo intentó, pero estaba tan liso que a lo mejor desistió a medio camino y prefirió reunirse con sus compinches.

10:15 p.m.

Sin señales de West y Halsey. Siguen encerrados allá abajo. Hace un rato puse comida en la boca de Sanderson, pero la escupió y soltó una sarta de obscenidades sin sentido. Luego giró en el suelo hasta darme la espalda. No sé si celebrar o no el hecho de que se aferre a la vida con tanta insistencia. A estas alturas, con el cáncer que lo está carcomiendo, debería estar muerto. Pero algo lo mantiene vivo. Tal vez es el deseo de venganza.

Sin embargo, hay una diferencia enorme entre la piltrafa humana tirada en el piso de la bodega y el imponente millonario que nos recibió meses atrás en uno de sus enormes almacenes desolados en las afueras de Nueva York. En varios de esos encuentros le mostramos los efectos inmediatos del compuesto reanimador en varios especímenes y el magnate se emocionó a tal punto cuando comprobó su eficacia que incluso habló de nombrar a West socio de su firma.

Herbert no se inmutó con la oferta. Me había dicho un par de días antes que lo único que le interesaba del millonario neoyorquino eran las promesas de financiar los experimentos de reanimación en un ambiente seguro y libre de intromisiones. Desde el principio, la sociedad con Sanderson no me había parecido provechosa. Se lo hice saber a West. Sólo alzó los hombros como respuesta.

"¿Estás seguro de que te hace inmortal?".

Di un salto. Era la primera vez que Sanderson decía una frase coherente desde que lo encerramos en la bodega del Lazarus.

"¿Perdón?".

Me acuclillé junto al jergón de Sanderson. Siguió hablando sin dejar de ver la pared.

"El invento de West. ¿De veras te hace inmortal?".

Guardé silencio un momento antes de responder.

"Digamos que sí".

Sanderson gruñó.

"Haberme asociado con ustedes fue la peor idea que he tenido. Y he tenido algunas ideas pésimas. Por lo visto parece mejor estar muerto que andar con la cara como ese imbécil de Halsey. Además, en este barco he visto a varios tipos morir por segunda vez".

"Creí que ya habíamos aclarado este asunto en Nueva York. Como Herbert le explicó, la fórmula devuelve la vida al paciente, pero puede perderla otra vez si no es precavido".

"Eso no es ser inmortal".

"No voy a insistir en algo que resulta evidente. Usted ha visto con sus propios ojos lo más parecido a un milagro. Es decir, los efectos del agente reanimador".

Hice una pausa para convencerme de que acababa de usar las mismas palabras que West. Me cuesta creer hasta qué punto sus ideas han influido no sólo en mis decisiones, sino también en mi forma de hablar.

"Usted ha visto a los muertos volver a la vida, hasta con capacidad de razonar, y eso no es ningún truco de circo. Es la realidad. ¿O cree usted que estoy loco? Porque sólo un loco continuaría asociándose con West si todo esto fuera un truco publicitario. Usted es un experto en engañar al público. Pero también se ha convertido en víctima de estafadores que se hacen pasar por médiums. No tengo que explicarle la diferencia entre una estafa y la realidad científica".

Sanderson hizo un ruido burlón.

"Ahora entiendo por qué no acepté que me inyectaran esa cosa antes de tiempo. Siempre sospeché que había algo que no cuadraba en el asunto. Por algo soy un hombre de negocios exitoso".

"Jamás le ofrecimos algo así. La razón es sencilla. No conocemos qué efecto tiene la fórmula en alguien en perfecto estado de salud".

Sanderson golpeó el suelo con el puño. Estaba tan débil que apenas hizo ruido.

"No estoy en perfecto estado de salud", rugió. "Usted sabe muy bien que tengo cáncer terminal y que sólo me quedan unas semanas de vida".

No supe qué contestar.

Sanderson se negó a seguir comiendo, pero aceptó beber el agua que le ofrecí. Aunque dije un par de frases más, prefirió quedarse callado.

Regresé a la zona de los camarotes. West continuaba encerrado en el de Sanderson. Acerqué una oreja a la puerta y estuve escuchando. Es extraño, pero creo que el silencio de West me resulta más molesto que todo lo demás.

Subí a la cubierta y entré al puente de mando. Cerré bien la puerta y me senté para contemplar el mar y, con suerte, echar una siesta si el calor me lo permitía. También para tomar estos apuntes en la bitácora de Magnus. Como la pistola de Sanderson y el hacha, ando siempre a mano la libreta y la estilográfica. Es la mejor manera de no perder la razón.

No sé cómo logré dormirme un rato. Soñé que el Lazarus tocaba puerto en un sitio desconocido. Mientras entrábamos al muelle, una multitud alegre nos saludaba. Yo les respondía agitando un pañuelo o algo así. Mientras el barco se acercaba a tierra, yo comenzaba a sentir una extraña opresión en el pecho. Me sentía inquieto. Volteaba a ver a Herbert, que iba vestido de punta en blanco y sombrero de alas anchas, también blanco. Me guiñaba el ojo y levantaba una copa de champaña. Volteé a ver a la multitud. Entonces me di cuenta de que todas las personas que nos recibían en el puerto estaban cubiertas de gusanos, sin ojos, sin lengua, sin dientes, con las uñas negras y la piel del color de la ceniza.

Me desperté gritando.


8 de marzo de 1943

11:00 a.m.

El motor está muerto. Desde hace un par de días me había aficionado a un juego estúpido. Movía la palanca para encender el motor y lo apagaba apenas comenzaba a ronronear, pero ahora ya no se enciende.

A ninguno de mis compañeros se le ha ocurrido la idea de que podríamos echar a andar el Lazarus, aunque no sepamos ni podamos conducirlo. Es verdad que quedaríamos a merced de la fortuna, pero cualquier cosa es mejor que morir sin haber hecho el intento. Si la suerte nos sonríe, podríamos acabar en un puerto centroamericano. Si no, terminaríamos más lejos de la costa y con menos posibilidades de que ese maldito dictador hondureño deje que los barcos zarpen y alguien nos aviste.

El motor se apagó repentinamente. Bajé al cuarto de máquinas, aunque sé que es inútil hacerlo. No tengo la menor idea de cómo repararlo. Sanderson ni siquiera me contestó cuando le pregunté qué hacer para echarlo a andar de nuevo. De todos modos, resulta obvio que el millonario tampoco sabe ni jota de mecánica.

Estamos perdidos, a la deriva en medio de un mar ilimitado y debajo del cielo color carbón. Parte de las provisiones se han echado a perder por el calor tropical y lo que nos queda apenas servirá, con suerte, para comer durante un par de días. Debería haber habido agua suficiente para varios días, pero la mayor parte está contaminada. Al parecer, Magnus no era tan cuidadoso ni previsor como creíamos. O estaba seguro de llegar a Honduras en menos tiempo del que había planeado. La otra posibilidad es que alguien haya contaminado el agua y la comida, sabrá el diablo con qué propósito. Tal vez es mejor así. Que muramos todos en medio de la nada. Es el mejor final para una cuadrilla de locos peligrosos.

Logré que West saliera un rato del camarote de Sanderson para contarle lo que está pasando. Al principio me costó creerle cuando me confesó que se había dormido un rato. Luego supe que no mentía. De hecho, su comportamiento no tiene nada de inusual.

"Podemos darnos por muertos", dije.

West sonrió y me mostró un frasco lleno de fórmula reanimadora. El líquido brillaba en la oscuridad del pasillo.

"Sólo si queremos morir", dijo.


9 de marzo de 1943

10:00 p.m.

El calor es enloquecedor. Seguimos sin señales de embarcaciones. Nunca he visto un mar más inmóvil que este. Había oído decir que el clima es inestable en el trópico, pero sospecho que me engañaron. El calor no ha cambiado en absoluto, salvo, tal vez, para empeorar. El Lazarus se mece sobre las aguas de Atlántico bajo el cielo parecido a una gigantesca tapadera metálica. Es obvio que no nos hemos movido ni un centímetro. Todo lo que he tirado por la borda sigue hamacándose suavemente en la superficie del mar a unos metros del casco del Lazarus. Menos los muertos. De esos no hay señales.

Sin nada que hacer más que juguetear con los dispositivos de Halsey, West parece haber recobrado de pronto la consciencia de lo que lo rodea.

"Hay que amarrar a ese maldito cerdo de Sanderson", dijo de pronto. "Si no lo hacemos, empezará a tener ideas peligrosas. Ocúpate de eso".

Estuve a punto de proponer que tiremos al agua al decano y al magnate de los minerales, pero me mordí la lengua. Esa terrible idea me ha estado rondando la mente desde ayer como un fantasma en una casa abandonada, pero soy incapaz de llevar a cabo un plan tan horrible. Herbert es el único lo suficientemente monstruoso para hacer algo así. Sin embargo, lo que más me horroriza de tener esa clase de pensamientos es el hecho de haber caído tan bajo como West.

Por cierto, Herbert se ve ridículo. Encontró un estúpido sombrero de paja en un camarote y lo anda puesto. Yo me até una pañoleta en la cabeza en un intento de reducir el impacto de la insolación.

11 de marzo de 1943

9:00 a.m.

Acabo de regresar de abajo. Estoy agotado, sediento y hambriento. Sanderson casi no se mueve ni se queja, aunque el láudano se le acabó. Encontré el botellín vacío tirado en un rincón.

1:00 p.m.

Halsey da la impresión de ser inmune al sol tropical, la sed y el hambre. Estar muerto como él parece tener sus ventajas. La única cosa de la que no quiere prescindir es su extraña pipa. Acaba de subir un rato a la cubierta. Sonrió, divertido, cuando se asomó por la borda y estuvo contemplando a un par de ratas que se disputaban un pedazo de pemmican. No me dirigió la palabra.

Terminó de fumar y volvió a bajar al camarote, desde donde subían los chillidos de Herbert.

Dos veces al día le llevo a Sanderson un trago de agua y unos gramos de pemmican pegajoso y maloliente. El millonario ha estado tan débil y deshidratado que dudo que sobreviva un día más.

También Herbert subió un par de minutos a la cubierta para tomar agua y preguntarme si había visto no sé qué cosa.

"Debes estar pensando para qué mantener andando a Halsey y al millonario", dijo. Tiene los ojos inyectados en sangre y los labios apergaminados. "Pero esos tipos son dos cartas a nuestro favor".

Hice un gesto de impaciencia e incredulidad.

"¿Cartas a favor? No sé de qué estás hablando. ¡Vamos a morir! Me importan un pepino tus cartas. Tampoco importa que nos inyectemos tu fórmula. Vamos a morir y en ese caso ni Sanderson ni Halsey nos sirven para nada. Y no va a ser una muerte muy bonita que digamos".

"Estás equivocado. No tenemos idea de los resultados a largo plazo del agente reanimador". West golpeó la borda con el puño, pero no lo hizo con su energía de costumbre. "Ya viste a Halsey, ¿no? ¿Te das cuenta del poder que tenemos?".

Apretó un puño.

"Jamás volveremos a tener una oportunidad como esta de estudiar los efectos a largo plazo del agente en un espécimen humano, aunque se trata de una piltrafa como Halsey".

No supe qué más decir. ¿Será posible que en algún momento tenga que deshacerme no sólo de Halsey y el magnate, sino también de West? Pero prefiero dejarle esa tarea a la suerte.

¿12 de marzo de 1943?

Noche

Me desperté hace una hora. Iba a consultar mi reloj, pero ya no está en mi muñeca. Debo haberlo perdido quién sabe cuándo. Me ha hecho saltar un ruido irreal que parecía provenir de otro mundo, un mundo de pesadillas, de sombras gigantes que se desplazan por pasillos infinitos y retorcidos mientras la noche endemoniada ruge y hace trizas los cristales de las ventanas.

Estoy enloqueciendo. Ando con una fiebre perpetua. Tengo una horrible tos seca, pero a veces ni siquiera soy capaz de toser porque me lo impide mi garganta rasposa. Como no he parado de temblar, tuve que tirarme al suelo hace un rato. El estómago se me contraía con espasmos brutales y sentía la boca como un estropajo sucio. Para calmarme, me puse unas gotitas de agua en los labios, aunque eso no hace otra cosa que enloquecerme más. Lo único bueno de todo este asunto es que no he tenido pesadillas desde hace un par de días, creo. Las últimas me dejaban con un humor de perros.

Es obvio que la muerte se acerca dando pasos de gigante. Ya no recuerdo hace cuánto no he bajado a los camarotes ni a la bodega. Tal vez todos estén muertos. No lo sé. Tal vez yo ya esté muerto. Lo que más temo es que Herbert me use como conejillo de Indias. Estoy considerando la idea de lanzarme al mar y acabar del todo con esta pesadilla, pero, increíblemente, me desespera todavía más la idea de morir sin haber visto todo el potencial del trabajo que Herbert y yo hemos desarrollado a lo largo de estos meses desde nuestra huida de Arkham.

Quizá estoy loco. No lo sé. El calor infernal del trópico y el hambre están acabando con los últimos vestigios de mi cordura. Tengo que tirarme al mar antes de que a West se le ocurra alguna tontería.

¿Acabo de escuchar voces o es que definitivamente he perdido la razón? También me parece oír golpes contra el casco del Lazarus.

No, no estoy loco. Son voces humanas gritando algo ininteligible en medio de la noche.

## 8

—¿Hay alguien a bordo?

La voz resonó como un trueno en medio de la noche silenciosa.

Kane bajó del puente de mando. Estaba tan débil que no habría podido asegurar si lo que estaba viendo era real o una ilusión causada por el hambre, la sed y la insolación. Un puñado de marineros rodeaba al hombre que gritaba desde el otro barco. El cono de luz de un potente reflector barrió la cubierta del Lazarus.

Kane se puso la palma de la mano frente a los ojos para que la luz no lo cegara. Apenas era capaz de mantenerse en pie sobre la cubierta. Con los restos de humanidad que le quedaban, logró alisarse la pechera de la camisa pasándole la mano por encima. Intentó contestar el saludo, pero de su garganta reseca como una lija salió algo apenas parecido a una voz humana. Kane se estremeció.

Levantó el brazo y lo movió.

—¡Vamos a subir!

El marinero que había hablado señaló algo en el océano. Era un tipo alto, delgado y fibroso, vestido con boina, pantalón oscuro y camiseta clara de manga larga.

Kane tardó un poco en entender que la otra embarcación había enviado un bote con gente para subir al Lazarus. Durante unos segundos se emocionó, pero la sonrisa no tardó en borrársele de la cara. No conocía a los tipos que estaban trepando en ese momento por la escala de metal empotrada en el casco y no tenía la menor idea sobre sus intenciones. Estaban en medio de la nada y cualquier cosa era posible.

Se palpó la cintura en busca de la pistola.

Hizo una mueca cuando comprobó que la había dejado en el puente de mando.

Si es que la había dejado allí. Había estado tan débil en los últimos días que no habría sido raro dejarla olvidada en cualquier sitio, hasta en la bodega donde estaba encerrado Sanderson.

El marinero que había gritado desde el otro bote dio un salto sobre la borda del Lazarus y se plantó en la cubierta. Ayudó a subir a otro sujeto. Iban extremadamente limpios y daban muestras casi escandalosas de estar saludables, sin la menor señal de hambre o sed. En otras circunstancias, eso habría alegrado a Kane. Significaba comida, agua y un viaje rápido y sin contratiempos a tierra firme. Un viaje adonde fuera. En ese momento le daba igual. Hasta estaba dispuesto a regresar a Estados Unidos si no había de otra, a que lo encarcelaran, lo juzgaran y lo colgaran o frieran en la silla eléctrica. Daba lo mismo. Al menos en prisión iba a comer comida caliente durante un tiempo.

Los dos tipos del otro barco iban vestidos con ropa en buen estado, calzados con zapatos deportivos y con gorras de lona sobre la cabeza. Parecían la tripulación modelo de un crucero de placer en vez de los ocupantes de lo que parecía ser un pesquero común.

Kane estaba lúcido de nuevo. Deseó que la lucidez le durara lo suficiente para saber qué hacer si las cosas tomaban un rumbo inesperado. A lo mejor la repentina claridad mental era sólo otra de las variantes del humor producidas por la escasez de agua y alimento. Recordó haber leído en una revista dominical sobre un famoso escritor ruso que había redactado sus mejores páginas en medio de la anorexia. Dirigió la mirada rápidamente al puente de mando y luego a la escotilla que conducía a los camarotes. Tragó saliva. Sintió la garganta más reseca que nunca.

El marinero se acercó con la mano extendida y una sonrisa en el rostro afeitado. Dijo algo que Kane no alcanzó a entender.

—¿Perdón?

—Jack Davis.

—Peter Walker —mintió Kane.

Estrechó la mano que le ofrecía y achinó los ojos para ver su rostro a contraluz. Se movió un poco para hacer que Davis girara y se pusiera de cara al reflector. El sol había hecho enrojecer los pómulos blancos y el puente de la nariz de Davis. Bajo la boina, un nimbo blanquecino le rodeaba el cabello rojizo.

—¿Estadounidense? —preguntó Kane.

—Vaya, eso era precisamente lo que iba a preguntarle.

Davis volvió a sonreír, aunque con menos entusiasmo.

—¿Estamos cerca de Estados Unidos? —dijo Kane.

—No. Más bien estamos a unas cien millas de las costas de Honduras.

Kane le soltó la mano e hizo lo posible por responderle con una sonrisa, pero sólo pudo hacer una mueca. Cien millas. Sintió que era sólo cuestión de minutos para que se desmayara. Davis dejó de sonreír y le agarró el brazo.

—¿Se siente mal?

Davis le hizo una señal al hombre que lo acompañaba. El otro marinero se movió rápidamente. Trajo una caja vacía de madera y la puso cerca de Kane.

—Tranquilo.

Davis lo ayudó a sentarse en la caja y dobló las rodillas para verlo a la cara. A Kane le pareció que el marinero estaba fijándose demasiado en su camisa, pero se sentía mal y no pudo terminar de formularse la idea.

¿Era una pistola lo que Davis trataba de ocultar en una mano? Estaba casi seguro de haberla visto entre sus dedos cuando le puso la mano sobre la pierna. Fue algo tan fugaz que no supo si había sucedido de veras o era sólo una broma que su mente estaba jugándole.

—¿Está solo en el barco? —preguntó Davis.

—¿Perdón?

Davis chasqueó los dedos frente a sus ojos para obligarlo a despertar.

—Que si no hay nadie más a bordo.

Agua. Eso fue todo lo que Kane pudo decir.

Davis acercó la oreja a su cara.

—Agua. Quiero agua. Y comida.

—Por supuesto, amigo —Davis le dio una palmada en el hombro—. Pero nadie se va a morir. Eso se lo puedo asegurar. ¿Cómo dijo que era su nombre?

Kane no pudo hablar. Ya no recordaba el nombre falso que había usado para identificarse.

—Okey. Le daremos todo lo que quiera. Todo. Tenemos carne, agua. Con decirle que hasta tenemos cerveza —Davis hizo una pausa para comprobar el efecto de esa revelación—. Le daremos de todo. Pero primero dígame si hay más gente en el Lazarus.

Kane se fijó mejor en el marinero que acompañaba a Davis. Parecía mexicano, pero era imposible asegurarlo. En el estado en que se hallaba habría podido tomarlo también por asiático.

—¿Cuántas personas hay en el barco, además de usted? —Davis se acercó un poco más—. ¿Hay gente armada a bordo?

Kane dio un leve salto en la silla. Davis le puso la mano en el hombro para obligarlo a mantenerse quieto.

A Kane lo asombró su fuerza.

Davis le hizo más señales al marinero que lo acompañaba. El otro sujeto movió la cabeza y se acercó a la borda para decirles algo a los tripulantes del bote pesquero. Entró en la cabina y en el puente de mando. No tardó en salir de nuevo y acercarse a la escotilla que llevaba la estrecha zona de las literas y al camarote de Magnus. Kane habría jurado que el mexicano o asiático también andaba pistola. Lo vio flexionar las rodillas y quedarse quieto junto a la escotilla. La luz del reflector no había dejado de seguirlo mientras se movía por la cubierta.

Davis suspiró con algo parecido a la preocupación.

—Esto es sangre, ¿no?

Kane no supo al principio a qué se refería. Incluso estuvo a punto de decir que no era sangre, pero se contuvo. Entonces entendió de qué estaba hablando. Se refería a su camisa.

Aunque se la había cambiado en algún momento en los días anteriores, había vuelto a ensuciarla de sangre. ¿Había traído suficientes mudas de ropa en su maleta para los cinco o seis días de viaje? No podía recordarlo.

De hecho, su camisa parecía un cuadro impresionista pintado por un aficionado con debilidad por todas las tonalidades del rojo.

No contestó. Supo instintivamente que cualquier cosa que dijera no cambiaría en nada las ideas que Davis se había hecho desde que vio las luces apagadas del Lazarus y la camisa manchada.

—No es lo que usted cree.

—¿Ah no? —Davis volvió a suspirar—. Le voy a decir lo que creo. Lo que creo es que usted se va a quedar acá quietecito con Carlos —señaló a su acompañante con algo que evidentemente era el cañón de una pistola— mientras yo echo una ojeada por allí. ¿Entendido?

Davis tuvo que enderezar a Kane poniéndole una mano bajo la barbilla.

—¿Entendido?

Kane tosió mientras asentía con la cabeza. Davis se irguió, le dijo a Carlos que le diera agua a Kane y entró por la escotilla que llevaba a las literas y al camarote del capitán. No tardó en salir y en perderse de nuevo en las entrañas del barco por la puerta de la bodega. Kane vio sin interés sus andanzas. Se tragó con tanta violencia el agua de la cantimplora de metal que Carlos tuvo que quitársela de las manos. Kane tosió con más fuerza que antes y estuvo a punto de ahogarse. Carlos le dio un par de golpes con el puño en la espalda para despejarle la garganta.

Cuando se recuperó, a Kane le pareció que todo aquello estaba sucediendo dentro de un sueño. Cubierto de sudor y con la camisa pegada al cuerpo, Davis entraba y salía del cono de luz mientras iba de un lado a otro por la cubierta. Kane le arrebató la cantimplora a Carlos, tomó dos sorbos y se detuvo de repente. Por alguna razón, había dejado de tener sed. De hecho, fue como si de golpe el líquido le causara una repugnancia incontrolable. Tapó la cantimplora y la vio fijamente. Escupió los tragos que había bebido. Se puso un poco de agua en la palma de la mano y se mojó la cabeza y el cuello. El mundo comenzó a dar vueltas justo en ese momento. No era una sensación desconocida. Llevaba varios días sintiendo algo parecido cada cierto tiempo. Cerró los ojos. Cuando intentó abrirlos de nuevo, le costó separar los párpados.

Un rato después, Carlos y Davis pusieron en el piso de la cubierta algo alargado envuelto en sábanas. Kane contempló el bulto de tela sucia, pero lo distrajeron los gritos de Davis. Alguien contestó desde el pesquero. Los dos marineros volvieron a bajar a la bodega y regresaron con otro bulto alargado. El agua que Kane acababa de tomarse lo había devuelto poco a poco a la vida. La poca energía que había recuperado fue suficiente para imaginarse que uno de los bultos de tela contenía el cuerpo de Halsey. Era el paquete más grande. En el otro parecían haber envuelto los restos de West o de Sanderson, si no lo engañaba el tamaño del cadáver.

Los últimos días habían transcurrido en un limbo en el que Kane habría sido incapaz de distinguir la realidad del sueño, aunque estaba seguro de no haber tenido ningún sueño la noche anterior. En un estado así, West o Halsey podrían haber llevado a cabo cualquier plan por descabellado que fuera. Al final, pensó Kane, el plan de West había sido matar al decano y suicidarse. Por alguna razón, había dejado vivir a Kane, pero el azar le volvió a hacer trampa.

En ese momento, lo sacudió como un rayo la certeza de que West había muerto. Sintió una melancolía inexplicable.

—¿Cuál me dijo que era su nombre, amigo? Disculpe. Es que tengo pésima memoria.

Davis se había vuelto a inclinar junto a Kane. Usó la gorra de tela para secarse el sudor que le caía a chorros por la cara. Ya no se preocupaba por ocultar la pistola. Incluso usaba de vez en cuando el cañón para rascarse la frente. Era una de esas famosas pistolas que andaban los soldados alemanes. Kane las había visto en alguna parte.

—Marinero Peter Walker.

—Mucho gusto, marinero Peter Walker —Davis sonrió—. Okey, marinero, lo mejor para usted es que me diga todo lo que sabe. Y que todo lo que diga sea la pura verdad. ¿Entiende lo que le digo?

Kane asintió sin comprender muy bien de qué hablaba.

—Mire. Voy a explicarle cómo está la cosa. Teníamos que haber dado con este barco desde hace días, pero tuvimos problemas de toda clase. Ahora que ya lo hallamos, llamamos por radio a unos oficiales alemanes. ¿Me sigue?

—¿Alemanes?

—Así es. Alemanes. Hitler y todo eso. ¿Entiende?

Kane hizo una corta pausa para procesar lo que Davis acababa de decirle. Durante unos segundos creyó ver que las caras de Davis y Carlos se habían convertido en máscaras burlonas. Sacudió la cabeza y volvió a verlos. La ilusión desapareció. El rostro de Davis era de una seriedad mortal.

Kane imitó lo mejor que pudo a un idiota.

—Lo que le digo no es ningún chiste —dijo Davis—. Tal vez le dé risa. Eso no tiene nada de raro. El problema de reírse de este asunto es que en realidad no tiene nada de chistoso. Los alemanes andan por todas partes. Ni se imagina dónde pueden meterse. Se lo juro por las barbas de Júpiter. Son como ladillas. El caso es que estos tipos son gente muy peligrosa. No me extrañaría que le metan a usted un tiro entre ceja y ceja apenas pongan un pie en este barco. Y tal vez a mí si no les doy lo que andan buscando.

Kane tuvo un violento ataque de tos. Davis se puso de pie y le dio unas palmadas en la espalda. Esperó un poco mientras se recuperaba.

—Como le decía, esta gente no va a tardar mucho en aparecer y van a querer que usted suelte la sopa. Le van a preguntar dónde están los apuntes para fabricar esa cosa que Halsey prometió darles. Tenemos a Halsey y a su asistente, pero no hay señales del arma ni de los apuntes —para subrayarlo, Davis le dio una patada al decano—. En fin, no tenemos tiempo para tonterías, así que mejor dígame todo lo que sucedió acá y con suerte tal vez le duela menos. Porque estos tipos están entrenados para torturar y con este calor deben andar muy enojados. Si no me equivoco estamos a casi cincuenta grados. Con un calor así, puedo asegurarle que andan de un humor de perros. Óigame bien —chasqueó los dedos—. No tiene la menor idea de lo que estas personas pueden hacerle si les lleva la contraria. ¿Ha oído hablar de esos experimentos que hacen para divertirse?

Kane tosió y mantuvo la mirada fija en los zapatos de Davis.

—No sé de qué habla.

Davis sacudió la cabeza y suspiró. Volvió a agacharse. Vio a Kane a los ojos. Comenzó a dar golpecitos en la madera de la cubierta con el cañón de la pistola.

—Sólo soy un marinero —Kane imitó lo mejor que pudo la voz de un sujeto a punto de romper en llanto y se sorprendió de lo bien que le salió—. Todo el mundo se volvió loco de repente y empezaron a matarse unos a otros. ¿Qué más quiere que le diga? Se acabaron las provisiones y el agua. El motor dejó de funcionar. Estoy enfermo.

Davis asintió con cada frase de Kane. Carlos dijo algo y mostró la bitácora del capitán y la pistola de Sanderson. Kane trató de mantenerse impasible mientras veía la Colt y la pasta verdusca del cuaderno de Magnus. Davis se metió el arma bajo el cinturón y agarró la bitácora. Con una señal le indicó a Carlos que tirara la

Colt al mar. Kane no pudo evitar que una mueca se formara en su rostro. Por suerte, Davis no la vio porque estaba hojeando la bitácora. Arqueó las cejas mientras leía algunas páginas al azar.

—Por Júpiter, esto está muy interesante —cerró el cuaderno de tapas verdes—. Otra pregunta. ¿Quién es este tal Kane?

Kane logró mantener la compostura cuando Davis habló. Seguramente era también el resultado de no haber comido casi nada en varios días.

Iba a decir algo cuando oyó el bramido de una bocina corriendo desde lejos sobre las aguas del Atlántico. Davis se enderezó de golpe y echó una mirada al mar. Les dio órdenes a Carlos y a los sujetos que se habían quedado a bordo del bote pesquero. Kane no entendió una palabra de lo que decía.

Se armó un pequeño pandemonio sobre la cubierta de ambas embarcaciones.

Los tripulantes del pesquero dejaron de dirigir el haz del reflector sobre el Lazarus y lo apuntaron hacia el océano. Kane no se levantó de la caja. Aprovechó el repentino frenesí en cubierta para buscar con la mirada algo que le sirviera de arma. La poca luz que llegaba desde las linternas del pesquero no fue suficiente para revisar bien los alrededores. Entonces echó una ojeada al sitio iluminado por el reflector del bote de Davis.

Bajo el haz de luz, una forma alargada y oscura se deslizaba suavemente sobre el mar. Kane arrugó la frente y cerró a medias los ojos para ver mejor. Bajo el cielo sin luna ni estrellas no pudo determinar qué era la cosa que se acercaba silenciosamente al Lazarus. Davis dejó de dar órdenes a gritos y contempló cómo el reflector del pesquero iluminaba de lleno el costado del largo objeto sombrío que avanzaba sobre las aguas.

Era un submarino. Kane tuvo el deseo fugaz de arrojarse al mar mientras veía a la embarcación escupir un penacho de agua. Si no hubiera estado tan débil, probablemente habría cumplido su deseo de ahogarse. Cualquier cosa era mejor que caer en las garras de algún alemán colérico. Pero Kane no se lanzaba al mar por falta de energía. En realidad no lo hacía porque seguía sintiendo curiosidad. La misma curiosidad morbosa que lo había empujado a huir con West cuando lo más fácil habría sido entregarlo a la policía. Porque, al fin y al cabo, la curiosidad era la que lo había hecho convertirse en médico. O en científico, como le gustaba decirse a sí mismo, aunque no estaba seguro de haberlo sido nunca.

Carlos había bajado en algún momento al pequeño bote salvavidas de Davis. En ese momento estaba maniobrando sobre las aguas oscuras para acercarse al submarino. Mientras luchaba con los remos para no chocar con el casco, dos sombras salieron de las entrañas de la embarcación alemana. Kane vio a los sujetos bajar por el costado rugoso del submarino y meterse en el salvavidas. Carlos dio golpes con la paleta de los remos contra el casco metálico. El ruido viajó con pereza en el aire quieto y caliente. Un rato después, Carlos y los dos tripulantes del submarino subieron al Lazarus.

El primero en poner pie en la cubierta fue un tipo pequeño y compacto que se movía con aires de mandamás. Llevaba el pelo claro cortado casi al rapé bajo el quepis negro. Iba vestido con uniforme también negro, sin insignias. A Kane le pareció extraño que el otro tripulante del submarino que abordó el Lazarus tampoco llevara insignias en el sencillo uniforme. Era un individuo alto, de mandíbula cuadrada, pelo rubio y pajizo, caderas estrechas, pecho ancho y poderoso. Caminaba como buscando disimular la ametralladora que llevaba colgada al hombro.

Tenía que haber un motivo para que los dos tipos no mostraran distintivos nazis, pero a Kane se le escapaba. Si no estaba equivocado, el propio Hitler podría haber tripulado tranquilamente un submarino en dirección a tierras centroamericanas. Un aparato de esos parecía el sitio perfecto para esconderse de la vigilancia en las aguas sin ley de Centroamérica. Hasta donde sabía Kane, no había en esos endiablados lugares aparatos para detectar naves submarinas y tal vez ni siquiera embarcaciones normales. El otro motivo que se le escapaba era el del alto mando alemán para enviar esa clase de naves a Centroamérica. Pero ¿quién era Kane para saberlo? No era nadie. Su único derecho de reclamar la fama era haber sido cómplice del inventor de la fórmula que daba vida a los muertos.

Davis se acercó de inmediato y le dijo al tipo con pinta de oficial un par de palabras en alemán. El oficial se plantó frente a Kane con las piernas separadas y los dedos de las manos entrelazados a la espalda. Kane lo vio de pies a cabeza. El sudor había hecho que la ropa se pegara al cuerpo del oficial como un guante de látex.

—¿Herr West?

El oficial señaló a Kane con un movimiento de la barbilla. Una mueca de odio le deformaba la cara.

—No —dijo Davis.

El oficial volteó a verlo. Alzó una ceja y torció hacia abajo las comisuras de los labios. Tenía la cara enrojecida. Comenzó a hablar en alemán mientras daba vueltas alrededor de Davis y de la caja donde estaba sentado Kane. Davis permaneció en silencio. El nazi, encolerizado, hizo gestos con las manos y dio taconazos por la cubierta. Cuando terminó, se quedó con una mano en el aire y esperó la respuesta.

—Lo siento, almirante Becker, pero mi alemán no es muy bueno que digamos —dijo Davis.

Mengele dio una patada en el suelo. Se sacó un pañuelo del pantalón y se lo pasó por la cara brillante de sudor.

—Mein Gott. Odio este calor. Me llamo Mengele. Mayor Kurt Mengele, de las SS.

—Vaya, pues lo siento. Me dijeron que iba a encontrarme acá con el almirante Ernest Becker. Soy Jack Davis.

Davis extendió la mano. Mengele no se la estrechó. De hecho, parecía no haber escuchado las palabras del estadounidense.

—¿Y qué espera para aprender alemán? —siseó como una serpiente—. Está al servicio de Alemania. Lo menos que puede hacer es conocer la noble lengua alemana. Pero supongo que no se puede esperar mucho de un simple marinero de agua dulce.

Davis alzó las cejas. Se quitó la gorra para secarse con ella el sudor de la cara y el cuello.

—No seré marinero, pero soy soldado y estuve así de graduarme en Leyes en la Universidad Brigham Young antes de dedicarme a esto —extendió los brazos para abarcar la cubierta del Lazarus.

—¿La Brigham qué?

—Jamás he ido a Alemania. Honestamente, hoy es la segunda vez que veo a un alemán desde que me asignaron esta misión —hizo una pausa y señaló al sujeto que acompañaba a Mengele—. O mejor dicho a dos alemanes. Todas las comunicaciones las he hecho por radio y siempre me ha contestado una secretaria. Desde hace un año, mis únicos encuentros cara a cara han sido con centroamericanos.

—Si odia tanto a los alemanes, ¿para qué se metió en esto?

—No odio a nadie. Tampoco me gusta nadie. Bueno, sí hay algo que me gusta. El dinero. Por eso acepté esta misión.

—Eso es comprensible —Mengele hizo un gesto de impaciencia con la mano.

Volvió a secarse el sudor y soltó algo parecido a una sarta de insultos en un alemán incomprensible. Señaló a Kane.

—¿Y este?

—No es nadie —Davis alzó los hombros—. Sólo un marinero. ¿Dónde está el almirante Becker? Me dijeron que me entendiera con él para entregar a Halsey y West.

Mengele contempló el mar.

—¿Por qué se tardó tanto en contactarnos? Llevamos días navegando por estas aguas, perdiendo el tiempo. ¿No queda nadie más en este barco?

—Hay un loco de presidente en Honduras —dijo Davis—. Con el toque de queda, todo el asunto se puso difícil. Acá sólo está este tipo, además del cadáver que está en la bodega. Esos son los famosos Halsey y West de los que habló la agente Stiller —Davis señaló con la pistola los dos bultos envueltos en sábanas—. Corresponden con la descripción que envió por radio y con lo que saben de Halsey en la Gestapo. Ah, también hallamos este cuaderno. Tiene unos apuntes que pueden servir de algo —le dio a Mengele la bitácora de tapas verdes—. Ya revisamos el barco de arriba para abajo y no encontramos rastros de la fórmula de West que Halsey prometió entregarles. Hallamos varios instrumentos raros que no sirven para nada, como esa cosa de vidrio llena de flores marchitas.

Carlos dio un paso al frente y mostró la pirámide de cristal con base de antracita en la que Sanderson había intentado inmortalizar un ramo de claveles. En el fondo del brillante artilugio no quedaban más que los pétalos pulverizados y los tallos secos como tiras retorcidas de cáñamo gris.

Mengele se acercó lentamente a la pirámide cristalina. Levantaba la bitácora y la dejaba caer sobre la palma de la mano izquierda. Se detuvo frente al marinero. Dejó de juguetear con el cuaderno y acarició el vidrio del aparato de Bill Sanderson. De pronto dio un grito y de una manotada tiró al suelo la pirámide transparente. El dispositivo se hizo trizas contra la madera. Mengele giró sobre los talones y agitó la bitácora frente a la nariz de Davis.

—¿Me ha visto cara de decorador de interiores? ¿De qué me sirven estos adornos de mesa? —rugió.

Lanzó la bitácora al suelo. El cuaderno de pasta verdusca se deslizó por la cubierta hasta golpear la borda. Con cuidado de no clavarse un vidrio en la delgada suela de los zapatos deportivos, Carlos fue a recoger los apuntes de Magnus y se los ofreció a Mengele. El nazi se los arrebató.

Davis permaneció impasible.

—Todo indica que acá hubo una carnicería —dijo con voz monocorde—. Eso es lo único que puedo decirle. Hay sangre por todos lados, en las cabinas, en el puente de mando. Si me hace el favor de llamar al almirante Becker, puedo explicarle cómo está el asunto. Alguien destruyó todos los aparatos de comunicación y saboteó la sala de máquinas. En cuanto a este sujeto —señaló a Kane—, por lo que veo quedó loco después de haber visto lo que pasó aquí. Apenas puede hablar y no parece haber comido en una semana.

Kane no se movió. No fue difícil. El miedo lo tenía paralizado.

—No creo que esa explicación tranquilice al Führer. No me pregunte por qué, pero está convencido de que la Operación Sigfrido es decisiva para la guerra. Usted no tiene idea de lo que está en juego aquí.

—Tiene razón. No tengo idea. Pero ustedes tampoco están seguros de que West no es un charlatán.

Mengele estaba sudando a chorros, pero no hizo ningún movimiento para secarse la cara.

—Lo que usted o yo pensemos no tiene la menor importancia. Lo único que importa es lo que el Führer piensa y lo que el Führer piensa es que el arma que inventaron estos tipos funciona —Mengele subrayó la última palabra dibujando una raya en el aire—. Es obvio que usted no conoce al Führer.

Kane entendió que Mengele esperaba una respuesta. Para satisfacerlo, Davis sacudió la cabeza.

—Bien. Pues si algún día va a Berlín, se dará cuenta de hasta qué punto Adolf Hitler es un hombre al que le gusta estar seguro de que las cosas son como piensa que son. Tiene metida en la cabeza la idea de que va a ganar la guerra y hará todo lo que esté en sus manos para lograrlo. Si un charlatán o un médico brujo le ofrecen un arma milagrosa que hipnotiza al enemigo, tenga por seguro que el Führer va a buscarla y a usarla de alguna manera. Así de convencido está.

Davis se rascó la frente con el cañón del arma.

—Le creo —dijo—. El problema ahora es que nadie ha visto la bendita arma. Pero por suerte ni Halsey ni West están muertos.

—¿No?

Kane dio un ligero salto cuando escuchó que su amigo seguía vivo, pero trató de tranquilizarse.

—No —dijo Davis—. Estuve en la Cruz Roja y puedo detectar signos vitales. West los tiene. No logré hallarle el pulso a Halsey, pero las pupilas se le dilatan. Supongo que el hambre y la sed los dejaron en estado catatónico. Halsey es mucho más grande que West y tiene más necesidad de alimento y agua y por eso no me extraña que esté en peores condiciones.

Mengele le dio una patada al cuerpo de Halsey.

—Pues si están vivos no veo para qué envolverlos así —dijo.

—Les dije que los envolvieran para no alborotar a la tripulación. El doctor Halsey no tiene muy buena pinta que digamos y mis marineros son gente un poco rara. Los hondureños son supersticiosos.

—Me importan un pepino sus marineros —gruñó Mengele—. Lo único que necesito es poner de pie a esta escoria estadounidense para sacarle la verdad —señaló a West y Halsey.

—Tenía entendido que iban a darles trato preferencial o algo así.

—Como le dije, ya nada de esto es asunto suyo. Ya cumplió su parte y se echó al bolsillo una bonita suma de dinero.

—Para ser honesto, no me han pagado todo lo acordado y mi tripulación no está muy contenta.

—Y eso no es asunto mío —Mengele sonrió con expresión burlona—. No soy el contador del Reich. Entiéndase con el agente en Honduras.

Davis hizo una mueca.

Mengele se acarició la barbilla. Se enganchó la bitácora bajo el cinturón y le indicó con señales a su subalterno que le mostrara el contenido del bulto más grande. No pudo reprimir una mueca de asco cuando vio la cara de Halsey.

—Dios mío. Es lo más feo que he visto.

De golpe comenzó a carcajearse. Tuvo que morderse el puño para no seguir riéndose. Davis lo vio con algo de alarma. Cuando terminó de reírse, Mengele le puso la mano en el brazo. El mayor parecía un niño al que le acaban de dar una caja de chocolates.

—Mi tío Josef es un fanático de los espectáculos de circo y los seres anormales —dijo—. Recuerdo que, cuando yo era apenas un niño, me llevaba de la mano al Circo Sarrasani en Múnich. No sé por qué le encantaba que los trapecistas arriesgaran el pellejo para darle una diversión que nadie más le daba. Ni sus hijos ni sus amantes. Cuando le diga a mi tío que encontré este fenómeno en Honduras, va a emocionarse como no tiene idea. Antes de venir para acá, me dijo que me envidiaba. ¿Puede creerlo? El gran Josef Mengele me dijo que me envidiaba. Me encantaría experimentar con mexicanos. Eso dijo —Mengele se rio y sacudió la cabeza. Se había puesto inesperadamente nostálgico—. No sé por qué tío Josef cree que toda la gente que vive en estos países es mexicana. En fin. Creo que es hora de irnos. Tengo entendido que en su bote hay cuatro tripulantes, ¿no es así?

Kane vio a Davis. Fue como si el espía acabara de despertar de un sueño. Pareció tardar un poco en comprender que Mengele estaba digiriéndole la palabra.

—¿Perdón?

—Su bote —Mengele alzó las cejas y señaló con un movimiento de cabeza la cubierta del pesquero, donde sólo se veía la sombra del tripulante que manipulaba el reflector—. Son cuatro tripulantes los que van en él, ¿cierto?

—Cinco, contándome a mí.

—Ah vaya. Magnífico. O sea que hay cuatro sujetos esperando que usted regrese para largarse, ¿correcto?

—Así es.

—Excelente. Dígales que salgan a la cubierta del bote.

—¿Cómo?

—Que todos salgan a la cubierta. Los cuatro. Tengo que decirles algo muy importante. Se merecen mis felicitaciones por su excelente trabajo. Si no fuera por ellos, todavía andaríamos buscando a Halsey con este calor endemoniado.

Davis arrugó la frente.

—Son hondureños —dijo—. No van a entender ni una palabra.

Mengele suspiró. Se vio las uñas mientras esperaba en silencio. Davis resopló. Parecía resignado. Se acercó a la borda del Lazarus e hizo que la tripulación subiera a la cubierta del pesquero. Mengele extendió la mano.

—Su pistola.

—¿Para qué? —preguntó Davis.

Mengele señaló con la barbilla en dirección de Kane. Kane vio a Davis a la cara. Davis le puso la mano en el hombro y sacudió la cabeza.

—No vale la pena matarlo. El tipo está con un pie en el otro mundo. No creo que pase de hoy, la verdad.

Mengele lo interrumpió dando una patada en el piso. Escupió sobre la cubierta y levantó la barbilla. Empezó a dar golpecitos rítmicos en el piso con la punta de la bota derecha.

—Su pistola.

Mengele le arrebató el arma. Sacó el cargador y lo revisó. Volvió a meterlo y jaló la corredera. Apoyó el cañón en la cabeza de Kane.

Kane apretó los dientes y se imaginó la explosión ensordecedora, el recorrido del proyectil por su cerebro, su cráneo volando en mil pedazos en el aire caliente.

—Vaya. Está descuidada —dijo Mengele—. Es una pena. No es manera de tratar una obra maestra de la ingeniería.

Kane abrió los ojos. El nazi se acercó el arma a la cara y le echó una ojeada. Cuando pareció satisfecho, volvió a apuntar a la cabeza de Kane.

—El gatillo está duro.

Kane cerró los ojos y se revolvió sobre la caja mientras esperaba que le volaran los sesos. Estaba temblando.

—No tenía la menor intención de usarla —aclaró Davis.

El primer balazo no lo dejó hablar más. Dejó escapar una palabrota. Quizá esperaba ver cómo Kane caía al suelo con la cabeza hecha pedazos, pero eso no fue lo que sucedió.

Kane volvió a abrir los ojos. Davis parecía estar a punto de tener un ataque de epilepsia. Kane escuchó el ruido de castañuelas que hacía con la dentadura. Mengele sostuvo con firmeza la pistola, pero no les apuntó a Kane ni a Davis.

Mengele mantuvo el arma en alto. Carlos se puso a lanzar miradas erráticas por la cubierta, como si se hallara bajo el efecto de algún narcótico. Hizo un par de intentos de decir algo, pero sólo fue capaz de abrir y cerrar la boca. Tenía un agujero rojo perfectamente redondo en el lado izquierdo de la frente. Kane dirigió la mirada al suelo. Detrás de Carlos había un reguero rosáceo de sangre y cerebro.

Por alguna razón, Kane se sentía más despierto que en los últimos tres días. Bajo la luz del reflector podía ver con total precisión cada detalle a su alrededor. Ya no sólo se trataba de la repentina lucidez causada por el hambre. Se debía, también, a la seguridad de que en cualquier momento Mengele iba a matarlo. Quizá era mejor así. Se insultó en voz baja por no haberse pegado un tiro cuando aún tenía en su poder la Colt de Sanderson.

Antes de que el segundo y el tercer balazo alcanzaran a Carlos en el abdomen y lo tendieran en la cubierta, Mengele alzó la mano y gritó en alemán. El soldado que lo acompañaba se movió con la rapidez de un rayo. En cuestión de segundos se descolgó la ametralladora del hombro, la amartilló, apuntó y abrió fuego contra el bote pesquero de Davis.

Los cuatro tripulantes que habían subido a la cubierta del bote comenzaron a ejecutar una macabra danza sobre la cubierta en medio de una lluvia de balas y astillas de madera. Kane pudo ver cómo los proyectiles hacían pedazos a los ocupantes del pesquero. Uno de ellos se derrumbó de frente y quedó tendido bocabajo encima de la borda. Una mancha de sangre oscura fue deslizándose por el casco desde la cabeza reventada del marinero. Los otros se derrumbaron de espaldas sobre la cubierta.

El soldado siguió disparando hasta hacer añicos el cristal del reflector. Las balas desintegraron la lámpara en un penacho de chispas blancas y anaranjadas. El Lazarus se quedó a oscuras, iluminado solamente por las lamparitas de la cubierta del bote pesquero y por el fuego de las ametralladoras. Cuando se le acabaron las balas, el soldado extrajo el cargador de la ametralladora, sacó otro, recargó y comenzó a disparar otra vez.

Kane pudo escuchar como a lo lejos la voz de Davis sobre el estruendo de la balacera. Parecía estar rezando. Tenía las palmas de las manos apretadas contra las orejas. Cuando la ametralladora dejó de escupir fuego, Davis se quitó las manos de la cabeza. Kane contempló las pequeñas luces en la cubierta del bote. Encima de las lámparas flotaba el humo de la pólvora.

Mengele giró de nuevo y apuntó a Davis con la Parabellum. El alemán era una sombra de contornos suavemente iluminados por las lámparas del pesquero.

—¿Por qué? —dijo Davis con un ligero tartamudeo.

—Porque puedo hacerlo.

Davis se quedó callado. Kane creyó ver cómo la manzana de Adán le bajaba y subía por el cuello.

—Supongo que sigo yo —dijo al fin Davis.

—De hecho, usted era el primero en mi lista, pero me pica la curiosidad.

Davis no dijo nada.

—Me dijo que usted trabajó en la Cruz Roja, ¿no?

Davis se mantuvo en silencio.

—Parece que haberle dado primeros auxilios a algún pobre idiota acaba de salvarle la vida. Al menos por un par de días. Si no le importa no ganar un solo marco por trabajar como mi asistente, queda contratado. Si no le gusta la idea, podemos arreglarlo fácilmente —Mengele le mostró el arma—. Tengo planes para esta cosa —pateó el cadáver de Halsey— y necesito a un sujeto que responda rápido cuando le apuntan con una pistola. Muévase. Tenemos mucho que hacer.

—¿Y qué hacemos con aquel tipo? —dijo el soldado que acompañaba a Mengele.

Kane entendió que se refería a él.

Mengele se detuvo en mitad de una zancada. Dio media vuelta. Comenzó a dar golpecitos en la madera de la cubierta con la punta de una bota. Se acercó a la caja donde Kane estaba sentado y se agachó para verlo bajo la luz opaca.

—No saben el gusto que me dio volver a disparar una de estas maravillas —se irguió, giró sobre los talones, levantó la pistola sobre su cabeza y habló con tono emocionado—. No las usaba desde que estuve en Auschwitz.

Davis sólo levantó una ceja cuando Mengele volteó a verlo.

—Usted no es el único que ha estudiado acá. Yo también lo hice —dijo Mengele—. Saqué el primer año de Leyes en Berlín, pero mi verdadera pasión es el arte. Acá donde me ven, fui actor de teatro. La otra es la biología. Ya saben. De dónde venimos y adónde vamos. Ese tipo de cosas. Siempre he leído mucho. Diez, doce libros a la semana. Con toda esa información, la cabeza me hierve de ideas, Schulz.

Le guiñó el ojo al soldado que lo acompañaba. Le dijo una frase en alemán y se dio un par de golpecitos en la sien con el cañón de la pistola. Schulz sonrió.

—Cientos, miles de ideas —prosiguió Mengele—, suficientes para poner el mundo patas arriba. En fin, todo iba viento en popa hasta que un buen día —chasqueó dos dedos— descubrí mi otra vocación. ¿Saben cuál es?

Nadie contestó.

—La muerte —Mengele abrió con las manos una cortina imaginaria—. Así es. Aquello me cayó encima como un rayo. Estaba tomándome un café con leche en la Alexanderplatz cuando vi pasar a un tipo de esos que organizan funerales. Iba vestido todo de negro y con un clavel rojo en la solapa —se levantó la pechera de la camisa oscura para olerla—. Me dio cólera ver a aquel tipo todo de negro paseando como si nada por las calles de Berlín después de darse de narices todos los días con el fenómeno más importante de la vida. ¿Y cuál es ese bendito fenómeno?

De nuevo, nadie dijo nada. Schulz siguió sonriendo.

—La muerte —repitió Mengele—. Iba a levantarme para decirle una barbaridad al sujeto vestido de negro, pero en eso recordé que aquel tipo no era más que una escoria que comerciaba con cadáveres. En mi caso, las cosas son radicalmente distintas. Yo iba a estudiar el momento en que un vivo se convierte en un muerto. Es la clase de cosas que sólo ven cara a cara los médicos y los sacerdotes, y yo no soy ni una cosa ni la otra. Ni trato de salvar a nadie de la muerte ni ayudarle a morir bien, suponiendo que eso sea posible.

Extendió de repente el brazo, apoyó el cañón de la pistola en la mejilla de Kane y cerró el ojo derecho.

—A mí sólo me interesa saber qué sucede cuando alguien está a punto de morir. ¿Qué le pasa por la mente? ¿Está molesto porque alguien va a volarle la cabeza de un balazo de Luger? ¿Está feliz porque por fin va a librarse del aburrimiento de estar vivo? Recuerdo una cosa que tío Josef le dijo a una chica judía. Le acarició la mejilla y le dijo: "Con gusto te reviviría para volver a matarte". ¿No les parece genial?

Apretó el gatillo, pero la pistola se negó a disparar. Se la acercó a la cara, la revisó, le jaló la corredera y volvió a intentarlo. Kane oyó claramente cómo rechinaban los dientes del nazi. Mengele extrajo el cargador, lo revisó lo mejor que pudo en la oscuridad, volvió a meterlo e intentó jalar la corredera. Apuntó de nuevo, pero el arma volvió a fallar.

—Verdammt —dijo entre dientes mientras repetía el procedimiento.

La pistola volvió a trabarse. Como un niño, Mengele se puso a dar patadas en la cubierta y terminó usando el arma como proyectil. Kane se agachó para evitar que era artefacto le partiera la frente, pero Mengele tenía pésima puntería. La pistola pasó encima de la cabeza de Kane, voló sobre la borda y cayó al agua. Mengele giró sobre los talones hasta darles la espalda a Kane y Davis.

Mengele habló en alemán con el soldado Schulz sin dejar de gesticular. Primero indicó la ametralladora que el soldado llevaba colgada al hombro. Luego señaló a Kane. Siguió gesticulando y hablando un poco más. Quedó claro que Mengele le estaba pidiendo que disparara.

Schulz negó con la cabeza. Parecía apenado. Dijo algo y señaló la ametralladora. Kane comprendió que el soldado se había quedado sin balas. Mengele siguió hablando con furia cada vez mayor.

Le arrebató la ametralladora y le sacó el cargador. Kane se preparó para agacharse de nuevo en el caso de que al nazi se le ocurriera golpearlo con el arma. Mientras Mengele terminaba de revisarla, el soldado soltó una maldición y echó a correr detrás de Davis, pero no logró alcanzarlo para impedir que se lanzara al agua.

Mengele se acercó a la borda y estuvo unos minutos viendo el mar en busca de señales del espía estadounidense. Sin dejar de contemplar el océano, se puso a dar gritos hasta perder la voz. Se cansó de esperar, insultó en alemán a Schulz y le entregó la ametralladora. Se plantó enfrente de Kane y estuvo contemplándolo mientras se acariciaba la barbilla.

El sonido de la bocina del submarino lo hizo dar un salto. Suspiró.

—Sería divertido verlo morir de sed y hambre —señaló a Kane con la mano—. Pero al Reich no le gustan las distracciones.

Derribó a Kane de una patada en el pecho y continuó pateándolo un buen rato hasta cansarse. Se inclinó con las manos en las rodillas para recobrar el aliento. Luego recogió la caja de madera y la usó para seguir con la paliza. Uno de los golpes en la cabeza hizo que Kane perdiera el conocimiento.

## 9

Cuando despertó, Mengele ya no estaba allí. Kane se arrastró sobre la cubierta y se quedó un rato recostado en la borda mientras se recuperaba. Escuchó el chillido de una bocina lejana. Le costó un mundo incorporarse. Con los brazos sobre la borda, vio las luces rojas del submarino deslizándose sobre el mar hasta apagarse.

No supo cuánto tiempo estuvo viendo el océano. Tenía la mente en blanco y los ojos húmedos. Comenzó a temblar. Volvió a sentarse en la cubierta con la espalda apoyada en la borda. Se tocó la cara y la cabeza. Se vio las manos a la luz del pesquero de Davis, que seguía inmóvil a unos metros del Lazarus. Kane tenía las manos y los brazos cubiertos de sangre seca, pero no era la sangre de otra víctima de la locura megalómana de Herbert West. Era su sangre, la de Brian Kane. Oscura y caliente, con un penetrante olor a herrumbre.

Entonces empezó a llover. Formó rápidamente un cuenco con las manos hasta llenarlo de agua y se lo llevó a la boca. Repitió la maniobra hasta saciarse. Se rio a carcajadas mientras se llenaba el estómago de la cálida agua lluvia del trópico. Recordó que en algún momento le había parecido maravilloso seguir vivo a pesar de no haber comido ni bebido nada durante días, pero la explicación estaba allí, cayendo sobre él a chorros.

Se trataba sencillamente de un milagro.

La lluvia cesó tan de repente como había empezado. Kane se acomodó mejor para echar una siesta en la cubierta. Le llamó la atención un objeto abultado que llevaba en los pantalones. Se preguntó cómo es que no lo había sentido antes. Hurgó en el bolsillo trasero. Sacó una hoja de papel doblada, un pequeño frasco y una jeringa de vidrio antigolpes. También encontró dos objetos más que reconoció de inmediato.

Eran los mecanismos que Halsey usaba para controlar a su cuadrilla de zombis. Kane volvió a metérselos en la bolsa del pantalón.

El frasco brillaba en la oscuridad. Lo sostuvo en alto y lo vio un rato sin acabar de creerlo. Eran, si no se equivocaba, cincuenta mililitros de la fórmula para revivir muertos con la que Herbert West iba a trastornar para siempre la historia de la humanidad. Suficientes para reanimar a cinco personas. O a cinco perros. O a quince gatos. Guardó el recipiente. Bajo la luz escasa examinó el rectángulo de papel húmedo. Le costó descifrar lo que decía, pero al final entendió algunas de las palabras escritas en una adornada caligrafía que reconoció de inmediato.

Era una carta de Herbert West.

SEGUNDA PARTE

LA TIERRA DE LOS MUERTOS

Del Diario *El Patriota*

La Ceiba, Honduras

17 de marzo de 1943

### "BARCO DE LA MUERTE" LLEGA A HONDURAS

### Rodeada de misterio arribó a La Ceiba la embarcación del magnate Bill Sanderson

En medio del más absoluto misterio, el barco de mediano calado Lazarus, del magnate de los minerales Bill Sanderson, llegó hoy a La Ceiba tras ser rescatado cuando iba a la deriva por el Atlántico.

El Lazarus arribó por fin a esta ciudad puerto tras un viaje por el Caribe que comenzó dos semanas atrás en el paradisiaco estado de Florida, Estados Unidos.

El pesquero Valdemar avistó al Lazarus cuando este iba a la deriva a treinta millas de la costa de Honduras. El Valdemar es una de las contadas embarcaciones con permiso de operar cuando el gobierno aún no levanta las restricciones constitucionales debido a las violentas protestas obreras que frenan el desarrollo del país y también al terror que desde hace unos meses rodea las acciones del infame asesino de niñas a quien el pueblo apoda el Carnicero de Belén.

"Es el barco de la muerte", dijo un tripulante del Valdemar en alusión al Lazarus. Sin embargo, el estado del barco y el destino del propio Sanderson siguen envueltos en el misterio luego de que detectives estadounidenses acordonaran la zona y se llevaran con dirección desconocida a la tripulación del Valdemar.

Entre los norteamericanos se hallaba el exagente del FBI Gus Palmer, quien trabaja desde hace un par de años para Sanderson.

El magnate es conocido no sólo por sus grandes inversiones en las minas y bananeras de Honduras y otros países de América y África. Además es coleccionista, arqueólogo aficionado, filántropo y ocultista. Se sabe también que siente un miedo cerval a volar en avión.

Las fobias de Sanderson han merecido bromas nada cordiales de los diarios sensacionalistas de su contrincante, el potentado William Randolph Hearst. A su vez, el propio Sanderson ha firmado un par de editoriales en su vespertino The New York Planet para mofarse de su tocayo.

Por otra parte, de todos es conocida la estrecha amistad que une a Sanderson con el presidente hondureño Toribio Macías, ya que ambos comparten el interés en el desarrollo del país, además de la afición a las ciencias, en especial las ocultas.

Todo apunta a que el magnate venía a Honduras para darle a Macías su apoyo incondicional en un nuevo programa de seguridad nacional. Sin embargo, las columnas de chismes señalan que lo que ambos planeaban era una sesión espiritista a puertas cerradas con la high society en un lugar aún no revelado de la capital.

Del *New York Planet*

Hollywood, California

5 de marzo de 1943

## BILL VUELVE A SU GUARIDA TROPICAL

### Bill Sanderson regresa a Honduras a cubrirse de gloria

Justo cuando la crema y nata de la sociedad creía que Bill Sanderson acariciaba la jubilación para someterse al dulce yugo del hogar, el científico, filántropo y aventurero ha vuelto a sorprendernos regresando a la peligrosa tierra de sus amores: Honduras. Su objetivo: llevar a cabo una de las empresas más cercanas a su corazón indómito y colgar otra rutilante estrella de su pecho benefactor.

El eterno aspirante al Premio Nobel de la Paz se encuentra en tierras hondureñas para comenzar la erección de un proyecto que vendrá a beneficiar a miles de huérfanos en aquellas tierras selváticas. Como sabemos, Centroamérica no sólo produce animales exóticos, sino además millones de jovencitos abandonados por padres degenerados y alcohólicos, cuando no drogadictos y secuestradores.

La prometida del magnate, la actriz texana Velma Thomas, mantiene en estricto secreto la naturaleza del proyecto, pero no su costo ni sus alcances.

"Doce millones", dice tras el humo de un cigarrillo la intérprete de *La venganza de los cíclopes marcianos*. "Con sucursales en cada uno de esos paisitos".

Pero ¿la partida de su amado Bill no deja un vacío gigantesco en el virginal pecho, asegurado en cinco millones de dólares, de la protagonista de *La rubia del Orinoco*?

"Obvio", asegura Velma. "Pero soy una chica moderna y las chicas modernas no piensan tonterías".

<br>

3

De *Los Angeles Tatler*

La Ceiba, Honduras

17 de marzo de 1943

**SANDERSON DESAPARECE EN MEDIO DEL OCÉANO**

**Matanza en alta mar detuvo la voraz carrera del millonario**

Estamos en la capacidad de informar que el comerciante de armas y moderno traficante de esclavos Bill Sanderson ha desaparecido en lo que parece haber sido una masacre en medio del océano Atlántico cuando se dirigía en barco a Centroamérica.

No surtieron efecto las payasadas paranormales con que el magnate distrajo a la opinión pública ni sus amoríos tipo Svengali con bailarinas de burlesque de segunda convertidas de la noche a la mañana en actrices de tercera. Menos consiguieron amedrentarnos las amenazas del dictador bananero Big Boy Macías contra esta casa editora.

Nuestro compromiso con la verdad nos ha llevado al propio lugar de los hechos en el pueblo portuario de La Ceiba, donde testigos dan cuenta de que un grupo de pescadores remolcaron el barco vacío en el que Sanderson partió de Tampa con al menos tres acompañantes.

La naturaleza y el objetivo del viaje de Sanderson, según fuentes anónimas, era transportar un cargamento de material aún no revelado que provocó un violento choque entre bandas delictivas en alta mar.

Les rogamos estar pendientes de esta noticia en desarrollo.

## 4

De Diario *El Cronista*

Comayagüela, Honduras

23 de marzo de 1943

### CARNICERO DE BELÉN VUELVE A MATAR

#### El infame asesino manchó otra vez de sangre inocente las calles de Tegucigalpa

La capital vuelve a amanecer hoy de luto con otro espeluznante crimen del tristemente célebre Carnicero de Belén. De nada sirven los impactantes despliegues policiales que se han cerrado como un candado sobre la nación luego de la desaparición del presidente Toribio Macías. La criminalidad sigue burlándose de la sociedad bajo las narices de las autoridades.

Esta vez, el asesinato de la hija de 14 años de edad de un honorable ferretero ha llenado de consternación al barrio Villa Adela.

Vecinos encontraron el cadáver de la joven hoy por la madrugada en un basurero sito en la ciudad gemela de Tegucigalpa.

Las condiciones en que se hallaba la víctima desafían toda descripción. Además desnudan la mente enferma del responsable de este dantesco crimen.

Con este nuevo hecho ascienden a seis las víctimas del alienado desde que en julio de 1942 empezara a emborronar de sangre los libros de historia de la ciudad capital.

Como en los restantes seis asesinatos, el Carnicero dejó junto al cuerpo de la víctima una nota en una hoja de papel amarillo. Asimismo, como en los demás casos, la policía no dio detalles del contenido del mensaje.

La opinión pública ha tenido acceso a los supuestos mensajes del despreciable criminal, ya que él mismo se ha tomado la molestia de enviarlos a los medios de comunicación, así como a varias organizaciones. En todos convierte en cómplice de sus crímenes al gobierno y en especial a la policía secreta del presidente Macías.

A pesar de la gravedad de los hechos, el despacho de la Presidencia no ha dado declaraciones al respecto. No sólo eso, sino que además sigue haciendo oídos sordos a los reclamos de la ciudadanía. Entretanto, las autoridades no han establecido aún la autoría de los supuestos mensajes del asesino, pero la precisión de los detalles en que abundan las notas permite lucubrar que quien las escribió es, en efecto, el propio enfermo responsable de los espeluznantes asesinatos.

Los capitalinos honorables exigen la captura inmediata del réprobo para que rinda cuentas con la justicia y la sociedad.

5

Se despertó gritando y dando manotadas.

Se irguió de un salto, como si tuviera un resorte en la espalda. Estaba ahogándose. Sentado en la orilla de la cama, tosió para librarse del bulto que le apretaba el pecho. Vio alrededor y recuperó poco a poco el sentido de la realidad. Bajo el retazo de cielo estrellado asomándose por la ventana abierta, vio cómo el cuerpo sinuoso de la mujer se sacudía las sábanas de encima.

El comandante Pacho Galeano se frotó los ojos. El calor acabó de convencerlo de que no seguía soñando.

Siempre pasaba lo mismo cuando tenía la pesadilla. La sombra del demonio de sombrero y ojos como carbones encendidos parecía tan real como las paredes o la puerta del cuarto.

Eso era lo peor. No saber qué era realidad o sueño.

Cada vez que el demonio regresaba para torturarlo, Pacho sentía los brazos clavados a la cama. Era imposible moverse. A veces rezaba en voz alta para alejar a la criatura. Otras, cruzaba los brazos sobre el pecho. Aunque había tenido el sueño muchas veces, el terror no dejaba nunca de oprimirle el pecho. Incluso despertarse en medio del calor ardiente de La Ceiba era casi un alivio.

Los escalofríos le duraron más que otros días. Durante un momento creyó que estaba de vuelta en la casa en el centro de Tegucigalpa, pero la ilusión no duró mucho. No era la capital. Estaba en La Ceiba y hacía el calor pegajoso de la costa. Se tocó la frente en busca de señales de fiebre. Agarró con dos dedos la estampita de la Virgen que llevaba colgada del cuello, la besó y le dio las gracias por estar vivo.

La muchacha trigueña de largo pelo rizado se revolvió sobre el colchón. Pacho la escuchó respirar y se sintió agradecido. Odiaba

*109*

la idea de estar solo después de soñar con el demonio. Tampoco le gustaba mucho estar sin compañía después de comprobar cada mañana que tenía casi un año sin trabajar bajo las órdenes directas del presidente Macías.

Pasó la mano por las nalgas de la muchacha. Ella hizo un ruido extraño con la garganta y se cubrió los pechos con la sábana mojada.

El chirrido de los grillos acabó de hacer que Pacho volviera a la realidad. Se puso de pie. En los numeritos fosforescentes del Oris a prueba de agua eran las tres de la madrugada. No se quitaba nunca el reloj. Ni para dormir.

Se acercó al espejo grande, pero se detuvo a media zancada para tocarse la espalda. Apenas treinta y cinco años y ya le pagaban aquellos dolores del demonio. Arrastró los pies desnudos y se paró frente al vidrio. Le gustaba sentir el fresco suelo de cemento bruñido bajo los pies. Levantó la mano. Desde el espejo, en medio de la oscuridad, lo saludó la sombra de un sujeto trigueño y alto, fibroso, sin sombra de barriga, de piernas y brazos largos.

Se acarició el bigote espeso y el mentón rasposo. Bajó la mano hasta el triángulo oscuro en medio de los muslos.

Poder. Eso era lo importante.

Volvió a besar la estampita. Gracias, mi negra, susurró.

Se acercó al armario de caoba y sacó ropa sin hacer ruido. Sabía dónde guardaba cada objeto, pero tenía mucho tiempo de no ponerse traje y corbata. Le costó un poco dar con todo, pero estaba seguro de que valía la pena. No todos los días eran como el 17 de marzo de 1943. Era la oportunidad de esmerarse si quería volver a pasearse como un mandamás por los pasillos de la mansión presidencial.

Lo puso todo sobre una silla. Entró en el baño, encendió la luz y cerró la puerta para no molestar. Se afeitó con la navaja de mango de nácar y luego tomó una ducha rápida. Sin dejar de pasarse la toalla por el pelo liso y negro, volvió dando saltitos a la sala. Había dejado encendida la luz del baño para no partirse las espinillas contra un mueble.

Parado frente a la foto del presidente de Honduras, Pacho siguió secándose con la toalla. Cuando acabó, la colgó del respaldo de la silla. Todavía desnudo, hizo el saludo nazi frente a la fotografía de Toribio Macías. Se puso rápidamente los calzoncillos y el pantalón y volvió a saludar. Una débil sonrisa le cruzó por la cara.

Con la mano todavía alzada, vio por la ventana la sábana oscura del valle agujereada de luces. Se masajeó la cara con colonia para después de afeitar. Descolgó una camisa del armario y se la puso rápidamente. Le echó otra ojeada al Oris. Las tres y veinticinco. Siempre sin hacer ruido, se sentó en la silla y se puso los calcetines y las chinelas.

En ese momento, la cara sombría del monstruo que lo acosaba en los sueños volvió a atravesarle el cerebro como un relámpago. Sacudió la cabeza para alejar la imagen y rozó con los dedos la imagen de la santa.

Se volvió a poner de pie y se vio en el espejo. Echó la cabeza para atrás y se dio palmadas en la papada todavía tensa. Se puso el saco y la corbata con movimientos rápidos.

Sacó la credencial de agente de la policía secreta de la cajita de madera que guardaba en la gaveta del ropero. Cerró con llave y estuvo dando golpecitos con los dedos en la madera. Al final cerró la gaveta y se metió la credencial en un bolsillo. En una de esas podía necesitarla. Acarició con un dedo el contorno del águila del Partido Nazi grabada en el metal laqueado de la pitillera que también guardaba en la cajita de madera.

Sin dejar de pasar el dedo sobre la superficie pulida, pensó en que la pitillera era lo único que algún metiche podría haber usado para meterlo en problemas. Pero no había metiches. Al menos, no que él supiera. Habían procedido con extremo cuidado, sin firmar papeles ni nada. Sin dejar huellas. Y a Stiller le gustaba que todo estuviera en orden. Nada de descuidos. Por ese lado, Pacho podía estar tranquilo.

Se metió la pitillera en el saco y cerró la gaveta con llave. Descolgó de un gancho de metal la sobaquera de cuero donde cargaba la Colt de nueve milímetros. Se la abrochó, desenfundó la pistola para revisarla y volvió a enfundarla.

Se acercó al nicho junto a una de las ventanas donde guardaba una pequeña pila de cartuchos junto a una imagen de porcelana de la Virgen. Bendíceme, negra, dijo en voz baja. Se besó dos dedos, los puso sobre la estatuilla, recogió dos cartuchos y se los metió en la bolsa del pantalón.

Otra vez vio pasar frente a sus ojos la horrible cara del demonio. Se quedó quieto durante medio minuto. Respiró acompasadamente hasta calmarse. Rozó con un dedo la culata. Si hubiera sido fácil librarse del diablo pegándole cuatro tiros, lo habría hecho sin vacilar. Pero no era enemigo suyo ni de Big Boy. No era un hijo de perra de carne y hueso. Era el diablo. Y el diablo estaba buscando a Pacho por alguna razón.

Un escalofrío le recorrió la espina dorsal.

Recogió el sombrero de la mesa del comedor y se lo puso. Volteó a ver las nalgas de la muchacha insinuándose bajo las sábanas sombrías.

Antes de salir se sacó unos billetes de la billetera y los dejó debajo de un vaso en la mesa del comedor. Más que suficiente para que comprara chucherías e hiciera algo de cenar, aunque esa noche comería sola. Pacho estaba seguro de que iba a pasar al menos dos días fuera.

Sin hacer ruido, cerró la puerta con llave y se alejó caminando por el sendero de grava crujiente que llevaba al garaje. Cosa rara, hacía frío. Marzo en La Ceiba era siempre como caminar sobre carbones vivos. La Semana Santa y todo eso. Pero ese día no.

Pacho llevaba en la mano izquierda una maletita con ropa que había dejado preparada junto a la puerta desde la noche anterior. Se detuvo frente al garaje, puso la maleta en el suelo y se inclinó para jalar hacia arriba la ancha puerta chirriante. Manoteó el interruptor de la luz.

Con los puños apoyados en las caderas, se quedó contemplando el abollado pero completamente funcional camión Opel de carrocería verde oscura y toldo gris. Luego paseó la vista sobre el Renault rojo. No era día de escoger. Vio la punta de sus chinelas y por un momento consideró la posibilidad de regresar a ponerse ropa más cómoda, pero desechó la idea. Se trataba de un oficial del alto mando, carajo. No podía llegar hecho un espantapájaros.

Como siempre, dijo una corta oración mientras se acomodaba en el asiento del Renault. Comenzó a silbar. Maravilloso. Le dio vuelta a la llave y sintió el calorcito del motor extendiéndose por la cabina. El estómago le hizo ruido.

Vaya. Tendría que haber comido un bocado. Conocía un lugarcito para camioneros en el camino que abría temprano. ¿Cómo era que decía Stiller? Wunderbar. Maravilloso. Apretó el pedal con el pie y el carro echó a andar. Suspiró y sonrió. Estaba feliz. No podía negarlo. Era la oportunidad de salir de La Ceiba y regresar a Tegucigalpa por todo lo alto. En un Mercedes-Benz nuevo, al lado de un alemán de alto rango. Porque, como decía Stiller, el futuro era de los alemanes.

Pacho siguió silbando. No todos los días iba a recibir a un tipo con el rango del almirante nazi Ernest Becker.

6

~~Cuaderno de bitácora y otros apuntes del capitán S. Magnus~~
~~Diario de Brian Kane~~
"Por encima de todo", autobiografía del mayor (SS) Kurt Mengele
Capítulo 348

La Operación Sigfrido salió tal como la planeó el Führer. Mi misión en los mares de Honduras era hallar vivo a nuestro aliado estadounidense, el científico Alan Halsey, y a su alumno aventajado, el doctor Herbert West. Puedo decir con gran satisfacción que alcancé mi objetivo. Sin embargo, el resultado fue también agridulce. Aunque el creador de la nueva arma secreta del Reich estaba vivo y podía ~~darme~~ darnos, a la larga, la victoria sobre los aliados, lo encontré en un estado que alguien llamó "catatónico". A pesar de todo, las entrañas de mi submarino, el Olympia, acogieron a ambos personajes el 13 de marzo de 1943.

*113*

Sin duda, la Operación Sigfrido lo había tenido casi todo en contra, pero ese día fui capaz de afirmar categóricamente que, por primera vez desde Stalingrado, los vientos de la guerra soplaban a nuestro favor.

Además del rescate exitoso de ambos científicos, convertidos súbitamente en el pivote del enfrentamiento bélico, yo había cumplido, como siempre, todas mis operaciones en tierras americanas. La primera había consistido en recoger una nueva arma biológica creada en los laboratorios en Río de Janeiro. A pesar de mis quejas ante el alto mando por aquel peligroso encargo, los quince kilos del compuesto reposaban dentro de un recipiente en la pequeña bodega del Olympia.

Los marineros me confesaron que, al contrario de otras potenciales armas biológicas que les había tocado transportar, esta no necesitaba refrigeración. ~~El único inconveniente, si era posible tomarlo por tal, era el material con que habían fabricado el contenedor del compuesto. A las fábricas que el Führer tiene en Brasil les falta mucho camino que recorrer en cuanto a calidad.~~

Habría podido decirse que me sentía en casa después de aquella nueva incursión en los traicioneros mares de América Central y del Sur. Mis avanzadas estaban mejor instaladas que nunca en esas selváticas tierras. Mientras tanto, mis relaciones con los líderes de esa región del mundo nunca habían sido mejores. Casi podía ver el rostro de Odín sonriéndome desde el Valhalla.

Para agregar pátina triunfal a esta misión americana, he aquí que mi submarino, el Olympia, transportaba la llave del cofre que atesoraba la victoria definitiva del Reich sobre sus eternos enemigos. Yo sabía que nuestro líder añoraba desde el comienzo de las hostilidades poseer un arma que destruyera por completo a los rivales de nuestra benemérita tierra paterna. Y había de ser yo, el mayor (SS) Kurt Mengele, quien al final la depositara, inmaculada y resplandeciente, en sus manos curtidas por la victoria. La Operación Sigfrido, llamada así en honor a nuestro personaje mitológico, daba visos de haber emprendido el camino hacia un triunfo aplastante.

Triunfante había sido también la noche anterior, cuando logré coronar una misión sembrada de peligros. Si bien padecí las lamentables bajas de algunos colaboradores vitales en mi atrevida incursión en las costas de Honduras, el desenlace fue enormemente satisfactorio.

Yo tenía la seguridad de que el arma creada por Halsey le daría vuelta a la guerra a nuestro favor. Mi confianza en el Führer era inconmovible, a pesar de que la victoria dependiera de Halsey, es decir, de un hombre que pertenecía al país que se había convertido en nuestro principal contrincante de guerra.

Quién lo habría dicho. La vida está llena de esa clase de ironías que al Führer no le hacían la menor gracia. "No puedo darme el lujo de depender de las casualidades", dijo una vez en presencia de mi tío, el capitán Josef Mengele. "Mi trabajo es moldear el destino a los propósitos del Reich", afirmó en otra. Frases como esas, que habrían sonado arrogantes en los labios de un Roosevelt o un Stalin, eran un auténtico reconstituyente cuando era Hitler quien las pronunciaba.

Me habría comunicado en ese mismo momento con mi tío para darle un adelanto de las brillantes noticias, pero incluso una mente preclara como la suya no habría sido capaz de abarcar por completo las implicaciones de mi operación. Su reacción iba a ser intempestiva, por no decir otra cosa.

La idea de intercambiar con mi tío mensajes codificados en el sistema de comunicación del Olympia no hizo más que apuntalar la firme convicción de que mi misión apenas comenzaba. Supe al punto que no debía dejar que nadie, salvo quizás el propio Führer, se atravesara en el brillante sendero que me llevaba en línea recta a los salones hiperbóreos.

Yo no había podido dormir en absoluto la noche anterior. Las ideas rebullían en mi cerebro como un potente reactivo y me impedían conciliar un sueño que habría contribuido a ordenar mis ideas, de las que dependía el futuro de la guerra. Qué digo. No sólo la guerra, sino también el propio destino de la humanidad.

Me mantuve en pie para continuar la redacción de estas memorias hasta el amanecer del 14 de marzo.

Había aplazado durante unas horas la escritura debido a una inesperada y a todas luces improbable plaga de ratas dentro del Olympia. Una camada de feroces bestezuelas salidas del averno echó a perder a mordiscos tres de los preciados cuadernos que había encargado a la casa Prévert en París.

A pesar de las conexiones judías de los Prévert, yo había hecho lo posible para mantener andando la producción de sus envidiables materiales de escritura. Esperaba que la inevitable deportación de esa talentosa familia ocurriera después de que yo recibiera un último lote de doscientos cuadernos. Tenía, además, la esperanza de que los trasladaran a Auschwitz, donde hablaría con mi tío Josef para emplearlos como artesanos y salvarles la vida, al menos durante un tiempo.

~~De hecho, uno de mis sueños era asistir a una disección in vivo de Jacqueline, la hija mayor del encuadernador Jules Prévert. Su adorable y prístina piel me había cautivado desde el primer momento en que mis ojos acertaron a posarse sobre aquella hermosa criatura. Incluso la sangre judía que corría por sus venas no había sido capaz de mancillarla. Confiaba en que el destino me tuviera guardada esa grata experiencia en el~~

Para continuar la redacción de mi libro, no tuve más remedio que usar la antigua libreta de un navegante y colaborador muerto en los mares de Honduras. A pesar de los reclamos del almirante Becker, di órdenes terminantes de que el Olympia navegara a flor de agua mientras hacía lo posible para deshacerme de la plaga de ratas. Becker mencionó que aviones estadounidenses sobrevolaban desde hacía varios meses los mares centroamericanos en busca de nuestras embarcaciones y que navegar de ese modo era exponernos demasiado. Le dije que era un riesgo que debíamos correr. El almirante tuvo la osadía de contestar que todas mis órdenes chocaban con los deseos de la tripulación. Le dije que los deseos de la tripulación chocaban con los planes eternos del Führer.

Una mirada de cólera refinada fue más que suficiente para hacer que Becker cerrara la boca. El horror que sentía aquel curtido marinero se debía, sin duda, a la potencia de mi voz y a mi talante de guerrero vikingo. Si bien desarmé a toda la tripulación y confisqué la llave de la armería, era improbable que ambas acciones precipitaran el temor que sacudía al almirante cada vez que nuestros caminos se cruzaban. Y en un espacio tan reducido como el del Olympia, resultaba punto menos que imposible no cruzarse con él mil veces a lo largo del día.

Por otra parte, Hoffman, nuestro improvisado médico de a bordo, anunció con un placer inexplicable que la peste de roedores tenía una explicación perfectamente irracional. Un chamán, aseguró, había echado una maldición sobre el Olympia cuando hicimos la parada de abastecimiento en las costas del Brasil.

Me atreví a opinar, mientras apoyaba el cañón de mi pistola en la frente de Hoffman, que el motivo de la peste era menos aparatoso. Las ratas, dije sin dejar de apuntarle a la cabeza, habían entrado al submarino cuando hicimos una estación para que un colaborador en Honduras nos enviara dos botes con provisiones. Como es bien sabido, Centroamérica es un nido de asquerosas sabandijas. Hoffman aceptó de buena gana mi sugerencia.

Bajé la tarde del 14 al que hasta el día anterior había sido mi amplio camarote en el Olympia. Había ordenado a mi escolta personal, el teniente Schulz, que buscara a un par de marineros para despejar la cabina con el propósito de instalar en literas provisionales a Halsey y West. En un par de horas, el sitio quedó acondicionado para acoger a los científicos estadounidenses. Enseguida, Schulz y sus dos ayudantes trasladaron los cuerpos al camarote y los depositaron bajo mi supervisión sobre las dos literas.

Le ordené a Hoffman que se encargara de comprobar los signos vitales de Halsey y West y que preparara, si lo exigían las circunstancias, el instrumental necesario para alargar la vida de los dos hombres de ciencia. Sin embargo, el enfermero de a bordo se negó en redondo a obedecer. Le dije que no planeaba desenfundar de nuevo la Parabellum sin usarla.

Al final, el disparatado e improvisado médico de a bordo accedió a comprobar que, en efecto, Herbert West seguía respirando, si bien de manera casi imperceptible. En cuanto a sus demás signos, eran todo lo normales que era posible esperar.

Sin embargo, fue como si una especie de horror cerval se adueñara de Hoffman en cuanto acabó de tomarle el pulso al doctor Halsey y ponerle el estetoscopio sobre el pecho. Con los ojos desorbitados y la boca babeante, el enfermero cerró atropelladamente la levita blanca del científico, dejó caer el estetoscopio al suelo y retrocedió con pasos vacilantes hasta que la litera de West le cortó el paso. No saqué la pistola. Estaba seguro de que bastaba con una mirada enérgica para conminarlo a continuar el examen.

"Apúrese", dije.

"No puede ser que esté vivo", Hoffman señaló el cuerpo tendido de Halsey. "Con esas heridas, cualquiera estaría muerto. Esto es cosa del demonio".

"No sea imbécil. Los demonios son un invento judío".

Hoffman intentó seguir hablando, pero se le enredó la lengua. Comenzó a temblar y se dejó caer poco a poco al suelo. Le sacudí el hombro e intenté hacerlo reaccionar, pero el único resultado que obtuve fue una mirada perdida y una serie de palabras inconexas.

Llamé a Schulz para que me ayudara con Hoffman, pero ni siquiera las cachetadas de mi escolta sirvieron para devolver al enfermero a la realidad. De hecho, el maldito tuvo el descaro de desmayarse ante nuestros ojos.

Le dije a Schulz que quitara a Hoffman de en medio. Luego le ordené que recogiera el estetoscopio y comprobara los signos de Halsey. Contestó que eso era imposible, ya que él no era doctor. Sospeché que su negativa estaba motivada más por el asco que por la ignorancia, pero preferí no llevar más lejos la discusión con un idiota. Le arrebaté el aparato y procedí a examinar yo mismo al científico norteamericano.

Aunque tampoco soy doctor, creo tener una noción aceptable

de cómo se examinan los signos vitales de un ser humano. Tuve la oportunidad de asistir en incontables ocasiones a los experimentos de mi tío Josef en Auschwitz y puedo decir que aprendí un par de recursos que me han servido a lo largo de la vida. Valiéndome de mis conocimientos, apoyé el estetoscopio en el pecho desnudo del doctor Halsey. El latido de su corazón apenas logró llegarme a los oídos.

Schulz debió haber intuido que yo me hallaba bajo el influjo de extrañas ideas porque sacó un espejo pequeño. Dijo que lo pusiera bajo las fosas nasales de Halsey y esperara que el vidrio se empañara. ~~Debo confesar que actué con superstición y~~ Me negué a hacerlo. A continuación le ordené que se retirara para ponderar en paz qué pasos daría a continuación.

De pie junto a las literas donde estaban tendidos Halsey y West, estuve meditando sobre la conveniencia de seguir apegándome al plan original, es decir, trasladar a los científicos a las instalaciones en Honduras. El problema era que ese plan no había tomado en cuenta la posibilidad de que ambos cayeran en mis manos en un estado anormal, aunque, necesario es decirlo, hablar de normalidad en el caso de Halsey era casi una necedad.

El destino me había jugado una mala pasada. Mi futuro dependía de un golpe de suerte incomparable, es decir, que Halsey se recuperara. O, en el peor de los casos, que West tomara su lugar y desarrollara la enigmática arma secreta que su mentor le había prometido al Führer. Estaba a punto de tomar una decisión cuando Schulz regresó al camarote para decir no sé qué sobre la peste que, según la tripulación, se había adueñado del Olympia.

"Son ratas albinas, señor".

"¿Albinas? ¿De qué está hablando?".

"La plaga de ratas, señor. Son albinas. Blancas por todos lados. Hasta tienen ojos blancos".

"¿Quién dice esa tontería?".

"Yo vi una, señor", dijo Schulz con voz titubeante. "Lo que dicen es verdadero. Son ratas albinas. La habré visto hace media hora. Traté de agarrarla poniéndole mi gorra encima, pero son escurridizas. Y chillan como diablos".

"¿Usted también, Schulz? Ya no sé si estoy entre trogloditas o en un submarino del Reich".

Hice un ademán para silenciarlo y le ordené vigilar a nuestros dos invitados norteamericanos mientras yo me retiraba un rato a mi estrecha litera. Me hallaba tan exhausto que preferí aplazar la decisión sobre el destino inmediato del submarino. Tampoco quería pensar en Halsey. Tengo que aceptar que su apariencia era terrorífica.

En el camino a mi pequeño camarote me topé, como siempre, con Becker. El almirante estaba excitado. Iba acompañado por un piquete de marineros de rostro adusto y ademanes violentos. Se quejaron de la invasión de ratas. Con la excitación de las últimas horas me había olvidado de la supuesta peste de roedores.

"Exijo que me permita comunicarme con Berlín o al menos con su agente en Honduras", rugió Becker. "Estamos en un momento crítico y necesitamos decisiones enérgicas para salir de este atolladero".

"¿Atolladero?".

Traté de no llamar demasiado la atención sobre la gorda rata que pasó pegada a la pared del estrecho pasillo. Estaba seguro de que la presencia de los animalejos se debía a la negligencia del almirante y que sus rabietas eran una maniobra para distraerme. Sin embargo, estaba tan agotado que preferí no entrar en discusiones estériles.

"No sé de qué habla", repliqué.

Aparté sin ceremonias a Becker y a sus seguidores y me encaminé a mi camarote. Una segunda rata se deslizó subrepticiamente por el corredor. Me pareció que medía al menos el doble de lo normal, pero traté de no mostrar asombro. Un marinero me dirigió una mirada significativa cuando pateé a la sucia sabandija. No le hice caso. Estaba seguro de que esperaban la menor señal de debilidad para reclamarme por todos los problemas que se amontonaban sobre el Olympia.

De hecho, alguien se atrevió a mencionar en mi presencia la absurda fantasía judía del tipo de mal agüero que acabó en el estómago de una ballena. Aquello me pareció el colmo de la estupidez, pero preferí fingir que no había escuchado nada.

Revisé como cada día la Parabellum para comprobar que estaba cargada y que todas sus partes estaban aceitadas y en su lugar. Ser cauteloso nunca está de más. Además, revisar el arma me daba un sentido de realidad que de otro modo me habría resultado difícil alcanzar. Desde hacía un par de días me parecía que caminaba sobre nubes. Esa sensación era tan alarmante que en un par de ocasiones me sorprendí agarrándome una mano con la otra para detener los temblores que de vez en cuando se adueñaban de mis miembros. Me hallaba demasiado inquieto para probar bocado, así que me recosté, mientras esperaba el aviso de mi escolta, para leer por primera vez la libreta que había rescatado del Lazarus.

Acababa de poner la cabeza en la almohada y me disponía a abrir la libreta cuando escuché el sonido inconfundible de unos dientes royendo madera o un material parecido. Me levanté de un salto. Saqué la Parabellum de su funda y la agarré por el cañón para usarla como martillo. Me arrodillé. Metí la cabeza debajo del catre, pero no sorprendí a ninguna de aquellas horribles bestias asomando la cabeza por los rincones o deslizándose por las esquinas donde las paredes metálicas del Olympia se juntaban con el piso.

Salí del camarote. No contesté saludos ni preguntas mientras me dirigía a la minúscula bodega donde habían almacenado la caja del producto químico brasileño. Como otras cosas en el Olympia, la bodega era una muestra destacada del arte de la improvisación de que hacía gala el almirante Becker. En el mismo lugar donde almacenaba el químico, guardaba otros materiales tóxicos que podían resultar útiles para combatir una plaga de roedores. Cuando me encontré frente a la puerta retrocedí, asustado. La hoja de metal estaba abierta. Por un momento dudé de mí mismo. Ya no era capaz de recordar claramente si en efecto la había cerrado el día anterior, cuando hice una inspección de rutina. ~~Lo peor era que incluso había empezado a olvidar las circunstancias de la inspección.~~

Decidí que aquello era el burdo sabotaje cometido por los seguidores de Becker. Me felicité por haber tomado el control del Olympia en cuanto descubrí la ineptitud del almirante. Aunque yo no estaba del todo seguro de cuán peligroso era el químico, preferí amarrarme un trapo sobre la nariz y la boca. Asomé cuidadosamente la cara dentro del pequeño nicho que hacía de bodega. Descubrí que una de las aristas del contenedor del químico presentaba mordeduras. No tuve la menor duda al respecto. Lo único que no podía asegurar de buenas a primeras era que los animaluchos habían alcanzado el producto con sus afiladas dentaduras. Tampoco estaba dispuesto a averiguarlo.

Saqué la Parabellum y volví a sostenerla como un martillo. Eché una mirada alrededor en busca de ratas, pero no vi ninguna. Enfundé la pistola. Por más que hurgué en la bodega, no hallé máscaras antigás ni otro objeto parecido para usar en caso de emergencia. Luego recordé que, a esas alturas, cualquier objeto dentro de la bodega tenía que estar contaminado.

Solté un par de insultos. Esperaba más de los encargados de los navíos del Reich, pero por lo visto yo era el único preocupado por hacer un buen trabajo a bordo del Olympia. Cerré la puerta de la bodega y fui en busca del botiquín más cercano. Extraje guantes y dos botellas de alcohol. Me empapé las manos y la cara y me llevé las botellas y guantes bajo el brazo. Decidí no comunicar a nadie lo que acababa de descubrir. Estaba claro que todos estaban al tanto del sabotaje y ocultarían a los responsables en caso de que yo les exigiera respuestas.

Cuando regresé a mi camarote, iba tan distraído con los problemas que tenía entre manos y en cambiarme de ropa lo más pronto posible que abrí mi maleta sin pensar en lo que hacía. En ese momento, un objeto peludo y blancuzco saltó desde el fondo de la maleta buscándome la cara.

Di manotazos enloquecidos para quitarme aquella cosa de encima. Caminé para atrás hasta caer sobre el catre. En ese momento descubrí que la primera manotada había servido para librarme de una mordedura. Vi a la rata albina caer al suelo sobre el lomo, voltearse rápidamente, enderezarse y correr por el cuarto, arrimada a la pared. Parecía desorientada. En algún momento se detuvo y se levantó sobre las patas traseras para olisquear el aire.

Sin saber bien lo que hacía, empuñé la Parabellum y la amartillé. Logré controlarme a tiempo. Un disparo en el Olympia podía tener varios resultados, pero ninguno era bueno. Me incorporé. Con la espalda pegada a la pared, me acerqué a la puerta y la abrí suavemente. La rata albina volvió a poner las patas delanteras en el suelo. Mantuve la mano firme mientras le apuntaba a la cabeza con la Parabellum. La asquerosa sabandija chilló antes de salir del cuarto a toda velocidad.

Cerré de un portazo. Durante veinte minutos revisé escrupulosamente cada rincón. No hallé más animales. Despejé por completo una esquina del camarote y me senté en el suelo. No esperaba reposar como lo había planeado. La situación exigía estar alerta en todo momento mientras decidía si era buena idea apegarme al plan de continuar la operación en Centroamérica o enfilar hacia Berlín. Estaba seguro de que la segunda opción era la mejor.

Me sentía agotado. Me metí la bitácora del Lazarus bajo la camisa. No estaba seguro de que iba a encontrar nada notable en aquellos apuntes de un tal capitán Magnus, pero seguía confiando en la agudeza de mi mente para desenterrar, en aquel cuaderno castigado por los elementos, la forma de recuperar el legendario elixir vital de Halsey. Sin soltar la pistola, me recosté en la pared y empecé a cabecear. Me desperté de un brinco.

Alguien estaba aporreando la puerta del camarote.

"Le ruego que venga al camarote de Halsey en cuanto pueda, señor".

El teniente Schulz estaba notablemente agitado. Detrás de él se hallaba el almirante Becker acompañado de un par de marineros de actitud belicosa. A todas luces, Becker estaba tratando de ser fiel a su hábito de introducir la nariz en los asuntos ajenos.

"¿Qué sucede?", dije. "¿Siguieron exterminando a esas estúpidas ratas?".

"Los marineros encargados del exterminio acaban de suspender la operación, señor", dijo Schulz.

"¿No siguieron matándolas? ¿Por qué diablos no? Ordené navegar al ras de la superficie para matarlas y echarlas al mar. Además, así renovamos el aire fresco porque este lugar apesta".

Schulz hizo una pausa antes de contestar. Parecía nervioso. Volteó a ver al almirante antes de abrir la boca. Se acercó a mí y me habló en un susurro para que Becker no lo oyera.

"No tenemos claro lo que está pasando, señor, pero sospechamos que se trata de alguna clase de complot".

Hice un gesto para indicarle que continuara.

"Los marineros y algunos oficiales están trabajando a medio vapor o de plano haciendo mal el trabajo. Están molestos porque dicen que la situación se nos ha ido de las manos".

El almirante se acercó a nosotros. Le dirigí una mirada asesina. Dio unos pasos para atrás. Aun así, decidió que era buen momento para interrumpir mi plática con Schulz.

"Las ratas mordieron a dos marineros que cumplían su turno como exterminadores", dijo Becker.

Me di vuelta para verlo cara a cara.

"¿Y? Supongo que Hoffman tiene vendas y aspirinas para curarlos".

"Esto es más serio de lo que usted cree, mayor. Tuvimos que maniatar a los dos marineros mordidos por esos animales asquerosos. Los dejamos amarrados a sus literas porque parecen perros rabiosos. Es como si hubieran perdido la razón. Atacan a quien se les acerca. A Hoffman le dieron una tremenda mordida en la pierna".

"¿En la pierna? ¿Está bromeando?".

"Es verdad, señor", intervino Schulz. "Usted puede venir a verlo por sí mismo. Hoffman dice que se siente bien, pero tuvo que costurarse él mismo".

Hice un gesto de impaciencia.

"Pasó otra cosa también, señor. Creo que es algo más importante que esas sucias ratas. Tiene que venir al camarote para verlo".

Nos interrumpió Becker.

"Mayor Mengele, tenemos que hablar".

Hablaba con un silbido apagado en lugar de voz.

"Esta situación es insostenible y podría poner en peligro mi submarino".

Di media vuelta y le apunté a la cara con el dedo índice. Le ordené que se callara si le interesaba conservar íntegra la lengua.

"Dejó de ser su embarcación desde la primera vez que puse un pie en ella".

Una enorme rata blanca pasó por en medio de las piernas del almirante. Becker soltó un chillido aniñado. Le dirigí una mirada furiosa, levanté el pie e interrumpí la huida de la fiera de un taconazo que le aplastó el cráneo. Sin dejar de ver a Becker a los ojos, terminé de ponerme la chaqueta y eché a caminar por el largo y estrecho pasillo metálico. De nada me sirvió haber visto con desprecio al almirante. Comenzó a seguirnos por el corredor. Era tan inteligente como un clavo de línea férrea y no entendió que su presencia era innecesaria no sólo dentro del Olympia sino, probablemente, a lo largo y ancho del universo.

Cuando llegamos al camarote principal, me olvidé de la plaga. Ante mí había algo que despejó cualquier duda que hubiera tenido sobre el éxito de mi misión.

El doctor Halsey estaba sentado en la litera.

Si no hubiera sido por su cara destrozada, habría parecido un sujeto perfectamente saludable.

Sentí una mezcla de excitación e incredulidad. Tenía ante mí la prueba viva de que las circunstancias le habían dado vuelta al tablero y que la guerra estaba ahora en manos del Reich.

Si los ojos que despedían un fulgor amarillento en la cara monstruosa de Halsey hubieran podido expresar algo, yo habría jurado que me veían con una extraña sumisión. Durante un momento estuve a punto de vomitar, pero logré contenerme. La emoción que sentí se impuso a la repulsión.

Halsey levantó la mano al frente con la palma abierta dirigida al suelo.

"Heil Hitler", dijo.

## 7

Mientras despachaba el desayuno de café con leche, huevos revueltos, queso fresco, mantequilla, chorizo, tortillas, frijoles y plátano frito en medio de un grupo de camioneros bulliciosos, volvió a cruzarle por la mente la imagen del demonio de ojos amarillos.

Sólo unos segundos antes, Pacho Galeano había estado fantaseando con la muchacha que servía las mesas en el comedor de carretera. Se había sentido bien hasta que la cara del diablo volvió a hacerle trizas las fantasías. Dejó caer el tenedor sobre el plato grasiento y se tragó una bola de saliva. Mantuvo la mirada fija en un rótulo colgado en la pared del comedor, pero no logró entender lo que estaba escrito en él. Durante unos segundos, una neblina lo borró todo.

Sacudió la cabeza y se insultó en voz baja. Los camioneros de al lado dejaron de concentrarse en sus platos y voltearon a verlo, tal vez con la sospecha de que el insulto era para uno de ellos. Pacho se les quedó viendo a los ojos y se echó hacia atrás en la silla de madera para dejar la Colt al descubierto. Uno de los tipos inclinó la cabeza en un intento de saludo y volvió a dedicarle toda su atención a las tortillas con frijoles. Sin despegar los ojos del plato, le dijo algo en voz baja a su compañero de mesa.

Pacho ya estaba acostumbrado a que esas cosas le pasaran desde que el presidente Macías le había jodido la vida cuando decidió convertirlo en uno de sus comandantes en el litoral. Tener ese puesto garantizaba que mucha gente lo reconociera en la calle, pero a veces era mejor identificarse mostrando un arma. Nunca se sabía con qué podría salir algún fulano sorprendido en un mal día. De hecho, el comandante al que Pacho sustituyó había muerto de cinco balazos en una emboscada. Esa era la clase de cosas por las que consideraba que no estaba hecho para la vida de comandante. Matar o asustar a los demás no era lo suyo. Le gustaba más ser policía secreto. Más tranquilidad, más importancia, menos problemas. Pero ahora no le quedaba más que esperar que las cosas se dieran vuelta a su favor.

Y las cosas habían empezado a voltearse cuando conoció a Stiller. Tengo que pensar como alemán. Esa era la idea que rondaba la cabeza de Pacho desde el día a finales de diciembre de 1942 en que Stiller se había puesto en contacto con él.

Tenía que habituarse a hacer sólo lo que le convenía, no lo que le gustaba. Era otra cosa que había aprendido con ella.

Pacho se limpió la boca con la servilleta de papel. Se le había quitado el hambre. Puso la servilleta arrugada sobre el plato y la vio abrirse lentamente. Una sonrisa le alumbró la cara.

Stiller. El mundo se le había abierto cuando la conoció. Era la clase de vainas que transformaban a cualquiera. Y no digamos a Pacho. El tipo de cosas que hacían que un tipo como él comenzara a crecer hasta sentir que el sitio donde estaba le quedaba ya demasiado chico.

## 8

14 MARZO 1943. SUBMARINO OLYMPIA. ATLÁNTICO CEN-
TROAMERICANO. EXITOSO RESCATE HALSEY Y WEST. EN
CAMINO A PUERTO EN HONDURAS. OPERACIÓN SIGFRI-
DO SIGUE CURSO. HEIL HITLER. FIRMA ALMIRANTE ER-
NEST BECKER.

—**E**stá cometiendo un grave error.

El almirante Becker rugió y se retorció en el suelo. Estaba atado de pies y manos en el cubículo que Kurt Mengele había
hecho acondicionar para usarlo como celda temporal. El mayor
conservaba vestigios de optimismo. Esperaba no tener que con-
vertir el estrecho recinto en una bodega de marineros rebeldes.

—El Führer se va a dar cuenta pronto de que usted secuestró esta
operación —dijo Becker— y el fusilamiento será la menor de sus
preocupaciones.

—Nadie ha secuestrado nada —dijo Mengele después de darle
una palmadita en la mejilla—. Lo que hacemos con usted es sólo
una medida preventiva.

—¿Medida preventiva? Usted es un lunático —el almirante volvió
a retorcerse en el suelo—. Esto que está haciendo va en contra de la
moral del Reich. Ser cómplice de ese demonio no es de humanos.

—Tranquilo, capitán —Mengele se rio, le jaló el pelo y le metió un
trapo grasiento en la boca—. Imagínese que lo oyera el Führer. Los
demonios no existen. Ese demonio, como le dice usted, es la clave
de nuestro éxito. Puede estar seguro de que el Führer va a perdonar que le ocultemos un par de cosas. Al final, la victoria estará
más que asegurada. La operación sigue su curso.

Mengele salió de la celda improvisada después de amordazar a Becker
y le ordenó a Schulz que no descuidara la vigilancia. El escolta le dijo
que varios marineros se habían acercado a preguntar por el almirante.

—Se veían amistosos. No parece que quisieran tomar el control del submarino.

—No seas imbécil. Acá no tenemos amigos. Fíjate bien en los más sospechosos. Hazme una lista con los que tengan peor pinta. Creo que planean algo para esta noche. Tengo un sexto sentido para estas cosas.

—¿Me permite preguntarle qué piensa hacer, señor?

—No, no te lo permito.

Schulz sonrió débilmente. Entrechocó los talones e hizo el saludo nazi.

Mengele se dirigió al camarote donde Alan Halsey lo esperaba. En el camino vio algo blanco deslizándose por una esquina del pasillo. El mayor les había puesto a sus botas un refuerzo de cuero recortado de una de sus maletas. De esa manera esperaba evitar las mordidas de las sabandijas. Arrugó el ceño cuando vio cómo la sombra blanca cambiaba de esquina en el pasillo mientras pasaba frente al camarote del doctor. Por razones misteriosas, la cabina de Halsey parecía haberse convertido en una especie de fortín a prueba de roedores.

Encontró al científico sentado en la orilla de su litera en el amplio camarote principal del Olympia. Tendido en el otro camastro, Herbert West habría pasado por un cadáver si no hubiera sido por el leve movimiento del pecho al inhalar y exhalar.

Mengele sonrió con satisfacción.

Halsey levantó una mano y la contempló bajo la luz que entraba por la ventana del camarote. Las cicatrices en la cara hacían difícil saber cuándo parpadeaba o no, pero el mayor creyó detectar un ligero movimiento en sus ojos.

—Es verdaderamente asombroso —dijo Halsey.

—¿Qué cosa?

—Estar vivo. No hay nada que se le compare. Salvo, por supuesto, estar muerto.

Mengele, intrigado, lo vio a la cara. Lo hizo en contra de sus hábitos. Había dominado hasta cierto punto la repugnancia que le causaba, convenciéndose de que lo que veía era una máscara y no una cara. Una máscara espeluznante, eso sí, inmóvil y retorcida, de ojos que emitían un alarmante resplandor amarillo. Estaba seguro de que detrás de aquel rostro de ojos diabólicos estaba una de las mentes más dotadas del siglo. Superior a la de su tío Josef. Incluso más grande de que la del propio Adolf Hitler, aunque ni loco habría dicho algo así en voz alta.

Se felicitó a sí mismo por su autocontrol.

—¿Logró que alguien fabrique mi pipa lubricante? —dijo Halsey después de aclararse la garganta—. El accidente me dejó con graves molestias respiratorias. Supongo que las instrucciones no les dieron problemas. Tengo entendido que los artesanos del Reich son famosos por su habilidad en las circunstancias más variopintas.

—Estamos trabajando en eso —mintió Mengele.

Ni siquiera recordaba haber hablado con el doctor sobre una pipa. Y menos sobre una pipa lubricante.

—Excelente. ¿Cómo le fue con Becker?

—Todo va sobre ruedas. El almirante está neutralizado.

—Magnífico. ¿Y los radiomensajes en clave?

—Los envié yo mismo. Las radiocomunicaciones son uno de mis pasatiempos. En este momento, el Führer debe estar leyéndolos con enorme gozo y preparándose para contestar. Ardo en deseos de leer sus alabanzas, pero más de recibirlas en persona cuando regresemos a Berlín.

—¿Qué hay del mensaje para el contacto en Honduras? La situación aquí es insostenible. Como le dije, lo mejor es seguir el plan original y refugiarnos pronto en La Ceiba en vez de ir a Berlín. La situación en Alemania es muy problemática. En Centroamérica vamos a trabajar más tranquilos para tener listo el premier envío de elixir reanimador en el menor tiempo posible.

—Todavía no he enviado el mensaje. Mejor esperar un poco. No sabemos lo que puede pasar en las próximas horas.

Halsey suspiró. Parecía contrariado.

—Lo felicito, mayor —dijo con tono neutro.

—Me asquea la idea de tener que soportar unas semanas más este calor infernal. He estado bajo tanta presión que no he sido capaz ni siquiera de redactar correctamente mis memorias. De hecho, lo que he escrito estos días es impublicable. El Führer hasta podría fusilarme si llega a leerlo. Le juro que lo que menos deseo en estos momentos es perderme en la selva.

—Tranquilo. Ya tendrá tiempo de sobra para corregir sus memorias si las ratas y los admiradores del almirante Becker no alteran nuestros planes.

—Vaya. Las noticias vuelan por acá. Pero las ratas me importan un pepino. Aquí las únicas alimañas peligrosas son los marineros de Becker.

—Le aseguro que esas alimañas van a entrar en razón de una o de otra manera.

Mengele sacudió la cabeza. Había empezado a considerar la posibilidad de que la alianza con Halsey fuera un terrible error.

—Estoy empezando a acariciar la idea de liberar a ese idiota de Becker y regresar de inmediato a Berlín. Estos países infernales me tienen con los nervios de punta.

Halsey dio un ligero salto en la litera. Mengele habría jurado que en la cara desfigurada del científico apareció una sombra de angustia.

—Es imposible que vayamos a Berlín ahora mismo —dijo Halsey con un ligero titubeo—. Hay que apegarse al plan original y desembarcar en Honduras lo más pronto posible.

Mengele se rascó la nuca y abrió los brazos con expresión de impotencia.

—¿Qué quiere que le diga, Herr Halsey? Esta cuestión escapa a mi control.

Sólo un momento antes, Halsey estaba feliz. Cuando escuchó la noticia de Mengele, fue como si le metieran un alfiler a un muñeco inflable.

—No olvide que hay que librarse de esa plaga cuanto antes —dijo Halsey—. No podemos viajar a Berlín con el submarino cundido de animales peligrosos.

—Bah, ese asunto de las ratas me tiene sin cuidado. Por cierto, parece que a usted le tienen miedo. No sé por qué.

—¡Es imperativo que desembarquemos en Honduras!

El grito de Halsey hizo que Mengele diera un salto y manoteara la culata de su Parabellum. Las cicatrices impedían que el doctor mostrara la menor emoción, pero durante unos segundos fue como si el odio le retorciera el rostro parecido a un rompecabezas mal armado. Se puso de pie con una agilidad que alarmó al mayor de las SS. Comenzó a desabotonarse la extraña levita que llevaba puesta desde que lo habían sacado del Lazarus. Mengele dio un par de pasos para atrás y mantuvo la mano cerca del arma enfundada.

—Muy bien. Voy a exponerme a que saque esa cosa y me vuele los sesos —Halsey señaló la pistola de Mengele mientras seguía sacando los botones de sus ojales con lentitud ceremonial— cuando le cuente lo que voy a contarle.

—¿De qué diablos está hablando?

9

Había empezado a crecer de verdad a finales de 1942, cuando leyó el mensaje que le habían dejado en la recepción del hotel en Tegucigalpa. Quiero proponerle un negocio que le dejará grandes ganancias, comandante Galeano. Seguramente le interesará. Lo espero en el Chico Club para almorzar a las doce en punto de hoy. Atentamente, M. Stiller.

Por instinto, Pacho había echado una mirada al lobby. Estaba seguro de que nadie conocía sus movimientos y mucho menos que andaba de paso por la capital para el funeral de una de sus tías.

No vio a nadie raro en el lobby adornado con motivos navideños, a no ser que un tipo calvo de anteojos que leía el periódico hubiera podido resultar raro. Le dio varias vueltas al rectángulo de cartoncillo en que habían escrito la nota. Le preguntó a la recepcionista quién le había dado el mensaje. Un niño. ¿Un niño? Sí, uno de esos que venden cigarrillos y dulces.

Se guardó la nota en el bolsillo y salió a la calle. Hacía frío. No le gustaba lo que servían en el hotel, así que buscó un comedor tranquilo en el centro para desayunar algo ligero. Se detuvo frente a las vidrieras de una tienda de ropa para arreglarse la chaqueta de aviador y acomodarse mejor la pistola. Tenían razón los que lo comparaban con Pedrito Armendáriz. La misma pinta de grandulón, el bigote, la sonrisa cautivadora, los ojos de conquistador. Se arregló el sombrero para parecerse más a la estrella del cine mexicano. Empezó a caer una fina llovizna.

Stiller.

Le dio vueltas al nombre en la lengua mientras sorbía el segundo café. Apellido de alemán. Volvió a leer la nota. Letra de molde escrita con tanta furia que habían dejado un surco en el cartón.

No parecía una broma. Para empezar, se trataba de alguien que de algún modo sabía que Pacho andaba en la capital. Ya con eso se había ganado su respeto, tal vez su temor. Porque no estaba seguro todavía de que no se tratara de alguien que le andaba ganas. No habría tenido nada de raro que algún tarado en una cruzada vengadora quisiera divertirse un poco con él, jugar al gato y el ratón antes de meterle un tiro a quemarropa.

Pacho sacudió la cabeza con incredulidad y le dio una palmada al sitio de la chaqueta abultado por la Colt. La muerte era cosa seria. Y él no había hecho gran cosa para ganársela cuando acababa de cumplir apenas treinta y cinco años. Que recordara, nunca había matado a nadie. Bueno, tal vez a uno que otro. El trabajo de policía secreto le alteraba lo sentidos y lo hacía perder la memoria. Además, los encargos de la policía política de Big Boy no contaban. Eran gajes del oficio.

En otras circunstancias, habría llamado de inmediato a un par de agentes para ver de qué se trataba todo aquello. Ya no tenía autoridad para hacerlo, pero sí conocía a algunos gorilas que por algo de dinero le habrían hecho el favor de hurgar en aquel asunto.

El problema era que el mensaje había logrado interesarle. De entrada, lo había escrito supuestamente un extranjero. Lo intrigó el hecho de que alguien así se comunicara con él. Era algo que no le había pasado antes. Conocía extranjeros, claro que sí, pero ninguno se había rebajado nunca a escribirle. La curiosidad lo estaba mordiendo por dentro como un perro rabioso.

Leyó de nuevo la nota mientras esperaba que llegara la hora del encuentro en el Chico Club. Al final decidió que no era mala idea averiguar qué se traía entre manos el tal Stiller. ¿Qué tal si estaba cocinando algún complot contra Big Boy? Pacho había escuchado decir por allí que el presidente Macías les había expropiado tierras a los empresarios alemanes por razones que no acababa de entender. Si las cosas estaban de ese color, quién quitaba que pudiera regresar a lo grande a la capital después de arruinarles los planes a algunos alemanes malévolos.

Había llegado al restaurante una hora antes de la cita. Se quedó a media cuadra del local y estuvo fumando Royales a la sombra de un guanacaste para combatir el frío. Se puso en guardia cada vez que vio entrar al local a un sujeto con pinta de extranjero y de más de un metro ochenta de estatura.

—Mucho gusto, comandante Galeano. Hace una hora que lo estoy viendo desde un local a unos pasos de aquí.

La voz perfectamente timbrada había hecho saltar a Pacho. Sin darse cuenta de lo que hacía, manoteó la Colt que llevaba pegada a las nalgas. Mantuvo la mano tras la espalda, rozando la cacha de la pistola. Como un relámpago le cruzó por la mente la idea de que se había portado como un imbécil descuidado.

Lo que vio frente a él acabó de desorientarlo.

Frunció el ceño y estuvo a punto de rascarse la cabeza cuando vio a la mujer rubia y alta que se le acercó con la mano extendida. Estaba tan distraído viéndola de pies a cabeza que se olvidó de tomar la mano blanca que ella le ofreció.

Era la mujer más hermosa que había visto en su vida. Si de algo estuvo seguro, fue de eso. Una mezcla de Irasema Dillian y Miroslava. La certeza le cayó encima como un peñasco. Un poco gruesa, tal vez, pero, como le gustaba decir a Pacho, con todo bien puesto. Vestida con sombrero oscuro y sobrio, falda azul celeste y blusa suave de estampados circulares, no llevaba un solo adorno encima, salvo que Pacho hubiera tomado por adornos el maletín y el paraguas negro que le colgaban de la mano derecha.

—¿Stiller?

La rubia asintió con la cabeza. Pacho le apretó la mano. Era suave y dura al mismo tiempo. Pacho sintió que un rayo le recorría el cuerpo.

—Me llamo Monika Stiller.

—Sí, hombre.

Fue lo único que se le ocurrió.

Stiller se cambió de mano el paraguas y el maletín para alisarse el pelo rubio brillante. Tenía ojos de acero azul, casi de muñeca.

—La disciplina, comandante Galeano —había dicho una hora después Monika Stiller con una voz de locutora de la UFA a la que Pacho no acababa de acostumbrarse—. Roma no se hizo en un día, pero le puedo asegurar que sólo con disciplina fue posible construir esa altísima creación llamada imperio romano. Al mismo tiempo, fue la falta de disciplina lo que contribuyó a su eventual caída. Sin disciplina, fíjese bien en lo que le digo, el imperio alemán tampoco existiría. ¿Había pensado en eso?

—¿En qué?

—En el poder de la disciplina.

Pacho se secó el sudor con un pañuelo. Todavía estaba tratando de conciliar la pinta de Monika Stiller con su manera de hablar.

—Debo ser la única europea que no suda —sonrió Stiller.

Durante un par de segundos a Pacho le pareció adivinar un dejo de burla en su voz.

—Pues tiene suerte.

Stiller negó con la cabeza.

—No es suerte, es disciplina. La misma disciplina que usted tuvo para aprender ¿cuántos idiomas?

—Tres. Alemán, español, inglés. Y si me pregunta, ya ni recuerdo cómo los aprendí.

Pacho sonrió y se echó hacia atrás en la silla. La rubia había hecho la tarea. Se preguntó cuántas cosas más sabía de él. Hasta entonces Pacho se dio cuenta de qué canción estaba sonando en los altavoces del Chico Club. Una navideña gringa. Bing Crosby o uno de esos tipos. Pacho tarareó un par de versos.

—Dos —corrigió Stiller.

—Tres —Pacho puso un codo en la mesa—. Aprendí a hablar español antes de cumplir un año.

—Ya somos dos. Yo lo aprendí a los dos años con ayuda de una institutriz.

Stiller le dirigió una mirada resabida. Dobló con cuidado la servilleta y la puso junto al plato. Sacó una pitillera plateada del maletín de cuero, se puso un cigarrillo entre los labios y le ofreció otro a Pacho. Stiller se acercó la pitillera a la cara. Pacho alzó las cejas cuando del objeto metálico rectangular saltó una larga llama azulada.

Leyó el nombre impreso en el cigarrillo que Stiller le había dado. Gauloise. Se pasó el tubo de papel por la nariz y aspiró el aroma del tabaco. No sintió nada. Tampoco dijo nada. Se sacó los fósforos del bolsillo. Tenía la mirada fija en la pitillera. Nunca había visto nada igual. Deslizó la mirada desde el objeto metálico hasta los pechos y las piernas de Stiller.

—¿Le gusta?

Pacho dio un salto en la silla del Chico Club. Trató de ocultar lo mejor que pudo la vergüenza de saber que lo habían descubierto.

—¿Qué cosa?

—Mi pitillera.

No supo qué decir. Stiller le ofreció el brillante aparato. Pacho vio los ojos azules y de nuevo se quedó mudo.

—Se la regalo.

—¿De verdad?

—¿Tengo cara de mentirosa?

Pacho guardó los fósforos y agarró el estuche plateado con mano temblorosa. Le dio vueltas entre los dedos. Vio su cara trigueña, con una ligera sombra de barba, reflejada en la pulida superficie metálica. La abrió para guardar el cigarrillo. Sin dejar de ver a Stiller, pasó el dedo sobre el contorno del águila grabada en el metal de la pitillera.

—Gracias.

—Wunderbar. Hecha en Múnich en la fábrica de un artesano polaco a quien llegué a conocer muy bien —sonrió Stiller—. Lástima que ya no esté entre nosotros. Hermosa, ¿no?

—Una lindura.

—Hasta en cosas que parecen insignificantes, como esa pitillera, se demuestra hasta qué punto un pueblo ha hecho de la disciplina su brújula moral, ¿no le parece?

Pacho asintió. Estuvo a punto de decir que el fabricante era polaco, no alemán.

—El Partido Nazi es la sublimación de una disciplina rigurosa que sólo los privilegiados entendemos. El Führer es el ejemplo más destacado de esa virtud que el pueblo alemán había olvidado. Los hechos fundacionales de 1939 sacaron al Reich de un letargo que podría haberse alargado eternamente de no ser por la mano de hierro de Hitler.

Pacho se había puesto a echar ojeadas furtivas a las mesas cercanas.

—Imagino que está preocupado porque alguien puede oírme —dijo Stiller tras una corta pausa.

Pacho intentó sonreír. Stiller se echó hacia adelante en la silla. Sus pechos se asomaron por el escote de la blusa vaporosa.

—Mire, Kommandant. Le aseguro que yo podría gritar que soy alemana y pertenezco al Partido Nacionalsocialista. ¿Qué pasaría?

—Ni idea. A lo mejor la arrestan.

—Pues que todos en el Chico Club me tomarían por una loca. Pero no me conviene que usted piense que perdí la cabeza como aquel sujeto de allá. Por cierto, no soy alemana. Soy suiza.

Pacho no dijo nada, pero ya había pensado en la posibilidad de que Stiller estuviera loca. Durante las dos horas que llevaban en el restaurante, no había dicho una palabra sobre el negocio del que había hablado en su nota.

Pacho volteó a ver al hombre al que ella había señalado con la barbilla. Pacho lo reconoció de inmediato. Lo había visto muchas veces vagabundeando por el centro de la ciudad. Un tipo de casi dos metros de estatura. Aunque iba vestido con harapos, cargaba siempre un maletín en el que llevaba a saber qué. Hablaba con pesado acento alemán. Se quedaba de pie junto a la entrada de los cafés del centro en espera de que alguien de buen corazón le diera unos centavos. Pacho se hurgó el cerebro en busca del nombre del grandulón. Dietrich algo. El apellido se le escapó.

—Judío.

—¿Cómo?

—El sujeto de allá —Stiller señaló con la cuchara—. Dieter Ullmann. Escapó de Auschwitz-Birkenau el 5 de enero de 1942. Después de tener varias aventuras en tierra y alta mar, Ullmann quedó varado en tierras centroamericanas en septiembre de ese año. Le dieron muchas enfermedades tropicales y a lo mejor eso le dañó el cerebro. Desde entonces se halla en esa fea situación. Obvio, usted conoce la historia. Es lo menos que se puede esperar del gran trabajo que la policía secreta hace para el presidente Macías. Es imposible que alguien como Ullmann escape a la penetrante mirada de la policía hondureña.

Pacho hizo una ligera mueca. Sospechó que estaba burlándose de él, pero jamás se habría atrevido a reclamarle. Era demasiado hermosa. Si Stiller hubiera sido un hombre, estaba casi seguro de que habría inventado una excusa para levantarse, buscar un teléfono y llamar a los gorilas de Big Boy. Pero tenía curiosidad. Todavía no estaba seguro de si la actitud de la mujer le fascinaba o le causaba repulsión.

—Admiramos su trabajo, Herr Galeano, no lo dude.

—¿Quiénes?

—El partido.

Stiller levantó las cejas y asintió con seriedad de empleado de pompas fúnebres. Pacho arrugó el ceño. La plática por fin parecía tomar rumbo.

—¿Quiere decir el...?

—Así es. Ese partido.

Stiller sacó el paquete de Gauloises del maletín y se quedó esperando con un cigarrillo en la mano levantada.

—Es broma, ¿no? —Pacho sacó la pitillera.

Mientras negaba con la cabeza, Stiller se inclinó para acercar el cigarrillo a la llama.

—De ninguna manera. Cuando me conozca mejor, sabrá que jamás bromeo.

Pacho reparó en que había un sobre en la mesa. Mediano, de

burdo papel castaño sin marcas. No supo en qué momento ella lo había puesto junto a su plato.

Stiller señaló el sobre.

—¿No quiere ver lo que hay allí?

Pacho movió la mano izquierda, pero se detuvo antes de tocar el sobre.

—¿Dinero?

—Sólo hay una manera de saberlo.

Pacho echó una mirada a su alrededor antes de abrir el sobre. Billetes nuevos de cien dólares. Comenzó a contar y se detuvo en quinientos. Mil, mil doscientos, adivinó. Cerró el sobre y lo puso en el mismo lugar de donde lo había tomado.

Stiller suspiró. Parecía molesta.

—Hubiera preferido buenos marcos del Reich, pero le aseguro que dentro de poco esa será la moneda común en todo el mundo. Ahora bien, Herr Galeano —se inclinó hacia adelante y lo vio a los ojos—. En este momento, usted podría hacer muchas cosas, pero sólo algunas lo convertirán en el hombre más rico y poderoso de Honduras.

Stiller hizo una pausa. Asintió con la cabeza. Pacho trató de no ver el escote.

—Podría arrestarme, por ejemplo —Stiller dejó caer las cenizas del cigarrillo en un plato, se echó para atrás y puso el brazo encima del respaldo de la silla—. Sé que tiene amigos en la policía secreta de Toribio Macías que le facilitarían el trabajo. Puede hacer que me encierren y tal vez que me violen en las bartolinas hasta sacarme lo que ustedes llaman la verdad.

Pacho tragó saliva.

—El problema es que eso no va a convertirlo en un héroe ni nada parecido. Nadie va a tomar en serio su historia sobre una conspiración nazi en Honduras. Hasta es probable que su jefe, Toribio Macías, ordene que lo encierren. O, en el peor de los casos, que lo entierren.

Stiller sonrió débilmente cuando vio que él había vuelto a poner la mano encima del sobre.

—También podría tomar ese dinero, salir del Chico Club y reírse el resto del día de esa pobre idiota que lo invitó a almorzar y a tomar café con postre. Supongo que no se negará a una tomar una taza de café antes de irse y dejar a esta pobre idiota fantaseando con un negocio con el que nos hubiéramos hecho inmensamente ricos, ¿no?

Pacho asintió con la cabeza.

Stiller chasqueó los dedos. El mesero dijo que no tenía Apfelstrudel. No, tampoco Sachertorte. Sí, eso sí.

—Increíble —Stiller suspiró—. Sólo tienen brazo gitano. ¿Qué le parece?

Pacho alzó los hombros. Ya no tenía hambre, pero aceptó el postre con café. Habría aceptado cualquier cosa que viniera de Monika Stiller.

—¡Gitanos! No sé si realmente fueron ellos los inventores de ese postre. Pero ojalá el Führer le cambie el nombre cuando llegue el momento. Algo como brazo renano sería más adecuado. En fin, ¿ya tomó una decisión, querido Kommandant?

Pacho tragó saliva y guardó silencio durante unos segundos.

—Este dinero es falso, ¿no?

Stiller se rio. Parecía estar conteniendo la tos. Iba a decir algo, pero hizo una pausa mientras el mesero servía café y pastel.

—Permítame que no conteste esa pregunta. Usted puede comprobar la validez de ese dinero cuando le parezca mejor. Puede hacerlo ahora mismo, si quiere. Con gusto lo espero aquí. Mientras tanto, planeo disfrutar de mi brazo renano.

—Usted sabe que no puedo hacer eso.

Stiller se metió una cucharada de pastel en la boca y levantó las cejas.

—No puedo andar con este dineral por allí, enseñándoselo a medio mundo. Y peor si es falso.

Stiller volvió a suspirar. Vio por la ventana del Chico Club y sonrió. Pacho volteó a ver la ventana. Dos niños tenían la cara sucia pegada al panel de vidrio cruzado de barrotes retorcidos.

Stiller hizo una señal con la mano. Un mesero le contestó con un movimiento de cabeza y salió con rapidez del restaurante. Un momento después regresó con uno de los niños y lo guió hasta la silla de Stiller. El niño tenía once o doce años. Llevaba al hombro, colgada de una tira de cuero burdo, una caja de lustrabotas en la que había pintado con pincel la palabra Folofo.

Pacho arrugó la frente. Se tomó el café de dos tragos, pero no tocó el pastel. Stiller dijo unas palabras en un dialecto que Pacho no entendió. El lustrabotas sonrió. Parecía maravillado por la limpieza y el brillo de la mujer rubia. Stiller sacó una moneda de medio dólar del maletín y la puso sobre la mesa. El niño desvió la mirada de los ojos azules para dirigir toda su atención a la moneda que estaba al lado de un platillo.

Cuando la pausa parecía haberse alargado demasiado, el chico acercó los dedos a la mesa sólo un segundo después de que Stiller dejara caer la palma de la mano sobre el medio dólar. La mujer acercó la cara a la del lustrabotas y dijo algo más en lengua dialectal. El niño arrugó el ceño, pero no dio un paso.

—Si agarras esa moneda, quiero que te largues así de rápido—dijo, furiosa, y chasqueó dos dedos—. Y si se te ocurre regresar, hazlo cuando yo me haya ido, ¿entiendes?

El lustrabotas volteó a ver a Pacho. Dio dos pasos para atrás. En ese momento, Pacho se dio cuenta de que el chico llevaba apretada entre dos dedos una esquina del mantel. Levantó una mano para impedir que lo jalara, pero el niño fue más veloz.

La vajilla se hizo añicos en el suelo de mosaicos de colores. Cuando Pacho salió de la sorpresa, el lustrabotas ya había cruzado la calle de enfrente. El mesero salió del restaurante para insultar al niño y hacer aspavientos inútiles con una servilleta de tela.

Pacho se puso de pie y se limpió las migajas. Tenía una mancha de café en el pantalón. Se agachó para recoger el sobre de dinero. El mesero regresó para disculparse. Stiller sacudió el cigarrillo en el aire, sacó unos billetes del maletín y pagó por el estropicio. No se había movido de la silla. Cruzó las piernas y encendió otro cigarrillo con la colilla del anterior. Estaba riéndose. Pacho la vio con expresión colérica.

—No le hallo gracia —murmuró—. No hay que jugar con ellos. Al fin y al cabo son sólo gente.

—Ese es el problema —Stiller lo señaló con el Gauloise—, que sólo son gente.

Pacho indicó con un gesto que no le entendía.

—No tienen ambición. Usted sí la tiene. Por eso el Führer lo buscó para esta misión. Usted es uno entre un millón de pobres gentes que no ven más allá de sus narices. Conoce la noble lengua alemana, tiene contactos en el gobierno. Usted es uno de los escogidos.

Dos meseros terminaron de limpiar el desastre. Pacho volvió a sentarse y puso el sobre en medio de la mesa.

—Hablando de pisto —Stiller hizo una pausa para que Pacho admirara su dominio de la jerga hondureña—, ¿conoce la teoría de la apuesta de Dios?

Pacho no respondió. Arrugó la cara y alzó los hombros. Comenzaba a irritarlo la superioridad de Stiller. ¿Crees que soy un tarado? Ya vas a ver que te equivocas.

—Un tipo llamado Pascal dijo que es mejor apostar que Dios existe —explicó Stiller—. Si usted gana la apuesta, gana también la vida eterna. Lo mejor del asunto es que si no gana en realidad no pierde nada. Son ideas de judíos, pero para el caso no está de más citarlas.

—¿Y eso qué quiere decir?

—Quiere decir que usted no pierde nada si apuesta a que ese

dinero es de verdad. Tampoco pierde si acepta trabajar para mí. O sea, para el Reich. Ahora bien, si se le ocurre apostar a que estoy engañándolo, ganaría mil dólares, pero también perdería millones. Y no exagero.

Pacho bajó la mirada y sacudió la cabeza. Volvió a enderezarse y se metió el sobre en el bolsillo de la chaqueta de cuero. Suspiró con satisfacción evidente. No acababa de entender todo lo que Stiller había dicho, pero prefería no confesarlo.

—Bueno. ¿Qué tengo que hacer?

—Wunderbar.

Stiller puso el maletín sobre la mesa y lo abrió. Revolvió un poco el contenido y devolvió el maletín al suelo, junto a su pierna derecha.

Deslizó una foto en blanco y negro sobre el mantel hasta dejarla al lado del plato de Pacho. Era la imagen de un tipo alto y delgado, de pantalones blancos y jersey gris. Los anteojos servían para ocultar a medias su cara alargada, casi equina. Llevaba un bulto de libros apoyados contra el pecho. Pacho levantó la foto para verla más de cerca.

—Se llama Alan Halsey. Doctor Alan Halsey —dijo Stiller—. Ahora está un poco cambiado.

Pacho vio a la mujer rubia por encima de la fotografía. Después de revisar la imagen un par de minutos, la puso sobre la mesa.

Stiller le dio vuelta al rectángulo de cartón. Hizo una señal y pidió dos cafés más. Dio un golpe con el índice sobre la foto.

—Halsey es estadounidense, graduado con los más altos honores científicos por la Universidad de Zúrich. Trabajaba hasta hace poco en la Facultad de Ciencias de Miskatonic en Arkham, en Estados Unidos. Tuvo una especie de accidente que lo obligó a retirarse del ojo público, pero en privado siguió experimentando más que nunca. Una mente maestra. Se puso en contacto con el partido unas semanas atrás. Tiene un invento nuevo que va a revolucionar el mundo.

Stiller se inclinó hacia adelante.

—Al principio no me dijeron de qué se trataba, pero con el tiempo se dieron cuenta de que lo mejor era ponerme al tanto de todo. Tengo entendido que Halsey y Hitler se admiran mutuamente y que el Führer tiene entre sus libros de cabecera las obras del doctor sobre el dominio mental que los arios podemos ejercer en las razas inferiores. El Führer cree a pie juntillas en el descubrimiento de Halsey y está dispuesto a financiar la Operación Sigfrido en Honduras. Allí es donde entramos usted y yo.

—¿La operación qué? ¿Y qué es lo que descubrió este tipo para que le den tanta fama? ¿Una bomba o una vaina así?

—Todos en el Reichstag y fuera de él piensan eso y el Reich prefiere que siga siendo un enigma, pero se trata de algo mucho más poderoso —Stiller cerró el puño—. De todas maneras es mejor para usted si guardo el secreto.

Pacho hizo una mueca. No parecía satisfecho con la idea de seguir estando a oscuras sobre el motivo de que lo hubieran buscado para dirigir la operación nazi en Centroamérica.

—¿Por qué escogieron Honduras?

—Quién sabe. Me da igual. Lo importante es que escoger este país selvático sirvió para que nos contrataran a usted y a mí. Yo estaba disponible, por decirlo así. Y usted es el único que sabe varios idiomas, tiene contactos con el gobierno y la policía y es lo bastante corrupto.

Pacho hizo una mueca.

—Ahora bien —prosiguió la agente—, lo único que sé sobre la operación es que tiene que ver con la creación de un ejército invencible. O sea, el sueño de todo guerrero magistral. Y el Führer lo es.

—Tenía entendido que ya es un ejército invencible, ¿no?

—Nunca es suficiente. Esto va más allá de sus sueños más locos

—Stiller le puso cinco cucharadas de azúcar a su café—. Y de los míos. No me han dicho cómo piensan lograrlo, pero me dieron una idea bastante general de lo que esperan hacer.

—Me importan un pito los detalles. ¿Cuánto dinero hay en esta cuestión para nosotros?

Pacho subrayó la palabra nosotros.

Stiller se recostó en la silla y sonrió a través del humo.

—Ese sobre tiene que haberle dado una idea de las ventajas de trabajar para el Reich. Pero antes de seguir quiero decirle dos cosas. Le van a parecer raras, pero desde este momento es posible que empiece a ver cosas muy extrañas.

Stiller le hizo a Pacho una señal para que se acercara.

—Usted y yo, Herr Kommandant, vamos a irnos a mi cuarto de hotel en cuanto salgamos de acá y haremos el amor como locos.

Pacho dio un brinco en la silla y arrugó la cara. Se aclaró la garganta, pero fue incapaz de articular palabra.

—Desde que me vio por primera vez pensó en eso. Es obvio. En un país como este no hay mucho más en que pensar. Mire: si queremos trabajar sin problemas, lo mejor es que deje de pensar en cómo acostarse conmigo. Y no veo mejor manera de sacarle esa idea de la cabeza que hacerlo ahora mismo.

Stiller suspiró y pidió la cuenta.

—Hay otra cosa que quiero preguntarle, Herr Kommandant. ¿Cree en la vida después de la muerte?

## 10

15 MARZO 1943. ALPES BÁVAROS. ALBRICIAS, ALMIRANTE BECKER. BRILLANTE TRABAJO ENGRANDECIMIENTO IMPERIO ALEMÁN. ENORME EXPECTATIVA BERLÍN RESULTADO SIGFRIDO. ANSIOSO PRÓXIMOS MENSAJES. DESEO PRONTO REGRESO TIERRA PATERNA. ATTE. FÜHRER ADOLF HITLER.

Terminó de abotonarse la levita blanca.

Mientras Halsey contaba su historia, Kurt Mengele había tenido que apoyarse en la pared para no caerse de espaldas. En algún momento, el mayor de las SS había acariciado la cacha de la pistola, pero el gesto no pasó inadvertido para Halsey. El doctor hizo un comentario sarcástico que, al menos en lenguaje figurado, desarmó a Mengele.

De pie bajo la luz cegadora del camarote, el doctor hizo otro de sus gestos teatrales: extendió los brazos en forma de cruz y se quedó quieto. Mengele trató de articular palabra, pero de la boca no le salieron más que algunas sílabas inconexas. No podía sacudirse de la cabeza la red de cicatrices que recorría el cuerpo del doctor como un mapa en relieve desde el cuello hasta las piernas. La imagen lo hizo recordar las burdas costuras en el muñeco de trapo que su madre le había regalado para su quinto cumpleaños. Era imposible que alguien sobreviviera a esa clase de destrucción corporal. Y sólo un loco o un genio podía atreverse a jugar hasta ese punto con las leyes de la naturaleza. A lo mejor, Halsey era ambas cosas.

—No puede ser —dijo al fin Mengele.

Halsey lo vio con lástima. Levantó el frasco de líquido amarillo y lo vio al trasluz.

—Si me trae una rata muerta, puedo probárselo cuando quiera.

Mengele sacudió la cabeza.

—¿Está loco? Claro que no. Prefiero creerle. Pero lo que está muerto tiene que quedarse así —tragó saliva con dificultad—. Esa es la ley. Es toda la razón de ser de esta guerra. De cualquier guerra, ya que estamos en esas.

—Pues esa ley se rompió hace un año en Miskatonic, querido mayor —dijo Halsey con tono burlón.

—¿De qué sirve gastar millones en una guerra si a todos los soldados muertos les da de repente por volver a levantarse? —Mengele se secó los chorros de sudor de la frente. Su pañuelo estaba empapado—. ¿Se imagina lo que puede hacer un ejército de rabinos que, además de ser muertos vivos, estén armados hasta los dientes? Harían pedacitos el Reichstag como quien pisotea un castillo de arena. No. Todo esto no tiene sentido.

Halsey le dio una palmada en el hombro. Se inclinó y habló como un padre le hablaría a un hijo, con voz pausada y meliflua.

—Claro que tiene sentido, querido mayor, porque los muertos que se levantarán pertenecen al inmortal ejército del Reich y no a las huestes israelitas. La razón de ser de la guerra será ahora la de quien tenga primero un ejército de muertos vivos.

—De todas formas…

—Sólo piense en las posibilidades —lo interrumpió Halsey—. Todas las victorias, de ahora en adelante, serán para el Führer. La dotación de soldados será inagotable.

—Pero…

—Usted no puede traicionar al Reich, pero sobre todo no puede traicionarse a sí mismo.

—¿De qué está hablando?

—A lo que me refiero es a que usted está marcado por el destino. Es imposible que escape de la altísima misión que el Reich ha puesto en sus manos, tal vez sin saberlo.

Los ojos de Mengele se humedecieron.

—Lo supe desde la primera vez que lo vi —dijo Halsey.

—¿A mí?

Halsey asintió con la cabeza.

—Así es. Supe que sólo usted puede culminar esta misión. Pero para lograrlo tiene que desembarcar en Honduras de inmediato, antes de que la gente de Becker se saque algún as de la manga —Halsey alzó poco a poco la voz—. Es imperativo que reproduzcamos la fórmula en los laboratorios de Honduras. Usted no puede darse el lujo de esperar que lleguemos a Berlín. Está claro que los aliados se preparan para bombardear Alemania en cualquier momento. Eso atrasaría la fabricación de mi fórmula. Además, si nos quedamos un día más en esta chatarra submarina, nuestros planes se vendrán abajo como un castillo de naipes. Necesitamos tranquilidad para trabajar y las selvas hondureñas son ideales para lograr nuestro objetivo.

Mengele inclinó la cabeza y se la tomó con las manos.

—No, no —dijo entre dientes—. Es imposible.

Se irguió y vio fijamente a Herbert West.

El exalumno de Halsey estaba de pie en una esquina del camarote. Se había levantado de golpe en medio de la plática entre Mengele y Halsey. Daba la impresión de encontrarse en una especie de trance hipnótico. Tenía los brazos apretados contra los costados y la mirada perdida en el vacío.

Mengele tembló.

—Y él ¿está muerto? —preguntó.

Halsey volteó a ver a West.

—Todavía no —Halsey se acercó a Herbert y le puso la mano en la cabeza con actitud paternal—. Como le expliqué hace un rato, West está bajo el dominio de un dispositivo que inventé hace un par de años. Mientras estábamos en el Lazarus, me tendió una trampa y se apoderó de mis aparatos de control cerebral, pero terminé ganándome su confianza y volteando el tablero. Un pequeño cambio en mi invento dejó a West convertido en un gatito.

—Pero ¿cómo puede confiar en él después de eso? ¿Es peligroso? Los gatos tienen garras escondidas.

Halsey negó con la cabeza.

—En absoluto. La única manera de que recupere el dominio de sí mismo es matándome. Pero para matarme...

—Pero usted está muerto, ¿no?

Halsey suspiró con desgano, como un profesor ante un alumno haragán. Iba a responder, pero una voz lo interrumpió.

—Señor, la plaga está peor que nunca. Por cada rata que matamos, aparecen dos.

Era el oficial Schmidt. Detrás de él estaba el escolta Schulz.

Mengele se dio vuelta bruscamente.

—¿Qué les parece más importante? ¿Una rata o el descubrimiento más grande de la historia?

Schmidt vio al doctor Halsey y no pudo reprimir una expresión de asco.

—Claro que esto es más importante, señor, pero me temo que tenemos más problemas de los que esperábamos.

—¿Problemas? ¿De qué clase?

—¿Será alguna variante tropical de la rabia? —preguntó en voz baja el escolta Schulz.

Mengele sacudió la cabeza y apretó los puños.

—Qué rabia ni qué ocho cuartos. ¿Cree usted que una simple rabia selvática puede detener los planes eternos del Reich?

—Estoy de acuerdo con usted, señor, pero la situación es peor de lo que usted cree —dijo el oficial Schmidt—. Será mejor que venga a verlo.

Los dientes de Mengele rechinaron. Empezaba a arrepentirse de haber tomado el control del Olympia.

## 11

Frenó el Renault frente al portón de la bodega.

Detrás del cercado de tubos y malla metálica, los cubos alargados de los edificios de un piso flotaban en la luz opaca de los focos. En medio de la inesperada neblina, el letrero de hierro con la leyenda Agrolsa-Bodega La Ceiba brillaba, recién pintado, bajo el resplandor amarillo de dos tubos incandescentes.

Pacho movió la cabeza. Agrolsa. Nombre estúpido. Pero Stiller aseguraba que era mejor no llamar la atención con palabras pomposas.

A través de la tela del saco, Pacho Galeano rozó con los dedos la funda de la pistola. Vio los números refulgentes en la carátula del Oris. Las cuatro y cincuenta. Se había retrasado más de lo conveniente en el comedor de camioneros. El motivo había sido la chica que atendía las mesas. Estaba seguro de haber detectado un brillo codicioso en sus ojos. Aunque el embrujo no se debía, tal vez, al traje y el calzado resplandeciente. Quién quitaba que decir su nombre al pagar la cuenta hubiera tenido algo que ver con las miradas que ella le había echado cada tanto desde el mostrador. La idea le gustaba. Era como una premonición de las cosas buenas que lo esperaban.

Le había costado un poco salir del comedor sin decirle algo a la chica. La cosa prometía. Y estaba además el asunto de Stiller. Acostarse con un chica de vez en cuando no era mala idea para sacarse de una vez por todas de la cabeza a la agente del Reich en Honduras. Pero, por más que tratara, Stiller seguía martillándole la cabeza. Ella y el demonio de ojos amarillos.

Por suerte o por desgracia, en las últimas semanas el contacto con la agente se había reducido a un par de llamadas telefónicas. Pacho sabía que tendría que seguir viendo a Stiller. Se moría por verla de nuevo y al mismo tiempo habría agradecido que desapareciera sin dejar rastro. ¿Qué les costaba poner a un hombre a coordinar la Operación Sigfrido en Honduras? El problema era que la gente del Reich tenía ideas propias y no quedaba más remedio que seguirle la corriente.

Caminó hasta el enorme portón y saludó al guardia con un gruñido mientras el cono de luz de la linterna de mano lo recorría desde el sombrero hasta la punta de las chinelas brillantes. La cabeza del guardia se movió en medio de la nube azul de un cigarrillo sin filtro. Galeano arrugó la cara. Conocía la marca de aquel tabaco. Era la que había fumado durante años. Por suerte, eso ya era cosa del pasado. La Virgen lo había sacado del fango.

—Identificación.

Sin sacarse el cigarrillo de la boca, el guardia le dirigió el haz de luz a los ojos. Pacho se puso la palma abierta de la mano frente a los ojos.

—No seás bruto —dijo sin alzar la voz—. ¿No reconocés al que puso esa regla?

El guardia salió del estupor e hizo un intento de saludo marcial, pero detuvo la mano a medio camino de la frente. Habló con un ligero tartamudeo mientras el cigarrillo le colgaba del labio inferior.

—Perdón, comandante.

—Ya, ya. ¿Funciona el teléfono?

Pacho señaló la caseta de vigilancia.

—Sí, señor.

—Bueno. Voy a llamar dentro de un rato.

—¿A quién?

—A vos. ¿Hay alguien más acá? ¿No ha venido nadie entre ayer y hoy?

—No, comandante.

Pacho subió al Renault. Esperó un poco mientras el guardia corría a abrir el pesado portón de tubos de hierro.

El carro se deslizó hasta el patio de carga y descarga de la compañía. Pacho se estacionó como se le dio la gana. Sólo había dos camiones en el gigantesco estacionamiento de la bodega. Que Pacho supiera, ninguno funcionaba.

Se bajó del Renault y subió por las gradas de metal hasta la puerta, también de metal. Olía a abono. No era un olor potente, pero a la larga fastidiaba un poco. Stiller había insistido en traer unos cientos de sacos de estiércol para darle más autenticidad al lugar. Pacho se sacó el llavero y tardó un poco en abrir. Siempre olvidaba cuál era la llave correcta.

Apretó un interruptor. Las luces parpadearon en el techo. No esperó a que terminaran de encenderse. Caminó por el pasillo rodeado de paredes de metal corrugado y entró en una oficina espaciosa. Encendió las luces y puso el maletín en el suelo, a un lado de la puerta. Si no hubiera sido por el pesado escritorio de metal, la silla de cuero de respaldo alto y el librero vacío pegado a la pared, la oficina habría estado vacía.

Tiró las llaves sobre el escritorio. Luego las recogió y volvió a ponerlas cuidadosamente en una esquina. Recorrió con un dedo la orilla de metal del escritorio. Firme, pesado y resplandeciente. No se parecía en nada a lo que había afuera. Calor, desorden, violencia. Si así de brillante era el Reich, bienvenido. El presidente Macías había tratado de imponer el orden en Honduras, pero una cosa era enterrar y desterrar y otra era extirpar el mal desde la raíz. Y para eso estaba el Reich.

Por fuera, la bodega era un desastre, pero por dentro todo estaba tan limpio y reluciente como el primer día en que Monika Stiller le había encargado las operaciones en aquella zona perdida de La Ceiba. Pacho no había podido aguantarse las ganas de averiguar cuál era el propósito de comprar una enorme bodega en ruinas y armar el laboratorio perdido en la selva.

—Paciencia, Herr Galeano. Todo a su tiempo —había dicho Stiller.

Cuando se lo había preguntado, tenía ya casi dos semanas de presentarse puntualmente a las cinco de la mañana en la bodega vacía.

En realidad, le agradaba no encontrarse con un alma en el inmenso local que Stiller había hecho construir en el pueblucho. Le daba lo mismo tener más de un mes de llegar a la bodega para sentarse unas horas al día en la oficina sin hacer otra cosa que ver por los paneles de vidrio de dos metros de ancho por cuatro de alto. Hacerlo le servía para olvidarse de los meses que se había cocido en la asquerosa oficina que Big Boy le había concedido, como última gracia divina, en la comandancia del litoral.

Lo que más le gustaba de sentarse en aquel almacén inmenso y vacío era sentir que le habían dado un poder que nadie más tenía. Estaba seguro de que por fin Dios había puesto la mirada en él. Se persignó y susurró un par de palabras de gratitud.

Aquella agradable sensación que le recorría el cuerpo comenzó de nuevo, como había empezado durante los últimos treinta o cuarenta días, cuando pulsó los seis interruptores de acero instalados en un costado del escritorio.

Se recostó en la silla acolchada y vio con emoción cómo el laboratorio se iba iluminando poco a poco detrás del amplio ventanal de la oficina. Le fascinaba hacerlo gradualmente. Primero accionaba dos interruptores. Esperaba que se encendieran las lámparas de un metro de diámetro colgadas a doce metros del suelo. Luego activaba otros dos botones. Esperaba otro medio minuto y sólo entonces apretaba los últimos dos interruptores.

Le daba igual haber visto el mismo espectáculo durante un mes. Siempre era incapaz de contener la emoción. No recordaba haber sentido nada parecido. Ni siquiera cuando era niño. De hecho, no recordaba nada bueno de su infancia. Todo lo mejor de su vida había empezado desde el día en que el jefe de la seguridad del presidente Toribio Macías se había fijado en él. A partir de ese día incomparable, todo en su vida había sido subir sin ver nunca hacia abajo.

Bajo la tela del traje recorrió con la yema de los dedos el relieve del águila imperial en el metal de la pitillera.

—Como un águila —susurró.

Se levantó de la silla y se acercó al ventanal para contemplar el inmenso laboratorio. No tenía la menor duda: las instalaciones ocultas eran una obra maestra plantada en medio de la nada. Perdida entre palmerales al final de un camino de tierra y a unos cuantos minutos de la playa, era un lugar en el que nadie habría creído que estaban sucediendo cosas que iban a cambiar la historia de la humanidad. Porque el comandante Pacho Galeano estaba seguro de que eso era lo que estaba pasando tras aquellas paredes.

Apagó las luces del laboratorio. Se metió las llaves en el bolsillo y se acercó al librero sobre ruedas que estaba pegado a la pared. Lo hizo rodar a un lado, levantó una plaquita de metal atornillada a los ladrillos y apretó uno de los dos botones ocultos. El grueso cascarón reforzado de la oficina no le impidió oír el zumbido de la electricidad al otro de la pared.

Apretó el segundo botón y el cerrojo eléctrico hizo el ruido característico de un dispositivo bien cuidado. La puertecita oculta se abrió. Bajo la suave luz de los focos, el tramo de gradas metálicas bajaba hasta el cubículo de comunicaciones. Volvió a tocar dos veces el primer botón. Las luces se apagaron y encendieron.

Dejó la puertecita a medio abrir. Le daba miedo cerrarla. Se tocó el pantalón para asegurarse de que llevaba las llaves. El sonido en el bolsillo lo hizo respirar tranquilo. Le gustaba que la puerta tuviera dos maneras de abrirse. No confiaba del todo en los dispositivos automáticos y prefería tener otra forma de salir del cubículo de comunicaciones. Aunque confiaba en la eficacia del Reich, también le constaba que los alemanes no habían construido las instalaciones ocultas en Agrolsa, sino un grupo de obreros centroamericanos y, tal vez, algún capataz sudamericano.

Todo en Agrolsa le gustaba, pero si había algo que lo fastidiaba de la operación era no tener una idea clara de lo que se estaba cociendo en aquel rincón de La Ceiba. Sabía que era algo grande, sin duda un arma poderosa, ¿pero cuál?

Una de las cosas que le reprochaba a Stiller era que no confiara en él. Al fin y al cabo, él había hecho sin poner peros todo lo que le ordenaba. Jamás una sola excusa. Pero ella era la única que tenía acceso irrestricto a las otras áreas del laboratorio. Pacho tenía que contentarse con ver el espectáculo desde arriba, separado de las instalaciones por vidrios de una pulgada de espesor.

Llegó al final de las gradas y entró en el cubículo. Lo saludaron dos filas de luces que hacían guiños en un rincón. También el aire acondicionado se había encendido cuando apretó el interruptor del lado de la oficina. Se metió las llaves en el bolsillo. En el compartimiento de dieciséis metros cuadrados habían instalado un sistema de radiocomunicación que escribía mensajes en clave. El pequeño monstruo de cables, cubos metálicos y luces parpadeantes jamás se apagaba.

El aparato dejaba espacio suficiente para una silla de cuerina. Pacho se sentó y jaló un diminuto escritorio sobre ruedas. Abrió la pequeña gaveta. Sacó un bloc de papel y lápiz y los puso sobre el escritorio.

Arrancó una página del bloc y garrapateó unas cuantas frases sin sentido. Rayó lo que había escrito y arrugó la página. Se echó hacia atrás para estirar una pierna. Con la punta de la chinela levantó la tapa de la papelera metálica. Se detuvo antes de lanzar el papel dentro del recipiente. Recordó el cenicero grande donde al principio quemaba los papeles.

Bah. No podía perder el tiempo en tonterías. Tenía que estar alerta. El día de la verdad había llegado.

Tiró la hoja arrugada en la papelera.

## 12

15 MARZO 1943. SUBMARINO OLYMPIA. ATLÁNTICO CENTROAMERICANO. ÉXITO ASEGURADO OPERACIÓN SIGFRIDO. INESPERADO CAMBIO DE RUTA. ESPERAMOS LLEGAR PRÓXIMOS DÍAS BERLÍN. FIRMA ALMIRANTE ERNEST BECKER.

—Los dos marineros mordidos por las ratas murieron amarrados en sus literas —dijo el oficial Schmidt—. Tuvimos que ponerles cinturones de cuero encima de la boca porque no dejaban de lanzar mordidas. Parecían perros rabiosos, si me permiten la comparación.

De camino a la armería por el estrecho pasillo, la comitiva iba echando ojeadas aprensivas a los rincones. Antes de salir, el mayor les había ordenado reforzar las botas con lo que tuvieran a mano para protegerse de las mordeduras de ratas.

Mengele se había amarrado a la cara un trapo que atrajo miradas de curiosidad de Schmidt y Schulz. Al mayor le dio igual. Tampoco le importó que el escolta y el oficial se vieran uno al otro cuando le dijo a Halsey que hiciera de punta de lanza de la comitiva junto con West. Con la Parabellum en alto, a Mengele le pareció extraño avanzar sin las dificultades de siempre, entre marineros apestosos, sudor y gritos. Otra cosa que le pareció extraña fue el trapo negro con que Halsey también se había tapado la cara. En el fondo se lo agradeció.

El piso estaba cubierto de pedazos de papel y tela. También había manchas de algo que olía muy mal. Mengele prefirió no detenerse para averiguar de qué se trataba. Con el rabillo del ojo creyó ver un par de bultos blancuzcos corriendo a toda velocidad y perdiéndose en el primer escondite que encontraron a su paso.

—¿Dónde diablos se han ido todos?

—Es lo que quería que viera —dijo Schmidt—. La mitad de la tripulación se lanzó al mar en cuanto avistaron la costa de Honduras.

—¿Está bromeando?

—Creo que dice la verdad, mayor —dijo el escolta Schulz.

—De hecho, a estas alturas no me extrañaría que no quedara nadie a bordo —dijo Schmidt.

—Eso es absurdo —dijo Mengele—. Le dije claramente al piloto que tomáramos rumbo a Alemania.

—Parece que nos tuvieron haciendo círculos, señor.

Mengele sacudió la cabeza.

—¿Hace cuánto escaparon esos cobardes? —preguntó.

—Hace apenas unos minutos. El piloto Kraus se unió a los sublevados. Eso significa que vamos a la deriva.

—Ahora entiendo quiénes son las verdaderas ratas.

—Perdón por decir esto, señor, pero creo que la situación ya era insostenible. Ninguna tripulación del mundo habría soportado tanto como la del Olympia.

La comitiva se detuvo frente a la puerta de la armería.

—¿Está tratando de criticar mis decisiones? —gruñó Mengele.

—Jamás, señor —Schmidt entrechocó los talones—. Si así fuera, no lo pensaría dos veces antes de lanzarme al mar. Pero cuando uno ve a un marinero del Reich arrancándose la lengua de un mordisco y escupiéndola como un pedazo de salchicha cervecera, las cosas toman otro color. Si hubiera visto esa cara cubierta de tumores…

Mengele dio un taconazo en el piso.

—Contrólese. No es buen momento para ponerse emotivo.

—Hoffman era el único que sabía algo de medicina, pero tuvimos que amarrarlo también para poder controlarlo. Eso terminó de minar la moral de la tripulación.

Mengele dio otra patada en el suelo de metal y acercó la cara enrojecida a la de Schmidt.

—¡Acá nos hay más que imbéciles! —gritó, resopló, luego pareció calmarse un poco—. Nadie aquí tiene la menor idea de la importancia de mi misión a bordo de este maldito submarino. Tampoco tienen por qué saberlo —alzó un dedo en el aire—. Ustedes viven y mueren por el Reich. Respiran por el Reich. ¿Entiende lo que digo? Si el Reich les pide morir en el campo de batalla, ¿se echarían para atrás?

Los labios de Schmidt temblaron.

—Jamás.

—Pues hoy estamos en esa situación. El Olympia es el campo de batalla y si hay que dar la vida, lo harán sin chistar, aunque mueran como perros rabiosos. ¿Entendido?

Schmidt y Schulz hicieron el saludo nazi.

Mengele se sacó la llave de la armería y abrió la doble puerta. Le ordenó al escolta Schulz que hiciera un inventario de las armas disponibles y le pidió a Schmidt que continuara describiendo la situación.

—De todos los tripulantes, sólo Müller y yo permanecimos en todo momento del lado del Reich. Los demás no se preocupaban por decir en voz alta que no estaban de acuerdo con llevar pestes ni monstruos. Nadie creía que llevarlo a él —Schmidt señaló a Halsey— fuera parte del plan del Führer. Además, se negaron a seguir tocando a los enfermos y los muertos después de que Hoffman mordió a dos marineros y a un oficial.

—¿Dónde metieron a Hoffman?

—Lo encerraron en el cubículo de castigo. Luego amenazaron con meter en el mismo lugar a quien les llevara la contraria.

—¿Encerraron a Hoffman junto con Becker?

Schmidt asintió con la cabeza.

—Nadie se preocupó por liberar a Becker, señor. La tripulación perdió la razón. Intentaron abrir a la fuerza la armería, pero no pudieron.

Schmidt señaló la doble puerta despintada y cubierta de arañazos.

—Qué raro que no lograran abrirla —Mengele acercó la cara a las puertas dañadas—. Tienen suficientes herramientas para hacer esto y más.

—Estaban como locos, señor —Schmidt tragó saliva—. Hasta amenazaban con matarse unos a otros. Traté de imponer orden, pero le juro que fue imposible.

—Lo que no entiendo es por qué diablos no nos atacaron.

—Ya le dije, señor. Le tienen miedo a él —Schmidt señaló a Halsey—. Dicen que es el demonio. El demonio amarillo. Así le dicen.

Mengele se rio sin ganas y volteó a ver a Halsey.

—Conque el demonio amarillo. ¿Qué le parece, doctor?

Halsey alzó los hombros y no dijo nada.

—¿Pero por qué nadie me informó de todo esto? —preguntó Mengele.

Por primera vez parecía realmente preocupado. Se quitó la gorra y se pasó la mano por el pelo rubio mojado de sudor.

—Usted ordenó que lo dejaran tranquilo mientras se encargaba de la segunda parte de la Operación Sigfrido —dijo Schmidt—. Dijo que iba a ejecutar de un balazo en la cabeza al primero que le viniera con estupideces.

—Imbécil. Era el momento de mostrar algo de iniciativa —Mengele sacudió la cabeza—. Si me hubiera informado a tiempo lo que se estaba cocinando acá, no estaríamos en este predicamento.

—Tres pistolas Parabellum, seis Walther P38 y tres ametralladoras MP40 —anunció el escolta Schulz luego de revisar el contenido de la pequeña armería—. Además de dos cargadores para las MP40. También hay una Sturmgewehr 44, pero sin munición.

Mengele mostró su decepción haciendo un ruido con la boca.

La dotación de armas personales del Olympia no era precisamente su mejor característica. La cantidad de munición era ridículamente pequeña y se había reducido aún más después de la matanza de marineros hondureños en el bote de Davis. En cuanto a los cartuchos para las pistolas, apenas había dos llenos y uno a la mitad.

Mengele contempló los reducidos pertrechos. Torció la boca. Desenfundó su Parabellum y la revisó. El cartucho tenía cuatro balas. Les sacó los cartuchos llenos a dos pistolas de la armería, le insertó uno a su arma y se enganchó el restante entre el cinturón y la camisa. Hizo todo el procedimiento bajo las miradas curiosas del escolta y el oficial.

Mengele le dio pistola y ametralladora a Schulz. A Schmidt sólo le entregó una Walther casi vacía. El oficial hizo una mueca que Mengele prefirió no ver. El mayor se colgó del hombro la MP40 después de revisarla. Tiró la llave encima de las armas inútiles y les dio una patada a las puertas para cerrarlas. Los tres soldados no habían dejado de echar miradas constantes a cada extremo del corredor. Halsey, en cambio, no parecía demasiado interesado en las actividades de los marineros y las ratas. Las lámparas del pasillo comenzaron a parpadear y a emitir una luz más opaca de lo normal.

Schmidt señaló el techo con el cañón de la pistola.

—Todo esto es cosa de los amotinados.

—¿No será mejor dejar de buscar supervivientes y largarnos? —dijo el escolta Schulz.

—¿Quién dice que estoy buscando supervivientes? —preguntó Mengele con tono sardónico.

Gritos bestiales rasgaron el aire. Los de la comitiva amartillaron las armas. Por encima de los aullidos se alzaron crujidos alarmantes, impactos atronadores de metal contra metal. Los gritos bajaron de tono y el grupo se quedó esperando con la barbilla en alto. Una seguidilla de chillidos más fuertes taladró el silencio. Los cinco se vieron unos a otros y retrocedieron sin darse cuenta de lo que hacían.

En ese momento, cuatro ratas salieron de una esquina y echaron a correr por en medio del pasillo. Iban dejando sobre el metal gris una mancha de sangre purpúrea y restos de carne. No eran ratas comunes. Aunque estaban cubiertas de sangre y otros fluidos, se notaba que eran albinas. También eran más grandes de lo normal y estaban cubiertas de manchas y tumores.

Schmidt hizo una mueca que le deformó el rostro mientras los animales se dividían en dos grupos a medio metro de Halsey y se alejaban, pegados a las paredes, en medio de un concierto de chillidos. Era como si estuvieran haciendo todo lo posible por mantenerse lejos del doctor.

Mengele no pudo dar su opinión sobre el fenómeno porque algo más estaba ocurriendo en el rincón por donde había aparecido el pequeño grupo de alimañas. Otra rata se había rezagado. Se detuvo, indecisa, y se levantó sobre las patas traseras para olisquear el aire.

Fascinado, Mengele contempló el objeto que el animal albino llevaba atenazado en el hocico manchado de sangre coagulada. El mayor cerró a medias los ojos para enfocar mejor la mirada. Entonces supo de qué se trataba. Era una oreja humana completa que todavía arrastraba algunos colgajos de piel.

El oficial Schmidt parecía haberse fijado también en la rata porque dijo algo entre dientes, soltó un hipo y le apuntó con la pistola. Antes de que alguien pudiera evitarlo, disparó dos veces. Mengele fue el único que se agachó mientras las balas rebotaban en las paredes de metal reforzado. Los proyectiles silbaron en el aire e hicieron que las ratas giraran sobre las patas traseras y regresaran corriendo por donde habían venido.

El mayor se echó encima de Schmidt. Lo agarró de las solapas del uniforme oscuro, le aprisionó la garganta con el codo y le apretó la mejilla con el cañón de la pistola. La reacción tomó a Schmidt por sorpresa. Intentó decir algo, pero se lo impidió el cañón del arma que tenía dentro de la boca.

—¡Idiota! ¿Quiere matarnos a todos? —gritó Mengele.

Más que la Parabellum que estaba a punto de destrozarle la cabeza, a Schmidt parecía interesarle algo que estaba detrás de Mengele.

El mayor vio al oficial con ojos inquisitivos.

En ese momento escuchó un quejido a sus espaldas y quedó como un bloque de hielo.

## 13

Las cosas no habían llegado así porque sí a ese punto. Los alemanes lo prepararon todo con tiempo de sobra.

A Pacho le habían dado menos tiempo para alistarse, pero hizo un trabajo aceptable con sus influencias en el gobierno y la policía. Aunque Stiller le dijo que tratara de trabajar sin llamar la atención, la insultó por lo bajo y decidió operar como había aprendido a hacerlo en sus años de trabajar para el dictador.

Había utilizado la amenaza y el asunto de Agrolsa se puso en marcha con velocidad asombrosa. Incluso a él no dejaba de maravillarlo la rapidez con que la gente reacciona cuando le meten el miedo en los huesos. En cuestión de semanas, la bodega estaba terminada y los materiales iban camino a La Ceiba. Pacho Galeano y los nazis eran un matrimonio hecho en el cielo.

Stiller se cuidó muy bien de evitar que Pacho viera qué era lo que estaban importando a Honduras, pero él estaba casi seguro de que el plan era fabricar la famosa bomba de la que tanto hablaban. Pacho solamente sabía que la cantidad de materiales era inmensa. Por lo demás, estaba a oscuras.

Un par de semanas antes, Stiller lo había citado en un café de La Ceiba en lugar de tenderse, desnuda, en una habitación de hotel para esperarlo. Como siempre, un niño llegó a dejar el mensaje a la oficina de la comandancia.

La idea de verla lo emocionaba. No podía negarlo. Estaba loco por ella, pero sabía que las citas en hoteles no se habían acabado por casualidades o por exigencias de la Operación Sigfrido. Le dolía aceptar que Stiller ya no se acostaba con él porque no quería seguir haciéndolo y punto. Pacho no era un niño. Había visto de todo en sus treinta y cinco años de vida, pero la actitud de la agente seguía lastimándolo más de lo que se atrevía a confesárselo. Empezaba a sentir que la odiaba. Lo peor era que se sentía incapaz de decirle a la cara lo que pensaba, una porque quería ser lo más profesional que pudiera y otra porque todavía le quedaban esperanzas de que Stiller entrara en razón y volviera a citarlo en una habitación de hotel.

Vestido con guayabera y pantalones caquis, con la cuarenta y cinco apretada contra las nalgas, Pacho había llegado sudando a la cafetería. Los grandes abanicos de techo no bastaban para disipar el calor. Se sentó pesadamente en la silla y trató de ver a Stiller a los ojos, pero ella usó el ejemplar del diario El Cronista para no encontrarse con su mirada. Como siempre, la temperatura ambiental parecía importarle un pepino. Ni siquiera el infierno de La Ceiba la incomodaba.

—Apréndase eso de memoria.

Puso un sobre grande en la mesa y lo empujó con el dedo para acercárselo a Pacho. Cruzó las piernas y Pacho no hizo el menor esfuerzo para fingir que estaba viéndole los muslos.

En el sobre había billetes de cien dólares y dos folletos en alemán. Pacho los hojeó. Uno era el manual para operar un aparato de radiocomunicación Siemens. El otro era un pequeño instructivo para descifrar mensajes en clave.

—La idea era pagarle a usted un viaje a Río de Janeiro para que alguien le enseñara a manejar esa cosa —Stiller señaló el folleto—, pero no tenemos tiempo para eso. A un genio se le ocurrió traer a un experto en esa clase de aparatos, pero el pobre imbécil murió de disentería a la semana de estar acá. Este es el momento de demostrar que usted es algo más que un simple policía.

El mesero puso una bandeja con café y pastel en la mesa de Stiller.

—¿Le pido algo, Herr Kommandant? —dijo Stiller desde detrás del periódico abierto.

—Una Coca con hielo.

Como otras veces, Pacho arrugó la frente cuando vio la enorme cantidad de azúcar que ella le ponía al capuchino.

—Hay que tener estómago de hierro para vivir en su país. Aunque usted no lo crea, he estado en peores lugares que este y se necesita algo más que una diarrea para acabar conmigo —Stiller lamió la cuchara.

Pacho no pudo reprimir un escalofrío. Levantó uno de los folletos.

—¿Cuál es la idea con esta cosa?

Stiller sonrió como si la voz rasposa y la brusquedad de Galeano fueran cosa de broma.

—Ya le dije. Que se los aprenda de memoria. Anoche instalamos ese equipo en Agrolsa. Además de ser nuestro hombre en Honduras, usted tendrá a su cargo las comunicaciones en tierra. Sabe alemán, no es tonto y puede andar por donde se le dé la gana, aunque el gobierno ponga estado de sitio o cualquier otra tontería que se le ocurra al presidente. Obviamente, esto significa que usted va a recibir mucho más dinero por sus servicios.

Pacho hojeó el manual sin fijarse en lo que decía mientras chupaba la pajilla de su Coca-Cola. Estaba más interesado en las piernas de Stiller y en averiguar cuántas cosas más hacía a sus espaldas.

—A partir de hoy, usted se quedará por lo menos doce horas en Agrolsa y va a tener que dormir allí una que otra vez. ¿Algún problema con eso?

—No, pero ¿para qué?

—Para continuar con la Operación Tierras Salvajes. El almirante Ernest Becker se pondrá en contacto con usted en cuanto Halsey esté en el submarino Olympia. Usted me presentará un informe diario por teléfono de todo lo que pase en Agrolsa y de sus avances con esa maquinita.

—¿La Operación qué?

—Tierras Salvajes. Así le puse a nuestro secretito.

Stiller sacó un Gauloise. Esperó un poco con el cigarrillo en la boca. Pacho no se movió. El mesero se acercó con un encendedor en la mano.

Pacho se abanicó la cara con el sobre.

—No entiendo.

—¿Qué es lo que no entiende?

—¿No era más fácil que este tipo se fuera a Alemania y ya? tengo entendido que un montón de alemanes se han escapado a Estados Unidos. Y el tal Halsey la tiene más fácil que esa gente.

Stiller alzó los hombros y exhaló humo por la nariz y la boca.

—Si hubiera hecho eso, ni usted ni yo estaríamos acá haciéndonos ricos. Lo único que nos interesa ahora es que el presidente Macías no nos arruine la fiesta. Pero para eso está usted, claro.

Pacho hizo un gesto con la mano para indicar que el asunto no tenía la menor importancia.

—¿Es por el toque de queda y esas vainas?

—No tanto por eso. Las cosas se están poniendo feas. Macías le declaró la guerra a Alemania. Supongo que usted lo sabe.

—Bah. Sólo es para llamar la atención. También dice que habla con los muertos y otras estupideces.

—Pues entre broma y broma, el tarado de su presidente está incautando fábricas y haciendas de ciudadanos alemanes.

—¿Tenían algo que ver con…?

—No que yo sepa.

—Qué raro. El presidente está enamorado de los nazis y de esos tipos italianos.

—¿Los fascistas?

—Esos. Yo mismo vi una carta que Hitler le mandó.

Pacho pidió pastel. Cuando se lo trajeron, se llevó un buen pedazo a la boca y masticó con actitud meditativa.

Stiller sonrió misteriosamente cuando lo sorprendió viéndole otra vez los muslos.

—Eso fue antes, querido Kommandant.

Pacho dio un ligero respingo.

—¿Cómo así?

—Eran otros tiempos —Stiller estiró el ruedo de la falda—. Hasta pensamos abrir operaciones en el sur, pero eso se acabó.

—¿En el sur?

Stiller asintió.

—Nuestros submarinos tienen años de andar por acá sin problemas. Ni Big Boy sabe que Alemania hace operaciones secretas bajo sus narices. El problema fue que con tantas familias alemanas en esa parte de Honduras, los espías estadounidenses se alborotaron. De hecho, usted ya estaba en la lista de nuestros posibles contratistas debido a sus contactos en el sur. Pero las cosas se han puesto color de hormiga. Cualquier excusa es buena para un bonito toque de queda. Cuando no son los supuestos agentes nazis —Stiller hizo un ruido burlón—, son los sindicalistas de las bananeras. Y ahora hasta se inventaron a un asesino para mantener a la gente con la mente ocupada.

Stiller dio un golpecito en el titular a seis columnas en la portada de El Cronista. Otra niña muerta a manos del Carnicero de Belén.

Pacho tenía la mirada perdida. Asintió sin saber por qué lo hacía. Estaba considerando de nuevo los pros y contras de arruinar el plan de Stiller. Por un lado, ella sabía demasiado de él, incluso sobre sus gustos en la cama. Además, si a los alemanes les estaba yendo tan mal en Honduras, lo más probable era que la policía secreta del presidente

Macías tomara en serio a Pacho cuando contara su historia sobre instalaciones de espionaje nazis en territorio hondureño.

Estuvo a punto de atragantarse cuando recordó todo lo que ya había hecho a las órdenes de Stiller. Ella le acercó un vaso.

—Tome agua. No queremos que nuestro agente estrella se nos muera antes de tiempo.

Stiller se puso de pie y se arregló la blusa de estampados coloridos. A Pacho lo maravilló el hecho de que Stiller pudiera comer como un boxeador y parecer más hermosa que nunca.

—Hasta luego. No olvide mantenerme informada.

Pacho se secó las lágrimas con la servilleta mientras veía a la agente salir de la cafetería. Iba moviendo el trasero de camino a la calle, donde no tuvo que esperar mucho para que un enorme y misterioso taxi llegara a traerla.

—Me lleva —susurró Pacho.

De repente se dio cuenta de que no era él quien podía hundir a Stiller, sino al revés. La agente era como el demonio con el que soñaba dos o tres veces al mes, pero disfrazado de rubia. Un escalofrío reptó por su espalda. Se tocó el cuello con el revés de la mano. No tenía temperatura. Recordó a Stiller desnuda en la cama y sintió una mezcla de rabia, miedo y deseo.

Una cosa le quedó clara. Se había metido en un problema bastante gordo.

14

16 MARZO 1943. URGENTE. LLEGADA COMITIVA OLYMPIA AGROLSA MAÑANA. PENDIENTE PRÓXIMOS MENSAJES. FIRMA ALMIRANTE ERNEST BECKER.

Se dio vuelta.

Mengele supo entonces qué era lo que llamaba tanto la atención de Schmidt.

Era Schulz.

Desde un agujero en la frente del escolta, un delgado chorro de sangre le serpenteaba por la mejilla derecha y por la comisura de los labios y le descendía por el cuello hasta perderse debajo de la camisa acartonada del uniforme oscuro. Parecía estar bajo el efecto de un narcótico. Tenía la mirada perdida. Levantó la mano con la que apretaba la Parabellum. Luego dejó caer la pistola como lo habría hecho un muñeco al que se le acaba la cuerda. El arma hizo un ruido sordo cuando golpeó el suelo y se deslizó hasta detenerse junto al pie derecho de Halsey.

A pesar de que probablemente ya estaba muerto, Schulz parecía tener consciencia de lo estrecho que era el pasillo. Para no golpearse en la pared de metal, dio media vuelta sobre los dedos de los pies, como un bailarín experto.

Había un agujero de cinco centímetros de diámetro y bordes irregulares en la parte trasera del cráneo del escolta. A través de la perforación, los sesos le chorreaban por la espalda y dejaban un rastro en el suelo.

Schulz giró una vez más y se derrumbó de frente. Cuando golpeó el suelo con la nariz, fue como si alguien hubiera dejado caer una olla de sopa. El cerebro del escolta pareció explotar. El géiser de sangre y sesos dejó las paredes cubiertas de grumos rosados.

Mengele reaccionó antes de que Schmidt se recobrara. Sin sacarle la pistola de la boca, el mayor usó la otra mano para quitarle la Walther. Iba a enganchársela al cinto cuando un fuerte temblor lo obligó a soltar al oficial. La sacudida hizo que el suelo se levantara en un ángulo de cuarenta y cinco grados.

Mengele dijo un par de obscenidades. Lanzó manotadas inútiles en busca de un objeto para sostenerse. Dio un salto hacia atrás y azotó la pared con la espalda. Schmidt se deslizó sobre la pared y el piso, pero logró apoyar los pies en la pared ladeada. West cayó como un saco de piedras. En cambio, Halsey se mantuvo en pie, a pesar de la serie de sacudidas que hamacaron al submarino.

El cadáver de Schulz raspó el piso con el pecho y la cara hasta pegar las plantas de los pies a la pared del Olympia. La inclinación del submarino hizo que el cuerpo quedara suspendido en el aire durante un par de segundos. Mengele y Schmidt, horrorizados, contemplaron la cara apacible del escolta sonriéndoles desde arriba antes de derrumbarse de nuevo y romperse la nariz contra el piso.

Los temblores terminaron y el Olympia se quedó quieto. Los cuatro se vieron unos a otros desde el suelo. El submarino chirrió y dio un coletazo. Mengele dio vueltas sobre el corredor hasta pegar con la cabeza contra la pared. Halsey seguía de pie, como si estuviera atornillado al metal. Schmidt se deslizó de un lado a otro con las nalgas pegadas al suelo.

Cuando el Olympia terminó de estabilizarse, Mengele se puso de pie con dificultad. Apuntó a Schmidt con la Parabellum mientras se apretaba la cabeza con la otra mano.

—No se mueva.

Sin dejar de apuntarle al oficial, recogió la ametralladora de Schulz y la tiró al suelo después de sacarle el cargador.

Schmidt levantó los ojos y vio alrededor. Durante medio minuto pareció estar interrogando a las paredes del Olympia.

—Creo que acabamos de tocar tierra.

—Tonterías —gruñó Mengele.

—Se lo dije. Le dije que estos tipos están locos. Era cuestión de tiempo que pasara esto. El colmo fue esa enfermedad endemoniada.

—Pues hasta ahora no he visto a ningún marinero rabioso.

—Porque usted jamás ha salido de su camarote. Sólo lo ha hecho para dar órdenes a Becker o para hacer tratos con esa cosa —Schmidt señaló a Halsey—. Los marineros tenían tanto miedo que sólo pensaban en neutralizar a los oficiales y largarse. Y parece que lo lograron.

Mengele se acercó a Schmidt y le apretó el cañón de la pistola contra la cabeza.

—No lo mato ahora mismo porque nos va a servir de escudo. Levántese y camine adelante, a un metro de nosotros. Rápido. Si el Olympia de veras tocó tierra, no hay nada más que hacer acá.

—¿Y Hoffman y Becker?

—No sea imbécil. Olvídese de ellos.

Schmidt se levantó y echó a caminar al frente del grupo. Llevaba los brazos colgándole a los costados. Halsey y West iban detrás de él. Mengele, con la Parabellum en una mano y la ametralladora en la otra, cerraba la fila.

Llegaron al camarote donde habían encerrado a Becker. Schmidt se detuvo.

—¿Qué le pasa? Siga adelante o lo parto en dos.

—Me niego a seguir adelante sin Becker. Es el único que se habría hundido con el Olympia sin pensarlo dos veces.

—Vaya, vaya —Mengele se rascó la frente con el cañón de la pistola—. Qué lealtad tan fascinante. El problema es que la está desperdiciando. En lugar de pensar en Becker, debería preocuparse por obedecer al Führer. El propio Hitler fue quien ordenó llevar hasta el final la Operación Sigfrido y eso es precisamente lo que estoy tratando de hacer. Todos en este submarino son sólo ruedas en un mecanismo de relojería y su única misión es girar hasta cumplir con la misión que nos encomendaron. ¿Usted cree que me gusta la idea de quedarme en Centroamérica? Pero tendré que hacerlo si no queda de otra.

Schmidt se inclinó para escupir.

Mengele vio el escupitajo en el suelo como un científico que contempla una reacción química. Schmidt alzó la barbilla y le dirigió una mirada de repugnancia. Mengele hizo una mueca furiosa. Halsey contempló la escena como desde otro mundo. Escuchó claramente cómo chirriaban los dientes del mayor.

La patada de Mengele fue fulminante. Schmidt dio un alarido y cayó de rodillas mientras se apretaba los testículos. El mayor acercó su cabeza a la del oficial.

—Muévase y no me haga perder más el tiempo —gritó—. No sé qué diablos encontraremos adelante, pero por lo menos usted se irá de este mundo como el héroe al que se comieron las ratas.

Schmidt tardó cinco minutos en ponerse de pie. Iba a dar un paso vacilante, pero se detuvo para ver a Mengele, que parecía interesado de repente en Halsey y West. Sin dejar de apuntarle al oficial con la pistola que llevaba en la mano izquierda, el mayor dirigió con la otra mano la ametralladora hacia el lugar donde estaban los científicos.

—Mejor que Halsey y ese guiñapo —señaló a West— vayan al frente. Parece que las ratas les tienen tanto miedo como la tripulación de gallinas traidoras de esta maldita chatarra.

—¿Y si no le hago caso? —dijo Halsey.

Mengele respondió levantando la ametralladora.

—Ninguna bala me hará estar más muerto de lo que ya estoy —Halsey hizo un gesto despectivo.

—Muerto, pero no inmortal.

—Eso usted no lo sabe.

—Ni usted —sonrió Mengele—. Hasta ahora no tiene pruebas de que ese invento suyo sea la llave de la inmortalidad. Digamos que revive a la gente, pero no creo que sirva para rearmar un cuerpo despedazado por una granada o las balas de esta cosa.

—¿De qué están hablando? —preguntó Schmidt.

Nadie le hizo caso.

—No tiene la menor idea de lo que el agente reanimador puede lograr —dijo Halsey.

—Lo único que sé es que de alguna manera les devolvió la vida a usted y eso es más que suficiente para que Berlín se rinda a mis pies. En cuanto a lo demás, ya veremos. Mientras tanto, no me queda más remedio que improvisar un poco.

Halsey pareció darse por vencido. Había comenzado a avanzar por el pasillo cuando Mengele le indicó que se detuviera. El mayor se alejó unos pasos de la puerta de la celda, enfundó la Parabellum y les apuntó a los tres con la MP40.

—Primero párese delante de esa puerta y ábrala.

—¿Para qué? —dijo Halsey.

—Está loco —dijo Schmidt—. No le haga caso.

—¡Apúrese!

Halsey hizo un ruido con la garganta. Era su única manera de mostrar descontento. Aunque se hubiera quitado el pañuelo de la cara, sus facciones rígidas no habrían delatado lo que pensaba. Abrió un poco la puerta del cubículo y echó una mirada hacia adentro.

—¿Qué hay allí? —gruñó Mengele—. Rápido. Dígame qué demonios hay allí.

Halsey no respondió. Retrocedió y empujó la puerta con un dedo. La plancha de metal chirrió sobre los goznes hasta abrirse por completo. Por instinto, Mengele y Schmidt dieron cuatro pasos para atrás cuando vieron a Hoffman. El oficial enfermo estaba arrodillado e inclinado hacia adelante, con la cara pegada a la de Becker. Parecía estar dándole respiración artificial, pero esa impresión duró sólo unos segundos. Cuando Hoffman levantó la cabeza y les mostró los ojos desorbitados, se dieron cuenta de que estaba haciendo algo menos prosaico. En realidad estaba comiéndose la cara del capitán.

Hoffman tenía la boca abierta, pero no porque estuviera a punto de decir algo. La había abierto para sostener entre los dientes uno de los globos oculares del capitán Becker. Hoffman parpadeó. Dirigió la mirada enloquecida al cadáver del capitán, despedazado a mordidas, luego a la ametralladora de Mengele y por último al rostro cubierto del doctor Halsey. Era como si alguna decisión muy importante lo estuviera atormentando. Mengele jaló la palanca para montar la metralleta. Esperó. Schmidt retrocedió lentamente hasta que la pared metálica lo obligó a detenerse. Halsey y West no se movieron ni un centímetro.

Schmidt estaba sudando a chorros. Pegó un salto involuntario cuando escuchó el fuerte sonido de succión que salió de la boca de Hoffman. El cuello del oficial médico se hinchó visiblemente cuando el ojo que había arrancado de la cara de Becker comenzó a bajar por su esófago y acabó perdiéndose en sus entrañas.

—Dispárele —dijo Schmidt entre dientes—. ¿Qué espera?

—Tranquilo —Mengele levantó una mano.

Hoffman dijo algo incomprensible. Era como si estuviera hablando una lengua perdida en la oscuridad de tiempos remotos, un idioma hecho de siseos y sonidos guturales.

—Es como lo describieron en Brasil —susurró Mengele.

Sonrió mientras escuchaba los ruidos extraños que salían de la garganta del monstruo que poco antes había sido el oficial médico del Olympia. El mayor parecía disfrutar de lo que estaba viendo.

—¿Describieron? ¿De qué está hablando? —preguntó Schmidt.

—Sh —contestó Mengele—. Fíjese bien.

Hoffman se incorporó lentamente con los brazos extendidos y las manos abiertas. Estaba gruñendo como un perro rabioso. Pasó encima del cadáver de Becker. Cuando parecía a punto de echarse encima del doctor Halsey, dio un respingo y se detuvo antes de completar el salto. Fue como si de repente su cólera se hubiera esfumado y en su lugar estuviera luchando por entender lo que estaba sucediéndole. Se vio las manos. Hizo una mueca de desconcierto y soltó un aullido que rebotó en las paredes del Olympia y se alejó por el corredor hasta perderse en las entrañas del submarino.

—No ataca a Halsey. ¿Lo ve? —dijo Mengele.

Parecía fascinado. Señaló a Hoffman.

—Es verdad —dijo Schmidt, asombrado—. ¿Por qué no se le echa encima? No lo entiendo.

—Acá hay más de lo que el doctor nos ha querido contar. Pero no pienso quedarme con la duda.

El mayor de las SS usó la metralleta para indicarle a Schmidt que se acercara a Halsey.

—Súbale la camisa.

Schmidt arrugó la cara y señaló al doctor.

—¿A eso?

—Si no hace caso, lo meteré ahí dentro junto con Hoffman.

Mengele movió la MP40. Los dos argumentos despejaron cualquier duda del oficial.

Schmidt se acercó a Halsey y, sin dejar de ver su rostro oculto bajo la pañoleta, le subió un poco la camisa. Lo hizo con asco evidente. Incluso se limpió las manos en el pantalón después de haberlo tocado.

Halsey se quedó inmóvil. Resultaba imposible determinar hasta dónde aquel asunto le desagradaba, pero era obvio que en ese momento Mengele no era su persona favorita.

—Más —gritó Mengele.

Schmidt obedeció. La camisa levantada reveló, sobre la piel grisácea de la espalda de Halsey, un objeto verdoso y chato de un material parecido al vidrio o al plástico brillante. Schmidt, intrigado, se quedó contemplando las diminutas luces que recorrían el borde del aparato. Le acercó la mano derecha, pero no se atrevió a tocarlo.

—Es como un juguete.

—Lo dudo —Mengele torció la boca y se dirigió a Halsey-. Tiene muchas cosas que explicar, doctor. Por suerte vamos a tener tiempo de sobra en este sucio país para que me lo cuente todo. Ahora cierre bien esa puerta.

Halsey obedeció. Schmidt señaló con la barbilla la puerta cerrada.

—¿No pensará dejar a Becker en ese estado? —preguntó—. No sabemos si está muerto. Es un oficial condecorado con la Cruz de Hierro.

Mengele hizo un ruido despectivo.

—¿Cree que a estas alturas le importan las medallas? Además, no planeo desperdiciar balas en malditos engreídos. No sabemos qué hay más adelante —señaló a Halsey con el cañón de la MP40–. Ahora quítele esa cosa de la espalda.

Schmidt no volvió a renegar. Se acercó al doctor sin dejar de verlo a los ojos y trató de arrancarle el dispositivo. Halsey no dejaba de echarle miradas a West mientras Schmidt jalaba el aparato con los dedos.

—No puedo —dijo el oficial después de varios intentos fallidos—. Parece que la lleva clavada en la espalda.

—Verdammt. Está bien. Lo dejaremos para después. Ahora muévanse. Y nada de movimientos raros.

Dieron vuelta en la esquina. Al fondo vieron la estrecha sala de mando del Olympia, más iluminada que de costumbre. Además de las luces multicolores de las consolas de control, los chorros de sol se desparramaban desde la escotilla que llevaba a la cubierta del submarino.

Mengele apartó a Schmidt de un empujón y corrió hasta el final del pasillo. Parecía haber olvidado todos los peligros. Levantó un brazo con actitud triunfante.

—¿Lo ven? Al fin y al cabo no era tan difícil —señaló a Schmidt con la punta de la ametralladora—. Ahora salga usted primero.

Schmidt hizo un movimiento en busca de la escalera de metal, pero Mengele lo detuvo con una señal de la mano. Se sacó una llave del bolsillo.

—Primero voy a enviar un mensaje a los idiotas en Honduras.

Se dirigió al fondo de la sala de mando, abrió la caja de metal y sacó el aparato intercomunicador. Dudó un poco antes de manipular los botones.

Schmidt no pudo esperar. Mientras Mengele enviaba el mensaje codificado, el oficial se abalanzó sobre la escalera de acero que llevaba al exterior y comenzó a subir con la agilidad de un gimnasta.

Mengele cerró bruscamente la caja del intercomunicador y volvió a pararse al pie de la escalerilla de metal.

—¡Schmidt! —gritó.

El oficial había trepado en cuestión de segundos. Desde abajo, Mengele, sin dejar de apuntar a Halsey con la MP40, usó la otra mano como visera para ver cómo Schmidt sacaba la cabeza por la escotilla. Schmidt dijo algo incomprensible. Mengele iba a pedirle que hablara más claro, pero dejó la frase a medio terminar cuando vio las piernas del oficial agitándose en el aire como las aspas de un molino.

Mengele tuvo que saltar para atrás. Si no hubiera reaccionado a tiempo, el cuerpo del oficial del Olympia le habría caído encima como un saco de cemento. Con los ojos desorbitados, el mayor se quedó viendo fijamente el cuerpo que acababa de desplomarse desde una altura de tres metros.

Schmidt se sacudió un par de veces antes de quedarse inmóvil. Le habían hundido el cráneo como a un muñeco de goma.

## 15

E l agente había señalado la silla de madera.
Pacho entendió que tenía que sentarse y quedarse con la boca cerrada. El agente, un tipo de bigote y cejas espesas, con un leve olor a colonia barata, lo contempló como a un dinosaurio en un museo, con asombro teñido de desprecio. Se alisó la corbata y siguió viendo con curiosidad cómo Pacho se sentaba y se quedaba viendo el escritorio desnudo que alguien sin ningún sentido de la decoración había pegado a la pared de enfrente.

Desde la silla, Pacho volteó a ver al agente. Fue como la señal que el tipo esperaba para salir. Antes de cerrar la puerta verde, pidió café y cigarrillos "para el comandante".

Colores mates. Turquesa sucio el escritorio, grisáceas las paredes, verdosa la silla. Ninguna ventana. Sólo un calendario de Cerveza Imperial colgado de un clavo en la pared. Alguien había manchado con lápiz rojo todos los números del 2 al 12 de marzo.

Hacía calor. Pacho se soltó el primer botón de la guayabera blanca. Lo maravilló cuánto había cambiado la policía secreta de Big Boy en apenas unos meses. Se sintió como en otro mundo. Ni mejor ni peor. Sólo distinto, como cuando un sujeto vuelve de vacaciones para ver cómo su mujer ha mudado de lugar todos los muebles y colgado en la pared el retrato de su amante.

El portazo lo hizo dar un salto en la silla. Entonces se fijó en los dos tipejos que lo veían desde el otro extremo de la habitación.

Uno flaco y otro gordo, los dos eran más altos que Pacho. Gringos, eso era obvio. Iban de traje y corbata, pero el gordo se distinguía porque incluso desde los cuatro o cinco metros que había entre él y Pacho se notaba que el saco y los pantalones necesitaban pasar por lo menos dos veces por la lavandería para dejarlos presentables.

No sólo necesitaba un traje limpio. También le faltaba una buena ducha y una afeitada cuidadosa. Estaba masticando algo. La papada floja se agitaba sobre el cuello de la camisa manchada de grasa, sudor y polvo.

El flaco, recostado en la pared, estaba examinándose con atención las uñas y la punta brillante de las chinelas. Se aflojó la corbata y se quitó el sombrero para alisarse con los dedos el pelo liso y grueso. Se abrió la chaqueta para mostrar la Colt enganchada en la sobaquera.

El gordo se sacó de la boca lo que estaba masticando y lo pegó en la pared. Suspiró o más bien abrió la boca en busca de aire.

—Un pajarito nos dijo que tienes algo que informar —dijo con voz ronca.

Se aclaró la garganta. Se abrió el saco y esperó con los dedos como salchichas enganchados en los tirantes. Hizo dos o tres ruidos más con la boca y la nariz.

—Depende —dijo Pacho—. ¿Quiénes son ustedes?

—Nadie —el gordo hizo una U invertida con la boca y sacudió la cabeza—. Sólo dos tipos con los que puedes ganar algo de dinero.

Pacho arrugó la cara. Se recostó en la silla y se echó el sombrero hacia atrás. Iba a rozar su pistola, pero recordó que se la habían guardado en la entrada del edificio de la secreta. Movió un poco la cabeza para aflojar los nudos de la nuca. Andar desarmado lo hacía sentirse incómodo.

—¿Cómo así?

El gordo se sacó un pañuelo del bolsillo para secarse la cara mojada. Alguien tocó la puerta, abrió y asomó la cabeza por la abertura.

—Café y cigarros —dijo.

El gordo movió dos dedos hinchados para indicarle que entrara. Agarró el paquete de cigarrillos de la bandeja cubierta de tazas y se lo metió en un bolsillo del saco.

—Ahora lárgate y trae un ventilador o algo porque si no voy a salir de acá con cien libras menos.

El tipo de los cigarrillos regresó un minuto después con un ventilador que puso sobre el escritorio. Lo conectó y salió de nuevo.

El gordo se sacó un fajo de billetes de un bolsillo.

—Soy Gus Palmer. Y ese de ahí es Dick.

Dick sonrió y levantó un pulgar.

—Tengo entendido que usted es el general Galeano y que tiene información valiosa.

—No soy general.

Palmer pasó un dedo por el borde de los billetes como si empezara a barajar un mazo de cartas.

—Oiga bien lo que voy a decirle. Si hay algo que no me gusta, es regalar dinero. Es una mala costumbre. Vuelve a la gente haragana, le quita la motivación. Pero en este caso estamos tratando nada menos que con un general y no se vería bien que ponga a Dick a arrancarle el pellejo en vez de rellenarle los bolsillos de dólares americanos.

Dick volvió a levantar el pulgar. Pacho se rascó la nuca y vio la puerta verde con el rabillo del ojo.

Palmer tardó un poco en poner uno de sus gruesos muslos sobre la esquina del escritorio. Levantó el fajo de billetes y lo sacudió como un plumero.

—Tengo algunos de estos por allí. No me estorban, no le ponga la menor duda, pero puedo soltar algunos si usted me cuenta todo lo que sabe sobre Bill Sanderson.

Pacho hizo un ruido burlón.

—No sé de qué está hablando. No sé quién es ese tipo. Vine acá a hablar de otra vaina que no tiene nada que ver con eso.

Palmer asintió con la cabeza.

—¿Está seguro?

—¿Seguro de qué?

—De que lo suyo no tiene nada que ver con Bill Sanderson.

Pacho levantó los hombros.

—Claro que no. Y no pienso volver a abrir la boca. Quedamos en que iba a hablar con el director de la policía secreta, no con un gordo hijo de la chingada.

Palmer bajó la pierna del escritorio y echó los hombros hacia adelante. Dick se enderezó y levantó una ceja, pero no hizo nada más.

—Por lo que veo, usted no sabe quién es Bill Sanderson —dijo Palmer.

Pacho negó con la cabeza.

—Okey. Ponga atención, general, porque esto le va a interesar. El tío Bill Sanderson tiene mucho dinero. De hecho, tiene tanto dinero que con lo que gasta en un buen almuerzo podría pagar la deuda externa de Honduras.

Pacho se enderezó en la silla.

—¿Todavía le quedan ganas de platicar —Palmer movió los dedos en el aire para dibujar un par de comillas— con el jefe de la policía secreta de Big Boy Macías en vez de hablar sobre el tío Bill?

—Pero usted no es el tal Bill.

—Si yo fuera Bill Sanderson, estaría perdido en el mar y no acá, conversando con usted.

Palmer se acercó, balanceándose de lado a lado como un pato, al calendario colgado de la pared gris. Puso un dedo hinchado sobre el número 12.

—¿Ve todas esas cruces rojas, general?

Pacho asintió.

—Pues son más o menos los días que tío Bill ha estado perdido. Se embarcó el 2 de este mes —Palmer puso un dedo como una salchicha sobre el calendario—. El 5 perdimos comunicación con él, pero se lo achacamos al clima. El 7 era el día en que supuestamente iba a tocar tierra en Honduras. ¿Vino Bill Sanderson sano y salvo a La Ceiba? —se contestó a sí mismo con un movimiento de cabeza—. Ni por cerca. Créame, nos alborotamos como gallinas, pero la gente en Nueva York dijo tranquilos, chicos, tío Bill es un loco aventurero. Ya ha hecho estas bromas antes. ¿Qué hicimos, entonces? Pues nada. Esperar —se rascó la papada colgante y volvió a poner el dedo sobre el calendario—. Y así, esperando como idiotas, llegamos al día de hoy.

Hizo una pausa para recobrar el aliento.

—¿Y? —preguntó Pacho.

—Esa es la pregunta, general.

—Ya le dije que no soy general.

—La pregunta de los sesenta mil dólares.

Pacho echó los hombros hacia adelante.

—Sesenta…

—…mil dólares —Palmer subrayó cada sílaba—. Por cualquier información que ayude a dar con el paradero de tío Bill. Y sin hacer ninguna pregunta —juntó las yemas del pulgar y el índice y se los pasó sobre los labios cerrados—. ¿Entiende lo que digo?

Pacho se recostó en la silla. Hizo una mueca y se rascó la nuca.

—Ojalá supiera dónde está ese tipo, pero, como le dije, no tengo ni pinche idea. Yo venía acá por otra vaina que no tiene nada que ver con eso.

Palmer suspiró. Se veía agotado. Se metió el fajo de billetes en el bolsillo del saco.

—Es por lo del tipo al que llaman el Carnicero, ¿no?

Pacho arqueó las cejas.

—¿Quién?

—El tipo ese —Palmer chasqueó dos dedos—, el que mata niñas. Ya han venido como diez cabrones hoy con supuesta información sobre ese sujeto.

—¿También dan dinero por eso?

Pacho comenzó a preguntarse en dónde había tenido la cabeza todo ese tiempo. De repente, todo el mundo parecía estar regalando dinero por información sobre tipos de los que no había oído hablar en su vida. Le dedicó un par de insultos a Big Boy por haberlo sacado de circulación.

—Que yo sepa, no. Es un asunto, ¿cómo se dice?, de interés público. O sea, algo que a nadie le importa. Pero volviendo a lo que debe interesarnos, uno se queda con la boca abierta al ver cómo en un paisito como este todo tiene que ver con todo. Si no cree, pregúntele acá a Dick.

Dick levantó el pulgar por tercera vez.

—Dick es un marine y ha visto de todo. Lo único que no ha visto son muertos saliendo de las tumbas.

Palmer escribió en un pedazo de papel y se lo tendió a Pacho. Era un número de teléfono junto a la frase G. Palmer, consultor, policía de Honduras.

—Si oye o ve algo raro, llámeme. Ahora esfúmese.

Pacho se guardó el papel. Iba a abrir la puerta verde.

—Un momento —dijo Palmer—. ¿Qué era eso de lo que iba a hablar con el jefe de la policía secreta?

—Nada. Ya no importa.

—Todo importa. Vaya, hombre, suelte la sopa. Quiero divertirme un poco antes de que pase el otro tipo.

—Bueno —Pacho se acarició la barbilla—, era algo de unos nazis que están construyendo un arma secreta acá mismo en La Ceiba.

Palmer enarcó las cejas y asintió con ligeros movimientos de cabeza. Parecía estar dándole vueltas a la frase de Pacho.

—¿Nazis construyendo un arma secreta?

Pacho asintió.

—Acá en Honduras.

Palmer señaló el suelo con un dedo.

—Ajá.

—¿Un arma secreta?

—Sí.

Palmer hizo un ruido parecido a un estornudo. Tuvo que inclinarse un poco, pero no pudo contener la risotada. Se limpió la baba de la boca con la manga del saco. Se acercó a Dick y le dijo algo en voz baja mientras le daba palmadas en el hombro. Dick imitó a su jefe y comenzó a carcajearse.

Pacho no tuvo tiempo para sentirse como un imbécil. Palmer abrió la puerta verde, llamó a alguien y ordenó que sacaran a patadas al general.

16 MARZO 1943. MENSAJE RECIBIDO. ATENTO LLEGADA COMITIVA OLYMPIA A LA CEIBA. FIRMA COMANDANTE FRANCISCO GALEANO.

La brutalidad del golpe había juntado los ojos en el centro de la cara hundida como una pelota sin aire.

Mengele dejó de contemplar los ojos desorbitados de Schmidt, amartilló la ametralladora y empujó con el pie el cadáver del oficial. Se acercó a la base de la escalera. Apuntó a la escotilla abierta y vació el primer cargador del MP40. Una lluvia de chispas se derramó desde lo alto y rebotó contra las paredes y el piso. Un coro de gritos resonó fuera del Olympia.

Mengele extrajo el cargador vacío, lo tiró e insertó el lleno. Se colgó la ametralladora del hombro. Empezó a subir por la escalera de metal. Parecía estar en otro mundo donde ni Halsey ni West existían. Mientras trepaba, iba pegando chillidos enloquecidos, tal vez con la esperanza de asustar a los tipos que habían asesinado al oficial Schmidt destrozándole el cráneo.

Halsey se alejó de la escalera metálica sin apartar la mirada de las piernas y el trasero de Mengele en su ascenso hacia la escotilla del Olympia. De un empujón, Halsey hizo que West también se apartara de la base de la escalera. West tropezó en una caja de herramientas y cayó al suelo. Se levantó con agilidad y permaneció de pie, balanceándose suavemente.

Halsey comenzaba a aburrirse de lo estúpido que se había vuelto su exalumno tras la aplicación del dispositivo de control cerebral, aunque en el fondo le parecía increíblemente divertido verlo convertido en un tarado ejemplar. Suspiró. La combinación perfecta habría sido disponer de las habilidades científicas de West y dominar por completo su voluntad. Sabía que no le serviría para nada si continuaba en estado de imbecilidad y que en algún momento iba a tener que devolverle el dominio de sí mismo para obligarlo a revelar los componentes del agente reanimador y el procedimiento para fabricarlo.

Hurgó debajo de su levita y sacó la Walther P30 que había recogido del suelo sin que Mengele se diera cuenta. No pudo amartillarla. Estaba trabada. Buscó en los alrededores hasta dar con un destornillador que algún marino desesperado había afilado como un punzón. Estaba ocultándolo bajo la ropa cuando más gritos y ráfagas de tiros rebotaron sobre la cubierta del Olympia. Se detuvo para escuchar.

Mientras continuaban los balazos, levantó la pistola inservible, cerró un ojo y apuntó a la cabeza de West.

—Pum.

West permaneció impávido. Halsey sonrió con una mezcla de insatisfacción y amargura, tiró la pistola al suelo y la alejó de una patada.

—¡Suban acá ipso facto!

Halsey levantó la mirada hacia el sitio de donde venían los gritos. Sacudió la cabeza al pensar en lo engreído e imbécil que era Mengele. Sólo alguien así habría dicho ipso facto después de participar en un tiroteo sobre la cubierta de un submarino varado en las selváticas playas centroamericanas.

Halsey chasqueó los dedos en dirección de West. Su exalumno reaccionó como un autómata. Irguió de golpe la cabeza y echó a andar hacia la escalera.

Cuando Halsey sacó la cabeza por la escotilla y respiró el aire marino, sintió que volvía a la vida. Entonces recordó que estaba muerto.

—¿Los ve? —preguntó Mengele.

El mayor de las SS estaba excitado como un niño. Ya no andaba la ametralladora. Halsey tardó un poco en erguirse sobre la cubierta del Olympia. Se sentía extraño. Era una sensación que había olvidado durante un año y pico, o sea, desde el día en que había muerto en el choque de carros en Arkham.

Sobre la cubierta había dos cadáveres con la cabeza reventada a tiros. La superficie corrugada del metal estaba resbalosa de sangre y soltaba chispazos rojizos bajo los potentes rayos del sol. El cuerpo de otro marinero reventado a balazos se balanceaba suavemente sobre las aguas.

—¿Los ve? —repitió Mengele.

Halsey tardó un poco más en entender a qué se refería. Volteó a ver la plancha azul pálido del mar bajo el sol del mediodía. Tuvo que parpadear muchas veces para distinguir los puntos oscuros que flotaban en las aguas cruzadas de reflejos. Eran dos tripulantes que se alejaban a nado del submarino.

—¡Las ratas se van del barco! ¿Los ve? —Mengele los señaló con el cañón de la Parabellum—. ¡Ratas!

Halsey no acababa de explicarse por qué los marineros habían cometido la torpeza de quedarse sobre cubierta cuando la playa estaba a unos cuantos metros de distancia. La única explicación era que la sed de venganza los había cegado. Halsey entendió hasta cierto punto una tontería como esa. A pesar de su estado, todavía era capaz de comprender a algunos de los idiotas que en un tiempo había considerado sus congéneres.

Los tripulantes no se habían llevado ninguno de los cuatro botes salvavidas atornillados a la cubierta. Halsey se sintió satisfecho, pero no agradecido. En su caso, un bote salvavidas era vital para llegar a tierra sin problemas. Cuando aún estaba vivo, había aprendido a nadar como un pez en las gélidas aguas de Nantucket, pero no estaba seguro de que la muerte en vida le hubiera permitido conservar sus habilidades de nadador consumado. Además, era imperativo que lograra llevar a tierra a West sin quitarle el dispositivo de control cerebral. La única manera de lograrlo era poner a su exalumno sobre uno de los botes del Olympia.

—¡Ratas! —repitió Mengele.

Apuntó con la Parabellum hacia los hombres que huían a nado en busca de la playa. Disparó una vez.

Halsey cerró a medias los ojos para ver mejor el embudo transparente que se levantó cuando la bala entró en el mar a trescientos kilómetros por segundo.

Los brazos de los dos marineros siguieron azotando el agua.

Mengele siguió disparando. Una de las balas dio en el blanco. En lugar de un pequeño embudo de agua, Halsey vio una cinta rojiza alzándose en el aire desde la cabeza perforada. Los brazos del marinero herido dejaron de golpear el agua.

Mengele dio un salto de alegría. Sacó el cargador vacío y le metió el lleno. Amartilló la pistola y se quedó quieto mientras contemplaba los movimientos del segundo marinero.

—Usted no sabe lo que es dominar a la muerte —dijo sin dejar de darle la espalda a Halsey.

El doctor no dijo nada.

—Cree que inyectar esa cosa es controlar a la muerte, pero está equivocado. Con esto —Mengele levantó la pistola— controlo a la muerte. Con esto sé quién va a morir y quién no.

Disparó una vez. Otra. Otra. Con la cuarta bala, el marinero dejó de chapotear.

Mengele bajó la pistola y contempló el mar. Permaneció inmóvil. El punto oscuro pareció moverse a lo lejos. El mayor levantó la barbilla y esperó un momento antes de volver a disparar. Halsey creyó escuchar el sonido lejano, parecido a una sandía rajándose, del cráneo despedazado por la bala.

El mayor bajó el brazo. Se dio vuelta rápidamente. Había comenzado a levantar de nuevo la Parabellum para dispararle a Halsey, pero el movimiento se quedó a medio camino. Bajó el brazo y soltó la pistola.

Asombrado e incrédulo, contempló el destornillador clavado hasta el mango en el lado izquierdo de su pecho. Empezó a boquear en busca de aire.

—Tiene toda la razón, mayor. Esto —Halsey levantó con la otra mano el frasco de líquido amarillo— no tiene sentido sin esto —señaló con la barbilla el destornillador.

De un tirón sacó la herramienta del pecho de Mengele. El mayor se derrumbó y se retorció en el suelo hasta morir bajo el sol.

## 17

El sistema de intercomunicación volvió a emitir un tenue zumbido. Las luces guiñaron.

Pacho estaba seguro de que había hecho un gran trabajo. El mismo que habría hecho un extranjero competente. En cuestión de días había aprendido a recibir mensajes, descodificarlos, escribirlos y memorizarlos. Luego tiraba la hoja de papel a la basura.

Stiller le había dicho que los quemara, pero a Pacho le parecía una tontería. Estaba seguro de que a nadie en su sano juicio se le ocurriría ordenar un cateo en Agrolsa ni sospechar de una conjura nazi en medio de la selva. Además, no conocía a nadie en La Ceiba que supiera alemán.

Era capaz de recordar todos los mensajes que había recibido en el pequeño cubículo. No es que hubiera recibido muchos, pero todos le parecían increíblemente importantes. Más que todo el último. Llegaremos Agrolsa entre mañana y pasado mañana. Pendiente posibles próximos mensajes. Firma almirante Ernest Becker.

El único problema era que se había ido a casa la noche anterior en vez de quedarse vigilando. Por suerte, no habían caído más mensajes en las diez horas que se había ausentado para acostarse con una chica a la que había conocido unos días antes.

Se secó el sudor de la frente con el dorso de la mano. Se quitó el saco, se levantó y fue a revisar el aparato de aire acondicionado. Estaba funcionando normalmente. Se puso a tamborilear con los dedos sobre el escritorio y contempló fijamente el radiocomunicador, como esperando que el aparato le dijera algo.

Durante dos horas, el sistema continuó parpadeando y haciendo clic cada tantos segundos. Pacho se aguantó la sed y las ganas de orinar. En otras circunstancias, se habría levantado para subir por el pasillo secreto en busca de un baño. Pero no en ese momento. En algún momento le pareció que el guiño de las luces estaba a punto de hipnotizarlo.

Se levantó de golpe y abrió una gaveta del escritorio. Sacó un teléfono, marcó tres dígitos y esperó.

—Diga, comandante.

—¿No ha llegado nadie todavía?

—Nadie, señor.

—Me avisa en cuanto lleguen unos extranjeros. Y no los deje entrar sin avisarme. ¿Entendido?

—Sí, señor.

Pacho volvió a acomodarse en la silla y esperó dos horas más sin moverse un centímetro. Mantuvo los ojos pegados a las luces de colores. Volvió a tener ganas de levantarse. Iba a hacerlo cuando sonó el teléfono. Se apresuró a levantar la bocina.

—¿Ya vinieron?

—No, comandante.

—¿No qué?

—No ha venido nadie, señor.

—¿Y para eso me llama?

Colgó de golpe sin terminar de escuchar al guardia. Se puso de pie, salió por la puerta del cubículo y terminó de subir en dos zancadas por la escalerita de metal. Tenía un buen par de insultos guardados que planeaba utilizar de inmediato.

Cuando abrió la puerta oculta que daba a la oficina principal, se topó con el cañón de una pistola.

Detrás de la pequeña pistola niquelada estaba la linda cara sonriente de Monika Stiller.

Quedó helado. Tras la pantalla de humo de un Gauloise encendido, la rubia le dedicó una sonrisa luminosa.

—No pensaba perderme esto por nada del mundo —dijo Stiller.

Estaba sentada sobre el escritorio metálico, tenía las piernas cruzadas y dejaba caer al suelo las cenizas del cigarrillo. Llevaba puestos unos zapatos con tacones de aguja que medían al menos quince centímetros.

Pacho no supo qué decir, pero ella parecía dispuesta a llenar los vacíos de la conversación.

—Estoy aquí desde anoche. Bueno, la verdad es que vengo acá más seguido de lo que parece —dijo Stiller.

—¿Hay algún problema? Me parece que he hecho mi trabajo.

Intentó agregar algo, pero se le enredó la lengua.

—Por supuesto, Kommandant. El asunto es que no lo hace muy bien que digamos —Stiller hizo un mohín—. Es descuidado como todos los hondureños.

Hurgó en su bolso y sacó un puñado de papelitos que dejó caer sobre el escritorio. Pacho reconoció algunos de los mensajes descodificados que había tirado a la basura.

—Pero acá nadie sabe alemán —dijo.

Stiller levantó la mano para pedirle que se callara.

—Eso no me interesa. Le di unas instrucciones simples y usted no las siguió al pie de la letra. Además, si un tipo como usted sabe alemán, entonces debe haber más de un mono suelto que también habla la lengua del Reich.

Pacho detuvo la mano a medio camino de la sobaquera. Stiller sacudió la cabeza.

—Me cae bien, Kommandant. Podemos seguir llevándonos de maravilla si agarra esa pistola con dos dedos y la deja caer al suelo.

Pacho dio un respingo cuando el arma golpeó el suelo.

—Ahora tírela para acá de una patada.

Pacho obedeció.

—No entiendo. Yo cumplí haciendo mi parte.

Con un movimiento de la pistola, ella le indicó que retrocediera. Pacho hizo una mueca cuando pegó la espalda al acero frío de la pared.

—Tiene razón. Ha hecho bien su trabajo. Menos la parte del sexo. Ahí podría haberse esforzado un poco más.

Pacho escupió y le dirigió una mirada furiosa.

—A la larga habríamos encontrado a alguien parecido a usted para facilitar la operación —dijo Stiller—, pero ha hecho un trabajo aceptable.

—¿Va a matarme?

La agente nazi soltó una carcajada.

—Todavía no. Podemos platicar un rato antes. Es aburrido estar sola en esta triste bodega.

La agente levantó la mirada hacia el cielo raso. Volvió a bajar la cabeza y revolvió con un dedo los pedazos de papel que había dejado caer sobre el escritorio. Recogió una tarjeta con dos dedos. Levantó una ceja mientras veía fijamente el rectángulo de cartoncillo.

—El consultor Gus Palmer. Creo haber visto a este sujeto repugnante husmeando por allí. Me gustaría que usted y yo platicáramos sobre esa visita que hizo hace unos días a la policía secreta del presidente.

Pacho dejó caer los hombros y se recostó contra la pared. Parecía resignado.

—No fui a soplar.

—¿Quién habló de soplar?

—No soy traidor.

—Pues está esforzándose por demostrar lo contrario.

Pacho le dirigió una mirada de odio que pareció satisfacerla. Stiller sonrió con actitud casi maternal.

—Ya le dije que no soy traidor. Fui por lo del tipo ese que descuartiza niñas. Tengo información sobre él.

Stiller levantó la barbilla e hizo girar los ojos.

—Creo que no sé de qué está hablando, Kommandant. Pero por lo menos veo que hace el intento de mentir con algo de gracia. Siga, por favor. Tal vez gane algo de tiempo.

Pacho dirigió una mirada disimulada al rincón donde estaba su Colt.

—Ni lo piense. Un solo movimiento estúpido y le vuelo los sesos. Gané varios campeonatos de tiro en Europa.

Pacho hizo una mueca parecida a una sonrisa.

—¿De verdad? —tragó saliva.

—No se lo había contado, ¿verdad?

—No.

—También fui profesora de liceo y también por eso me premiaron. En realidad, hay muchas cosas sobre mí que se va a quedar sin saber, Kommandant. Y lo que cree que sabe a lo mejor no lo sabe de verdad. Por ejemplo, todos esos gritos de placer en mi cuarto —Stiller sacudió la cabeza casi con lástima—. Pero se me empiezan a dormir las piernas sentada acá.

La agente se bajó de un salto del escritorio y cayó con la gracia de una gata sobre los gigantescos tacones de aguja. Se sacudió la falda con una mano mientras con la otra seguía apuntándole a Pacho.

—Ahora, si nos portamos bien, quién sabe, tal vez hasta conozca a la comitiva del submarino Olympia. Vaya bajando. Vamos a esperar en ese sucio cuartito. Los traidores primero.

## 18

En la oscuridad del despacho trató de concentrarse en la imagen del pájaro negro. Apoyó las palmas de las manos sobre la madera fría del inmenso escritorio, apretó con fuerza los párpados y se quedó quieto.

Repitió las frases del libro. Era la décima vez que lo hacía esa mañana. Estaba seguro de que las pronunciaba mejor que una semana antes. Terminó de recitar el ensalmo en la lengua desconocida. Como cientos de veces antes, volvió a pensar en la transcripción del texto en letras latinas. Dio un puñetazo en la superficie pulida del escritorio de caoba y maldijo entre dientes.

Cuando logró tranquilizarse, se quedó en silencio y respiró hondo. Luego contuvo la respiración y trató de no contar números, como había hecho en los primeros días. Ese había sido el peor de sus errores. Vació la mente y volvió a concentrarse en la silueta del pájaro oscuro.

Lo vio surgir de la niebla rojiza como una sombra alada. Era tan grande que le dio miedo. El pájaro agitó las alas gigantescas. A pesar de su tamaño, el animal logró entrar volando de alguna manera por las puertas plegables del balcón y se posó con movimientos gráciles sobre el respaldo de la silla, a unos metros del escritorio.

El presidente Toribio Macías abrió los ojos en medio de la oscuridad.

Se levantó de un salto de la silla presidencial y dio una palmada estruendosa sobre el gigantesco mueble de caoba. Dijo un par de obscenidades y pateó con tanta fuerza una mesita rococó adornada con un florero de cristal que los hizo volar a través del despacho a oscuras. El florero se hizo pedazos contra una cómoda.

Estuvo dos minutos respirando fuerte, bufando como un toro bravo. Se sacó los espejuelos del bolsillo del saco de casimir de doble pechera. Se los puso sobre la nariz con manos temblorosas y siguió exhalando como una bestia acorralada. Se sacó el pañuelo de batista del bolsillo para secarse el sudor de la frente. Tragó saliva.

Alguien tocó tres veces la puerta del despacho, pero Macías no hizo caso. Se puso la mano todavía temblorosa sobre el pecho y comprobó que el corazón le latía a velocidad normal. Volvieron a tocar la puerta.

—¡Dejen de joder! —gritó el presidente.

Se sentó frente al libro abierto sobre el escritorio y acarició la portada. Recorrió con los dedos las letras de la palabra grabada en relieve.

*Necronomicón.*

Decidió intentarlo una vez más. Volvió a poner las palmas de las manos sobre el escritorio y se quedó inmóvil. Volvieron a tocar tres veces. También dijeron algo detrás de la puerta cerrada.

Macías se levantó de un salto. Era algo inusual para un hombre que medía un metro noventa y pesaba trescientas cincuenta libras. Dio diez zancadas ágiles y descorrió las cortinas. Cascadas de luz inundaron el despacho presidencial. Regresó a guardar el *Necronomicón* en una gaveta. La cerró con llave. Fue a abrir la puerta.

El secretario Lauro Pineda, calvo, blancuzco, de ojos diminutos y cara de rata, el cartapacio verdoso apretado bajo el brazo, se quedó viendo desde abajo la papada colgante de Macías.

—¿Está bien, doctor?

Pineda echó una mirada alrededor. No tardó en descubrir los restos del florero en un rincón.

Por encima de la calva del secretario, el presidente vio a cuatro o cinco empleados de la casa presidencial. Desde el pasillo hacían muecas con cara de curiosidad.

—¿Y ustedes qué? —rugió Macías.

Un segundo después, el pasillo había quedado vacío.

No se asombró al ver cómo Pineda cerraba la puerta con la confianza de alguien que anda por su casa. El presidente se hizo a un lado para dejarlo pasar. Pineda puso el cartapacio sobre el pesado escritorio de caoba y fue a descorrer las cortinas que faltaban. También movió las puertas plegables que daban al amplio balcón y al patio cubierto de flores y árboles bajo el cielo plomizo de Tegucigalpa.

Macías siguió contemplando al secretario, vestido con un holgado traje de color claro y corbata a rayas, mientras sacaba de alguna parte una escobilla y una pala y se llevaba los pedazos de vidrio del florero roto. Un par de minutos después, las flores que habían quedado desparramadas por el piso estaban metidas en un nuevo recipiente de cristal, lejos de los arranques de furia del presidente.

Pineda, compacto, ágil, lo agarró del brazo y lo condujo como a un anciano o un niño hasta un sillón cerca del balcón. Lo hizo sentarse y le trajo un vaso de agua que puso en la mesita junto al sillón. Le hizo una señal para que bebiera un trago. El presidente le hizo caso. Satisfecho, Pineda haló una silla desde una esquina del despacho. Se sentó frente a Macías y le dio una palmada en la rodilla. Hizo una pausa antes de hablar.

—Doctor, tiene que bajarle un poco.

Macías se alisó con una mano el grueso bigote entrecano.

—¿Bajarle a qué?

—A lo del libro.

El presidente levantó los hombros.

—Pues ya llevo cinco días tratando y no pasa nada. Pero es que siempre me distraigo.

Pineda sacudió la cabeza. Parecía alarmado.

—Pues no es así. Hemos visto cosas de otro mundo en presidencial y está claro que se deben al uso que usted le ha dado al libro.

—¿De verdad? —Macías hizo una mueca de incredulidad—. ¿Cómo qué?

—Objetos que se mueven solos. Voces. Brisas frías en lugares cerrados.

Macías echó los hombros hacia adelante. Su cara se iluminó.

—¿Entonces el libro funciona?

Pineda asintió con una sonrisa.

Macías volvió a recostarse en el sillón y se acarició la barbilla.

—Es increíble.

—Claro que sí —sonrió Pineda—. Con esto cambia por completo el panorama.

—¿Y quiénes han visto estas cosas?

—¿Los fenómenos paranormales?

—Esos.

—Empleados, gente de seguridad del palacio.

—¿Y qué espera para traerlos acá? Tengo que hablar con esa gente —Macías se levantó del sillón, dio dos pasos hacia el balcón y abrió los brazos—. ¿Se imagina? Con esto voy a poder hablar con mi mamá cuando llegue el momento —hizo una pausa cuando la voz se le quebró—. Por cierto, ¿cómo está ella?

—Responde bien al tratamiento del doctor Villaurrutia.

—¿Y ese quién es?

—Es el líder en tratamiento de tumores cerebrales —dijo Pineda con una débil sonrisa—. Usted mandó traerlo desde México. Aterrizó anteayer en Toncontín y vino el mismo día en un carro presidencial.

—Claro, claro, con este asunto de mi mamá, lo de Sanderson, el caso del asesino ese y los pinches revoltosos en el norte, tengo la cabeza hecha un relajo.

—Por supuesto.

—Y usted poniendo todo el tiempo esa pinche canción en el toca-discos. ¿Cómo es que se llama? Me tiene loco, Pineda.

—*Perfume de gardenias*. Es una melodía de gran contenido senti-mental, doctor, pero prometo bajarle más el volumen.

—¿Y cuánto tiempo le da ese tarado de Villaurrutia a mi mamá?

—Con su tratamiento, el doctor afirma que doña Rosina va a seguir con nosotros mínimo otro mes.

Macías levantó los brazos al cielo.

—Dios quiera. Y a todo esto, ¿qué espera para traer a la gente que ha visto los fenómenos? Esto es una cosa de nivel mundial, carajo. Y si no quieren hablar, ahí está la policía secreta para que los inter-rogue. Esto déjemelo a mí. Que hablan, hablan.

Pineda se retorció en la silla.

—Disculpe el atrevimiento, doctor, pero creo que no podemos hacer eso. Lo mejor es mantener este asunto en el mayor secreto. Imagínese el escándalo en el diario de la oposición y en esos sucios panfletos comunistas. Para mí, lo mejor es que yo lo maneje todo y le traiga informes diarios. La gente de acá me habla del asunto con entera confianza. Todos conocen a Lauro Pineda.

—¿Usted cree?

—Obvio. La gente no va a decir nada si los interrogan. O van a decir lo que esperamos oír.

—¿Está diciendo que los interrogatorios nos sirven para nada?

—De ninguna manera, doctor. Está comprobada la eficacia de los métodos policiales cuando se trata de asuntos políticos o de seguridad pública.

—Claro que sí.

—En efecto. Pero esto es algo completamente nuevo. Fenómenos paranormales —Pineda negó con la cabeza—. Nadie, de hecho, ni siquiera nosotros dos, tenemos claro cómo lidiar con estas cuestiones. No digamos unos pobres ignorantes como los que trabajan en palacio.

—¿Tenemos empleada a gente ignorante? —Macías levantó la voz y giró sobre los talones para ver a Pineda a los ojos—. Hay que despedirlos de inmediato.

—Perdón por usar esos términos peyorativos, doctor.

—Hable claro, hombre.

—Lo que quiero decir es que, en comparación con usted, todo el personal del palacio, y me incluyo, ignora los mecanismos que echan a andar los asuntos de este y del otro mundo.

Tocaron la puerta. Macías iba a decir algo, pero se le adelantó el secretario presidencial.

—Pase.

Un camarero de palacio entró empujando un carrito de metal cubierto de vajilla tapada y cubiertos. Detrás venía un sujeto pequeño y nervudo, de traje blanco impecable y con un parche también blanco sobre el ojo derecho. El despacho se llenó del aroma de la comida recién guisada. Macías pareció animarse, pero el rostro se le ensombreció de repente. Pineda se puso de pie. Con las manos unidas a la espalda, dio algunas recomendaciones en voz baja a los dos empleados.

—¿No es demasiado temprano? —preguntó el presidente.

Macías iba a sacar su reloj de bolsillo, pero de nuevo Pineda reaccionó a tiempo.

—Son casi las once y en honor a los ferrocarrileros a los que usted tanto admira, me pareció buena idea que coma algo parecido a lo que ellos comen y a la hora en que lo hacen.

—Tiene razón —Macías no despegó la mirada del plato donde el mesero iba poniendo arroz con frijoles, pollo guisado y guineo verde sancochado—. Los del ferrocarril son los únicos que no joden con huelgas.

Cuando terminó de servir, el mesero se apartó para dejar que el sujeto del parche en el ojo se acercara al plato con un sobre en la mano. Del sobre sacó un juego de pequeños cubiertos de madera y un cartón que desplegó hasta obtener una especie de platito.

Con el tenedor y el cuchillo separó, acá y allá, bocados de arroz con frijoles, guineo y pollo. Los puso en la roldana de cartón. Comenzó a masticar. Puso cara de científico que aprecia el efecto de una nueva fórmula. Macías no dejó de contemplar los movimientos del tipo en ningún momento. Cuando el sujeto del parche terminó de probar la comida, alzó la mano izquierda y juntó el pulgar y el índice. Se llevó todos sus instrumentos y salió sin más ceremonias.

—Señor presidente —dijo el mesero.

Señaló una mesita y una silla que en algún momento había acercado al carrito metálico.

Macías se sentó y dejó que el mesero le pusiera la servilleta alrededor del cuello.

—A veces no entiendo para qué tanto aparato —dijo el presidente—. Igual pueden ponerme veneno de acción retardada. No crea que soy tan maje, Pineda.

—Esa idea peregrina jamás se me ha cruzado por la cabeza.

—Además, los comunistas o la oposición bien podrían pagarle a este tipo para que me corte la garganta mientras me pone esta cosa.

Macías le dio un manotazo a la servilleta. El mesero hizo una pausa de algunos segundos antes de continuar preparándolo para el almuerzo tempranero.

—Como siempre, no deja usted de tener razón, doctor, pero puede estar tranquilo. Este joven —Pineda señaló al mesero— es hijo del abogado Licona. Obviamente usted está al tanto de que Licona sigue vivo porque usted arregló su viaje a Estados Unidos, donde lo operaron de emergencia. Le aseguro que este chico daría la vida por usted sin pensarlo dos veces. Si usted se lo ordena, es capaz de amarrarse dinamita prendida y meterse en medio de un grupo de sindicalistas.

El mesero se cuadró.

Macías volteó a verlo de pies a cabeza.

—Tampoco es para tanto. Pero no podemos confiar en nadie. En nadie, ¿oyó? —iba a llevarse a la boca el tenedor cargado de comida, pero lo detuvo a medio camino—. Ahora que lo pienso bien, el otro tipo hizo la señal de okey con la mano izquierda. La mano izquierda, ¿se fijó?

Pineda sonrió con benevolencia.

—Mariano es zurdo desde que nació, doctor. Tiene treinta años de trabajar para el partido y luchó contra varias montoneras donde perdió un ojo. Si en alguien podemos confiar, es en él.

—Bueno, voy a creerle nomás porque es usted —Macías siguió comiendo con apetito—. Pero le advierto que tengo buen ojo para los traidores. Los huelo a kilómetros.

—Sin duda, doctor.

Pineda movió la mano para indicarle al mesero que se retirara.

—Ya vio cuántas veces han querido echarse al tal Hitler —Macías se tomó medio vaso de agua—. No es que lo admire ni nada, ¿eh?

—Por supuesto que no.

—Pero al César lo que es del César. Ese sujeto impuso el orden en Alemania de la única forma válida cuando hay elementos insurrectos. Con mano dura —Macías levantó el tenedor con que había ensartado un vasto pedazo de pollo—. Y eso es lo que pienso hacer acá si esos gringos no me meten zancadilla.

—Estoy seguro de que eso no va a pasar. Usted lo tiene todo bajo control.

Sin dejar de masticar, con un ojo medio cerrado, el presidente se le quedó viendo fijamente.

—¿Por qué será que me parece que usted me habla como si fuera su novia?

—No entiendo bien a qué se refiere, doctor —Pineda arqueó las cejas—. Espero que me disculpe, pero es que no estoy a la altura de sus ideas.

—Lo que quiero decir es que a usted le gusta echarme el cuento.

—De ninguna manera. Mi trabajo es informarlo fidedignamente.

Macías hizo a un lado el plato vacío, se quitó de un tirón la servilleta del cuello y se la pasó por encima de los labios cubiertos de grasa. Apartó la mesita de metal y se acarició la barriga hinchada. Respiró hondo.

—Bueno. Ya que está acá, póngame al tanto de todo. Gánese el sueldo.

Pineda sonrió como si hubiera estado esperando la orden. Fue a traer el cartapacio verde y se plantó enfrente de Macías.

—Usted como que es medio maniático, ¿no? —dijo el presidente.

Pineda dio un pequeño salto.

—No entiendo.

—Digo. No puede hablar sin ir y agarrar esa cosa verde.

—Ah, ya. Me gradué en West Point, doctor. Ahí me enseñaron a apuntarlo todo.

—Bueno, dele.

Mientras Pineda recitaba, Macías se puso a contemplar las copas de los árboles del patio presidencial meciéndose bajo la brisa. Más allá, el río Choluteca serpenteaba de sur a norte entre árboles flacos, retorcidos, cubiertos de polvo.

—En primer lugar, recibimos carta del gerente de la compañía bananera —dijo Pineda.

Macías torció la boca.

—¿Qué querrá ese jodido?

Pineda no se inmutó. Parecía acostumbrado a responder las mismas preguntas.

—El gerente O'Brian volvió a indicar que debemos encargarnos de los obreros que retrasan los embarques de bananos. Como usted sabe, hace unos días se perdió una gran cantidad de fruta en el puerto por culpa de esos revoltosos y según rumores planean una nueva ofensiva estos días. Les da igual el estado de emergencia y el toque de queda.

Macías se rascó la frente.

—Bueno. Apunte.

Pineda abrió el cartapacio. Sacó un bolígrafo y lo sostuvo sobre el papel.

—Hay que silenciar a esa gente. Ya no queremos más jodedera con los embarques —dijo Macías.

—¿De qué manera vamos a silenciarlos?

—Eso es trabajo del comandante en esa zona.

Pineda mordió el bolígrafo y pensó un momento antes de contestar.

—El sargento Urrutia.

El presidente suspiró y se retorció el grueso bigote.

—No paso al tal Urrutia. ¿Qué pasó con Pastrana?

—Pastrana se encarga de parte de la zona sur.

—Ya. ¿Y a quién tenemos ahí además de Urrutia?

—Únicamente al capitán Martínez.

—Bueno, pues démosle esa chamba a él. Es un buen elemento, ¿no?

—En efecto, lo era, pero ya no está disponible, doctor.

—¿Cómo que no?

Pineda se aclaró la garganta.

—Pasó a mejor vida.

—¿Se murió? ¿Y quién le dio permiso?

—Digamos que usted. Mandó que lo fusilaran hace una semana por insubordinación, adicción a la heroína y trata de blancas.

—Ah, mire nomás qué fichita. Pues si lo mandamos a fusilar, algún buen motivo tuvimos, ¿no?

—En efecto, señor.

Macías siguió retorciéndose el bigote mientras Pineda esperaba mordiendo el bolígrafo.

—Bueno —dijo el presidente—, pues pongamos a Urrutia a meter en cintura a esos rebeldosos. Pero recuérdeme que después le armemos un escandalito para librarnos de él. No lo soporto ni en pintura.

Pineda apuntó rápidamente en el cartapacio. Cuando terminó, se guardó el bolígrafo en la camisa y esperó con la barbilla levantada. El presidente arqueó las cejas.

—Eso es todo, ¿no?

—Hay dos cosas más. Primero, el asunto del tristemente célebre Carnicero de Belén y, segundo, la desaparición en alta mar de nuestro aliado, el empresario estadounidense Bill Sanderson.

El presidente arrugó la cara.

—Yo creía que la cuestión del carnicero ese estaba controlada.

—Siento decirle que no, doctor. Como usted sabe, hace un par de días, ese criminal volvió a las andadas.

—¿Y ahora quién es la muerta?

—Esta vez parece tratarse de un secuestro, doctor. La última víctima de ese criminal es Adelita Salem, hija de un reconocido hombre de negocios de origen extranjero. El cuerpo aún no ha aparecido por ninguna parte. El problema es que el diario de la oposición está haciendo clavos de oro con este asunto y alborotando a la ciudadanía, al empresariado y a los líderes de la industria.

—¿Cuál industria? Estamos en la capital. Acá no se produce nada.

—De acuerdo con usted, señor.

—Si no recuerdo mal, le dije a usted que organizara pagos extras a periodistas.

—Y lo hicimos. Tengo acá todos los informes de egresos.

—Le creo, carajo. Mejor queme esos papeles.

—Están todos en clave, doctor. No hay de qué preocuparse.

—Ya le dije que los elimine.

—Entendido.

—Y a todo esto, ¿la policía qué pito toca en todo esto? ¿Nadie controla las escenas del crimen del asesino ese?

—En efecto, lo hacen, pero sabemos que el criminal envía anónimos al diario de la oposición y a grupos de alborotadores, comunistas, anarquistas, etcétera, en los que describe los sitios donde se hallan sus víctimas recientes. Cuando llega la policía, ya han andado merodeando tipos con cámara, cuaderno y estilográfica en mano.

—Semejante cabrón.

—Podría tratarse de una mujer, señor.

—¿Quién?

—La asesina.

—Lo dudo.

—El caso es que, sea quien sea, no sólo informa a los revoltosos. Hasta manda anónimos a grupos de alcohólicos anónimos y patronatos de barrios y colonias.

—Me lleva. ¿No será alguien de la oposición el que anda matando a esa gente?

—Niñas, señor.

—¿Cómo?

—El susodicho mata exclusivamente niñas. La víctima de más edad tenía apenas dieciséis años.

Macías se pasó una mano por la cara.

—Y sí, ya hemos considerado la teoría de que se trata de un elemento de la oposición o del comunismo quien comete estos horrendos crímenes —agregó Pineda—. De hecho, tengo nombres de seis personajes de los que la policía secreta se encargó en los últimos meses por supuestos vínculos con los asesinatos.

—Sí, hombre. Pero igual esa gente era un fastidio. Apunte. Tenemos que arreciar con los operativos de exterminio de elementos indeseables. Con seis no ajusta. Hay que pasar la aplanadora —Macías señaló a Pineda con un dedo—. Le aseguro que con eso se paran esos crímenes.

—Anotado. Por cierto, en reunión ministerial se propuso ofrecer una recompensa por información que ayude a dar con el asesino.

Macías sacudió enérgicamente la cabeza y dio un puñetazo que sacudió la vajilla sobre la mesa de metal.

—Olvídelo, Pineda. No pienso alentar a los vagos con dinero. Si la ciudadanía no colabora con el arresto de esa escoria, entonces que siga sufriendo.

—Como usted ordene, doctor.

Pineda terminó de escribir en el cartapacio.

—¿Y lo otro qué es? —preguntó Macías cuando el silencio de Pineda se le hizo demasiado largo.

—Es esa otra cuestión del empresario estadounidense Bill Sanderson. ¿Se acuerda de lo que cuentan los diarios sobre él?

Macías sacudió la cabeza, incrédulo.

—¿Que el gringo se murió en el mar? ¿Que hallaron su barco vacío y lleno de agujeros? ¿Que están ofreciendo recompensa para hallarlo? Eso dicen los pinches diarios.

—Pues todos mintieron.

Macías torció la boca.

—¿De qué está hablando?

—Bill Sanderson está aquí, en el palacio presidencial, y quiere entrevistarse con usted.

## 19

12 de marzo de 1943

A bordo de la chatarra Lazarus

En algún lugar cerca de la costa de Honduras

Querido Brian:

Estás muerto.

Si lo único que ves ante tus ojos en este momento son algunos garabatos incomprensibles sobre un rectángulo blanco, entonces sólo me queda disculparme contigo por haberte convertido en un monstruo. Pero si puedes leer esta carta, entonces eres el segundo experimento exitoso con el agente reanimador. El primero fue Alan Halsey, como bien sabes.

No te tomes la molestia de comprobar tus signos vitales. Parecerán normales. ¿Que cómo lo sé? Pues porque el doctor Halsey me ha contado cómo ha sido su vida de muerto en el último año y pico. Por ahora, sólo podrás comprobar que estás muerto cuando hayan pasado algunos días y no tengas sueños ni deseos de ninguna clase.

Ese es sólo el comienzo.

Decir que te sentirás muy raro es una forma muy sutil de describir tu estado. Muchas veces te parecerá que te vuelves loco. Pero será únicamente una ilusión tejida por la hiperactividad de tu cerebro muerto y devuelto de golpe a la vida. Es imposible que el sujeto de un experimento exitoso de reanimación pierda la razón. De ahora en adelante, amigo mío, esa masa encerrada en tu cráneo juvenil será al mismo tiempo tu único amigo y tu peor enemigo. Si antes usabas, con suerte, el uno por ciento de ese órgano, ahora dependes únicamente de él. Pero no te engañes. Mi agente reanimador no te ha convertido en un genio ni nada por el estilo. Eres el mismo Brian Kane de hace un par de días. Quizá, de hecho, eres un poco más imbécil que antes.

En fin, estás muerto, chavalín.

Antes de que saques alguna conclusión equivocada, te diré que no fui yo quien te mató, sino tu débil corazón. Tus asesinos fueron el hambre, la sed y la tensión. Juntos acabaron por hacerlo explotar. No me quejo por no haber enfocado mis experimentos en el corazón humano. Para mí no se trata más que de un esfínter de segunda categoría.

Cuando encontré tu cadáver, estabas sentado en una silla en el puente de mando.

Me pareció tan tierno verte. Tenías los ojos abiertos y veías el océano azul desteñido y el cielo como un estropajo manchado de nubes de tormenta. Me incliné junto a tu silla para acariciar tu cabello pegajoso y tus mejillas sucias.

Me has sorprendido, Brian. Nadie como tú habría pasado por tantas cosas sin dejar el pellejo en el camino. Muchos se habrían vuelto locos. Pero tú sobreviviste. Lo lograste, muchachón.

Corrección. Sobreviviste a casi todo.

Porque en el último momento fuiste un maldito cobarde.

En el fondo de tu ser, nunca creíste en el poder del agente reanimador. Demostraste que eras un pusilánime en el momento en que era más vital que nunca probarme que todo ese tiempo desde nuestra huida de Miskatonic no había sido un desperdicio de energía.

Y te moriste cuando continuar vivo era más necesario que nunca.

Pero no te preocupes. Yo tomé, como tantas otras veces, las decisiones en tu lugar. Inyecté la dosis correcta en tu cadáver todavía fresco.

No esperé tu reacción. Sabía que el agente tendría éxito y que revivirías con tus cinco sentidos en perfecto estado y con el poder de razonar intacto.

Muchos podrían decir lo mismo del buen doctor Halsey. La diferencia, en su caso, es que jamás empleó el razonamiento. Cuando lo reviví, pensaba utilizarlo como caja de resonancia de mis experimentos. Por suerte, el viejo matasanos terminó sometiéndose enteramente a mi voluntad. De hecho, se ha portado tan bien que decidí suspender su sentencia de muerte administrándole un antídoto vitalicio.

Espero que no seas tan idiota como Halsey lo fue en un tiempo y aceptes con alegría el don de la resurrección.

Ahora bien, paso a otro tema, bastante más divertido.

Resulta que mientras te dedicabas a la vida de marino yo estudiaba a profundidad el mecanismo del aparatito de control mental diseñado por Halsey. Debo aceptar que se trata de un cachivache funcional.

Al principio nos entendí muy bien cómo trabajaba hasta que se me ocurrió desnudar al doctor. El muy idiota trató de resistirse, pero, como sin duda recordarás, tiene puesta la cabeza donde no debe. Además, el pobre sujeto estaba más muerto de hambre que muerto en vida. Es que ser inmortal no te libra hasta cierto punto de todas esas fastidiosas necesidades fisiológicas, como bien sabes.

En fin, el caso es que Halsey tenía pegado también un aparatito de esos en la columna vertebral. No me preguntes cómo demonios se lo adhirió en ese lugar del cuerpo.

Se lo arranqué sin contemplaciones. Luego de regañar al doctor por su falta de lealtad y cortesía hacia un viejo amigo como yo, procedí a analizar el objeto. Observé de inmediato que tenía algunas ligeras diferencias respecto a los que quitamos a los zombis que Halsey envió para atacarnos.

Adivinaste, Brian. El aparato que le arranqué a Halsey es un emisor de alguna especie de onda eléctrica. Logré desmontarlo y modificarlo para usarlo en mi cuerpo. Te agradará saber que el cacharro funcionó a las mil maravillas. Lo probé en el doctor y pude someterlo enteramente a mi voluntad.

A continuación le administré la cantidad de antídoto necesaria para acabar de una vez por todas con la amenaza de hacerle explotar la cabeza.

Te preguntarás qué espero lograr con esto. Paciencia, amigo. Lo sabrás a su tiempo.

Antes de poner mi firma en esta carta, tengo que encargarte algo. No me digas que no lo harás. Es lo menos que puedes hacer por quien te ha devuelto a la vida.

Como bien sabes, sigo vivo por un golpe de suerte. Lo mismo le pasa a Bill Sanderson. Todos deberíamos haber muerto de insolación, sed y hambre, pero no ha sucedido.

¿Por qué?

¿A quién le importa?

Lo importante es que he decidido prolongar mi vida un poco más. ¿Cómo? Muy fácil. Con el agente reanimador. Me lo he estado inyectando desde hace mucho tiempo (perdón por no decírtelo) y he comprobado varias cosas:

1. es altamente adictivo (espero resolver eso pronto),

2. te permite entrar a voluntad en animación suspendida en la que logras conservar vestigios de consciencia y

3. te deja seguir vivo con cantidades mínimas de comida y sueño.

Genial, ¿no?

Ah, pero falta mencionar lo más importante: ya no necesito llevar el agente de un lado a otro en aburridos frascos.

Ahora, el agente está en mi sangre.

Es mi sangre.

¿Recuerdas cómo soñabas con reproducir el agente con una mínima cantidad de obstáculos?

Pues eso es precisamente lo que he logrado. Ahora solo necesito extraer unas gotas de mi sangre para reproducir la cantidad de agente reanimador que se me dé la gana.

Lo acepto. Fue un descubrimiento accidental. Pero no se lo digas a nadie.

A cambio de haberte devuelto la vida, espero que cuides de mí y del buen Halsey mientras nos rescatan. Si es que nos rescatan. No olvides que a pesar de hallarme en animación suspendida, todavía conservo restos de consciencia. Así que no intentes cometer alguna tontería juvenil.

Estoy seguro de que me harás ese último favor. Luego desapareceré de tu vida. Lo prometo. No quiero estorbarte mientras meditas sobre tu nueva condición de muerto en vida. Si tienes cuidado, tendrás la eternidad para pensar en eso.

Gracias, muchachón.

Con mi amistad eterna,

Herbert West


Posdata: también inyecté algo del agente en el cuerpo todavía vivo del millonario Sanderson. Quién sabe. Ese tipejo repugnante podría servirte para algo. O puedes ofrendar su cuerpo a los tiburones. Lo dejo a tu famosa discreción.

## 20

—Voy para allá de inmediato.

Stiller colgó la bocina de la horquilla del teléfono. Se levantó de la silla, se sacudió con una mano el traje de dos piezas y metió en su bolso de mano las llaves de la oficina. Pacho no dejó de ver en ningún momento el ojo oscuro del cañón de la Colt apuntándole a la cara. Se puso de pie con dificultad y se quedó con la espalda apoyada en la pared y las manos lejos del cuerpo.

—No me gusta la idea de manchar este lugar con sus sesos, Kommandant —Stiller le puso el cañón en la sien izquierda—. Así que, si se queda quietecito, tal vez al regreso piense qué hacer con usted.

Se acercó y le metió la lengua en la boca. Pacho apenas pudo separar los labios. Estaba temblando como una hoja al viento. Ni siquiera le dolió cuando Stiller le mordió el labio inferior. Luego, sin darle la espalda, la agente pasó agarrando el bolso que había dejado sobre el escritorio. Cuando alcanzó la base de la escalera, dio media vuelta y comenzó a subir.

Pacho dio un respingo cuando escuchó el golpe de la puerta de metal al final de la escalera y el golpe del cerrojo eléctrico. Siguió sentado, esperando. Le echó una ojeada a la ringlera de luces del aparato de comunicaciones.

Desechó de inmediato la idea de contactar a alguien por medio del dispositivo. Era una tontería. Estaba seguro de que quien recibiera el mensaje iba a llamar a los policías de Big Boy. Luego catearían las instalaciones, eliminarían a Pacho y a todo el que se encontrara en Agrolsa y dejarían las investigaciones para el final. Si es que las hacían.

No. No iban a investigar nada. Pacho no podía engañarse. Conocía bien el procedimiento. Además, el material que había en Agrolsa era suficiente para hacer ricos a un par de tipos con suficientes contactos en el mercado negro.

Estaba pensando en eso cuando la luz se cortó.

Insultó a Stiller. Era obvio que había apretado el interruptor de la oficina sólo para torturarlo.

Se sentó en el piso, deslizó las nalgas sobre el metal y se quedó acurrucado contra una esquina de la consola de comunicaciones. Las opacas luces verdes eran las únicas que rompían la oscuridad. Una especie de neblina iluminada se deslizó alrededor del arranque de las gradas metálicas que llevaban a la oficina principal. Pacho la vio fijamente. A pesar del calor sofocante que comenzaba a hacer en el cubículo, sintió que un manojo de agujas glaciales se le clavaban en la espalda.

Sus dientes rechinaron. Apretó los párpados con fuerza para no ver la luz fantasmal que latía en el umbral. Aunque tenía los ojos bien cerrados, creyó verla deslizarse como un ser vivo. Se puso las manos sobre la cara y comenzó a gemir.

Stiller lo sabía. Estaba seguro. En alguna de las noches que habían pasado juntos, ella lo había visto temblar, hacer extraños ruidos con la garganta como si estuviera ahogándose. Estaba seguro de que ella había visto con curiosidad maligna cómo mantenía los ojos abiertos, aunque seguía dormido, y lo había escuchado decir frases incomprensibles con las que intentaba repeler a la criatura de ojos amarillos que asediaba sus sueños.

Dejó de pensar en ella. De pronto, en su cerebro sólo había lugar para el enorme monstruo oscuro. El gigante no tenía boca y de sus ojos salían haces de luz amarilla. Mantuvo los ojos cerrados, pero aun así pudo ver cómo la criatura se acercaba al rincón donde se había escondido. Metió la cabeza entre los brazos. Sintió su propio olor y sabor, una mezcla de sudor acre, lágrimas y babas.

Aunque intentó mantenerse quieto, fue incapaz de controlar los temblores que le sacudían el cuerpo entero. Pegó un grito o al menos creyó gritar. Entonces se dio cuenta de que tenía la garganta seca y anudada y que ningún sonido podía abrirse paso entre sus labios. Se hizo una pelota en el piso y comenzó a pedir perdón, a insultar, a decir frases sin sentido mientras el monstruo de ojos amarillos se inclinaba sobre él y acercaba a su nuca la mano de larguísimos dedos.

No supo en qué momento se tendió con el pecho pegado al piso y comenzó a reptar en busca de la escalera. Si alguien se lo hubiera preguntado, tampoco habría podido explicar cómo hizo para trepar como una culebra por las gradas ni cómo llegó hasta la puerta que daba a la oficina principal. Debió haberlo hecho con una rapidez inexplicable, empujado por la sombra del monstruo, cada vez más cercana, porque alcanzó la puerta en unos cuantos segundos.

Una ráfaga de aire fresco le rozó la cara. Siguió tendido boca abajo en el suelo y se pasó la mano sobre los ojos ardientes y la cara cubierta de sudor. Se sentó en el piso con la espalda apoyada en la pared. La luz que había visto deslizarse junto al arranque de las gradas provenía del espacio entre el marco de la puerta y la lámina de metal que por alguna razón Stiller no había cerrado bien.

Pacho deslizó un dedo por la rendija con forma de L. Durante unos segundos le pareció que estaba soñando. Le pareció imposible que alguien como ella pudiera haberse descuidado de ese modo. Se levantó y haló lentamente la lámina de metal. La oficina principal también estaba a oscuras, pero no tanto como el cubículo de comunicaciones. La luz se colaba desde el pasillo.

Se quedó quieto y respiró el aire fresco que llegaba desde la oficina. En ese momento entendió que el descuido de Stiller había sido apretar el interruptor que cortaba la electricidad en el cubículo. El cerrojo eléctrico del cuarto de comunicaciones dejaba de funcionar cuando había cortes de luz. Pacho sonrió con alivio.

Pegó un leve salto cuando escuchó ruidos que se acercaban por el pasillo. Empujó la puerta hasta dejar una rendija lo suficientemente ancha para ver lo que pasaba en la oficina sin que lo descubrieran. Permaneció inmóvil. Contuvo la respiración cuando escuchó la voz de Stiller. Estaba diciendo algo que Pacho no alcanzó a entender. Apretó los párpados y dijo una corta oración entre dientes cuando se encendieron la luces de la oficina.

Las frases le llegaron con más claridad, pero no intentó comprender lo que decía. También oyó la voz de un hombre. Abrió los ojos y acercó la cara a la rendija.

Se quedó helado.

De pie en la oficina, con la cara deforme y los ojos amarillos más brillantes y malignos que nunca, estaba el monstruo que lo torturaba de noche en sus pesadillas.


## 21

Abrió los ojos cuando escuchó el chirrido de la escalerilla de metal empotrada en el casco del Lazarus. Le quedaba suficiente energía para comprender que alguien estaba trepando a la cubierta. Se metió la carta de West en el bolsillo y trató de penetrar la oscuridad con la mirada en busca de algo con que defenderse.

Kane se arrastró sobre el pecho para acercarse a la silla despedazada, pero un pie calzado con zapatillas le aprisionó la mano contra el suelo cuando estaba a punto de levantar una pata de madera.

—Tranquilo. No voy a hacerte nada.

Era Jack Davis.

Kane pegó la frente al piso y se quedó quieto.

Davis le puso las manos bajo los sobacos y lo alzó en vilo como a un muñeco desarticulado. Kane estaba tan débil que fue como si un gigante lo levantara del piso. Davis lo cargó hasta recostarlo contra una pared. Luego se fue un par de minutos.

Cuando Davis regresó, Kane estaba casi dormido. El marinero le puso algo en la boca. Kane sintió el frescor del agua en los labios, pero no fue capaz de retenerla. Vomitó una mezcla de baba y partículas de pemmican.

—Tranquilo, amigo. Probemos otra vez.

Volvió a darle de beber. Kane sorbió poco a poco el agua. Tenía un sabor raro. Se preguntó si en realidad tenía o no sed. Parecía que sí, aunque no habría podido asegurarlo.

—No podemos quedarnos acá —dijo Davis—. Quién quita que esos regresen en cualquier momento.

Volvió a irse. Cuando regresó, Kane había recobrado hasta cierto punto el dominio de sí mismo. Davis le pasó algo largo y flexible bajo los brazos y volvió a levantarlo. Una soga, pensó Kane.

El marinero se lo ató a la espalda y lo cargó como una mochila. Bajó por la escalerilla del Lazarus hasta meterse en el mar. Kane flotó bocarriba sobre las aguas oscuras mientras el cielo perforado de pequeñas luces palpitantes rodaba sobre su cabeza.

Se despertó sintiendo que se ahogaba.

—Tranquilo.

Kane volteó a ver a Davis. Desde el suelo, el marinero parecía un gigante mientras le daba vueltas al timón del barco.

Kane volvió a dormirse.

No supo cuánto tiempo estuvo dormido. Cuando se despertó, escuchó el ronroneo de un motor y sintió las agujas de luz solar hiriéndole los ojos.

—¿Dónde?

No pudo decir más. Tenía la garganta como un pergamino de lija.

—Vamos bien. No te preocupes, compadre.

—Kane.

—¿No te llamabas Walker o algo así?

Kane negó con la cabeza.

—Kane. Te engañé. No soy marinero. Soy científico. El que West mencionaba en la libreta que se robaron los alemanes.

Davis pareció meditar un momento en lo que Kane acababa de decirle.

—No veo para qué mentirme ahora —dijo al fin—, así que supongo que lo mejor es creerte. Muy bien, Kane. Vamos en camino a un sitio seguro.

—¿Dónde estamos?

—Honduras.

—¿Nada más?

—Pues por ahora tendrás que conformarte —gruñó el marinero—. Ya casi llegamos a un lugar que conozco. Voy a llevar al Santa Bárbara a una pequeña bahía por estos lados y lo volaré en pedazos.

Davis le mostró una candela de dinamita. Le tendió una cantimplora llena. Kane se bebió un buen trago. Arrugó la cara y contempló el recipiente.

—Tiene un sabor raro.

—Le puse jugo de limón.

—¿Santa Bárbara?

—Así se llama este barco —Davis sonrió y dio una palmada en el timón.

—Ah, ya. Perdón, pero es que estoy muerto —Kane intentó reírse, pero se lo impidió un agudo dolor en la cabeza.

—Sí, claro. No me extraña. Ese barco de ustedes era un maldito ataúd flotante.

—Literalmente estoy muerto.

—Te creo, hombre, te creo.

Kane suspiró. Las punzadas en el cerebro lo habían puesto en alerta. ¿Y si West había mentido en su carta?

—Tengo que ir a Alemania —dijo después de vaciar la cantimplora.

Por la mente le pasó la imagen de West y Halsey arribando a Berlín entre los vítores de los nazis.

—Eso está un poco lejos —se rio Davis—. Además dicen que hay una guerra por esos lados.

Kane hizo un ruido despectivo. Se apoyó en el codo derecho para echarle una mirada a la cabina del barco. Un par de pies desnudos se asomaban detrás de cajas de madera.

—¿Quién es ese?

Davis volteó a ver el lugar que Kane había señalado con la barbilla.

—Ni idea. Estaba en la bodega. Todavía respiraba y no tenía pinta de nazi, así que me lo traje también —Davis hizo una pausa—. Creo que con suerte va a vivir un poco más. ¿Por qué? ¿Es peligroso? Si quieres, lo tiro al mar.

Kane intentó levantarse. Rechazó con un gesto a Davis cuando se acercó para ayudarle. Poco a poco logró ponerse de pie.

Al menos una cosa era verdadera en la carta de West: Kane se sentía raro. Por alguna razón lo estaba torturando la certeza de que no había tenido ningún sueño en mucho tiempo. Fue a ver quién era el tipo tendido tras las cajas.

—No lo tires todavía. Puede servirnos de algo.

—¿De veras?

Kane asintió con la cabeza.

—Es Bill Sanderson, el multimillonario.

Davis se inclinó para verlo más de cerca.

—Con razón su cara me sonaba, aunque se ve más jodido que Boris Karloff.

Kane se asomó al exterior. Se apoyó en el marco de la puerta y vio para abajo. Señaló la cubierta.

—¿Qué hiciste con los cuerpos?

—Olvídate de ellos. Los hondureños son tipos duros. Murieron con las botas puestas.

Davis se puso un puro en la boca y lo encendió con un fósforo que frotó contra el timón de madera.

—Vas a hacernos explotar con eso —dijo Kane.

—Tranquilo, compadre. Precisamente pienso usarlo para prender la dinamita. Entre mis planes no está dejar que me atrapen. Por estos lados no sólo andan nazis. A la gente de Big Boy Macías le da a veces por controlar a los pescadores porque se les metió en la cabeza que suministran armas a los alzados.

—En ese caso, sí tendríamos que tirarlo al mar —Kane señaló el cuerpo tendido detrás de las cajas.

Davis le dirigió una mirada inquisitiva.

—¿Por qué?

—Es Bill Sanderson. Lo conocen en todo el mundo y es amigo íntimo del presidente de Honduras. A estas alturas tendrían que haber desplegado todo un operativo en busca de este tipo.

—¿Sí? Los alemanes no dijeron ni pío sobre millonarios. El caso es que no he visto ni una arruga en el mar. Los amigos de este tipejo deben estar más preocupados por otras cosas. Por cierto, agarra esto. Esto puede ponerse color de hormiga.

Davis le dio una pistola.

—Sabes usarla, ¿no?

—Más o menos. Pero apenas puedo levantarla —dijo Kane.

—No importa. A la hora de la hora, dispara para donde se te dé la gana. Menos a mí, claro.

Davis terminó de maniobrar bajo el dosel de hojas más verdes que Kane había visto en su vida. Entonces recordó que estaba muerto. La idea parecía una broma de mal gusto.

Aunque los rayos de sol incendiaban el mar, bajo las frondas parecía que estaba anocheciendo. El Santa Bárbara se deslizó con suavidad sobre el agua hasta meter la proa en medio de una red de raíces gigantes. El golpe del casco contra la base de los árboles alborotó a una parvada de aves que a primera vista parecían murciélagos. También levantó nubes de insectos.

Mientras veía a Davis moverse por el barco, Kane se dio una palmada en la nuca. Se vio la mano. Era el primer mosquito que aplastaba en mucho tiempo. El enorme insecto le había dejado una mancha en la palma. Sangre normal. Roja. Se acercó la mano a la nariz. Con el acostumbrado aroma a herrumbre. Pero había algo en ella que lo alarmó. Parecía demasiado espesa.

La voz de Davis lo sacó del ensimismamiento.

—Vamos. Hay que largarnos de aquí.

El marinero pasó una soga alrededor de la caja más grande que tenía escrita en rojo la palabra dynamite. Davis parecía hecho a prueba de insectos. No se molestaba en espantarlos. Metió en una mochila la caja más pequeña junto con un revólver y varios cargadores. Se enganchó la segunda pistola en el cinto. Le dio a Kane una cantimplora llena y se colgó otra al hombro. También llevaba una metralleta que hacía ruido al golpear rítmicamente el metal del recipiente de agua.

Davis señaló con la barbilla a Sanderson. El millonario estaba tendido en cubierta. Su pecho seguía subiendo y bajando.

—No creo que sea buena idea llevarlo —dijo Davis—, aunque pesa menos que una pluma.

Kane negó con la cabeza.

—Imposible. Todavía puede servirnos.

—Lo dudo. Igual, no pienso cargarlo.

Kane recordó algo. A través de la tela de los pantalones, tocó los dispositivos de control cerebral que West le había dejado. Emitían un suave ronroneo. Respiró con alivio. Al parecer, ser un muerto en vida no bastaba para aniquilar la memoria.

—Baja primero con las cosas. Yo me encargo de él.

Davis lo vio con extrañeza.

—Soy doctor —explicó Kane—. Hay un botiquín aquí, ¿no?

—Sí. Abajo. En el pasillo entre las literas.

Cuando Davis bajó con su carga, Kane se puso en movimiento. Le dio vuelta al cuerpo de Sanderson y le levantó la camisa. Se sacó del bolsillo los dispositivos de Halsey. Aunque era un lugar sombreado, logró verlos al trasluz. Todo indicaba que funcionaban. Por un lado, un juego de luces diminutas recorría el borde de los aparatos. Por el otro tenían doce hendeduras que formaban un óvalo. Parecían una pequeña boca dentada.

Kane recordó vagamente la vez que Halsey expuso en clase el diseño de su aparato. Había mencionado una serie de ranuras que ocultaban diminutas garras retráctiles. También podía tratarse de ventosas. Era posible que Halsey hubiera cambiado el diseño en algún momento.

Aunque había alguna leve diferencia entre los dos objetos, Kane no tuvo más remedio que adivinar cuál era el emisor y cuál el receptor. Decidió aventurarse. Puso el primero sobre la espina dorsal del millonario. El dispositivo emitió un zumbido apagado y se levantó unos milímetros sobre la espalda de Sanderson. Delgados hilos de sangre comenzaron a correr sobre la piel lívida. Kane hizo una mueca de repugnancia.

Sanderson soltó un ligero quejido.

A Kane le quedaba todavía el problema de incrustarse el suyo en la espalda. Antes de hacerlo, contempló la pistola que le había dado Davis y durante un momento estuvo tentado de tirarla al agua. Al fin y al cabo era el arma de un colaborador de los nazis. Sacudió la cabeza. ¿A quién le importaba? Los vestigios de patriotismo que le quedaban no bastaron para obligarlo a tirarla. Además, nadie quitaba que en algún momento tuviera que usarla contra el propio Davis. La puso en el suelo.

Se quitó la camisa. Se recostó contra la pared del puente de mando y deslizó el aparato de Halsey entre su espina dorsal y las tablas. Apretó la espalda contra la pared hasta que el dispositivo le hundió los dientes en la columna vertebral. No sintió ningún dolor. El aparato siguió ronroneando y emitiendo vibraciones casi imperceptibles. Se preguntó cómo demonios aquellas cosas se alimentaban de energía. ¿Extraían electricidad del cuerpo? ¿Qué clase de baterías usaban? En definitiva, Halsey también era una especie de genio, aunque estaba loco.

Escuchó la voz de Davis a lo lejos. Volteó a ver la selva más allá de la borda del barco. Todo parecía flotar tras una delgada gasa grisácea. Sacudió la cabeza. Por un par de segundos temió haber confundido los aparatos y estar bajo el dominio de Sanderson. La idea lo horrorizó. También se le cruzó por la mente, como un relámpago, el deseo urgente de que el millonario reaccionara de algún modo. Iba a arrancarse el dispositivo cuando Sanderson se puso de pie de un salto. Kane se alarmó.

—¡Déjate de estupideces y baja de ahí ahora mismo! —gritó Davis.

Kane insultó en voz baja al marinero. Mientras se ponía la camisa, hizo que Sanderson se moviera por la cubierta como un autómata. Los movimientos convulsos del millonario le dieron risa, pero de inmediato sintió pena por él. Cuando volvió a verlo, estaba inmóvil, como si esperara órdenes. Una sonrisa macabra le retorcía la cara.

Kane sacó un trapo sucio del puente de mando, lo dobló hasta formar un triángulo y lo usó para tapar la sonrisa del millonario. Volvió a hacer que caminara por la cubierta. Sanderson se tropezó varias veces. Al menos en una ocasión golpeó la cubierta con la cara con tanta fuerza que el sonido hueco de las tablas hizo muequear a Kane, como si a él también lo hubieran golpeado.

Logró que Sanderson comenzara a bajar por la escala de metal del Santa Bárbara, pero no fue capaz de impedir que soltara los barrotes a medio camino y se precipitara de espaldas al mar. Davis corrió a ayudarlo a levantarse.

—¿Qué tiene en la cara? —Davis señaló el trapo sucio.

Kane terminó de bajar. Agarró a Sanderson del cuello de la chaqueta que había sido blanca y lo hizo subir a tirones por las raíces.

—No es nada. Se rompió la nariz. Pero no tendremos que cargarlo.

—Genial —dijo Davis— porque esta cosa va a explotar en cualquier momento.

—¿De qué estás hablando?

—Ahí donde lo ves, ese cachivache está mejor pertrechado que el propio submarino de Mengele —Davis señaló el barco con el pulgar—. Le puse un temporizador con dinamita. Tenemos dos horas y media para largarnos de aquí. Pero yo no confiaría mucho en esos cacharros. Los fabrican en Japón.


Estaban poniéndose ropa robada cuando escucharon la explosión.

A pesar de los nueve o diez kilómetros de distancia que habían puesto entre ellos y el barco, el ruido hizo que Kane pegara un pequeño salto.

Davis hizo una mueca y le echó una mirada a su reloj de pulsera.

—Vaya. Una hora con cuarenta y ocho minutos. Te lo dije. No era un temporizador alemán.

—Creo que a ti y a tu puro se les pasó la mano con los explosivos —dijo Kane.

Davis alzó los hombros.

Kane había hallado pantalón y botas de la medida de Sanderson, pero no camisas, así que le dio vuelta a la chaqueta del millonario y se la puso lo mejor que pudo. Era como vestir a un muerto. La idea, que le habría causado escalofríos en una situación normal, no lo hizo reaccionar. Después de vestirlo, partió una de las piñas que estaban apiladas en cajas de madera. Le metió pedazos de fruta en la boca y lo obligó a tragar. Intentó comer también, pero terminó escupiéndola. Davis se rio y le entregó una bolsa con tortillas y aguacate que había sacado de alguna parte. Kane comió unos bocados y le metió el resto en la boca a Sanderson. El millonario masticó como una máquina.

—¿Dónde estamos? —preguntó Kane.

—Acá siembran y empacan fruta. Compañía de Estados Unidos —Davis señaló un rótulo metálico cubierto de polvo y clavado a la pared—. Suerte que no había nadie en esta bodega.

—Ha de ser por el toque de queda.

—Lo dudo. Esta gente tiene permisos especiales de operación de puño y letra de Big Boy Macías, alias el presidente —Davis se jaló el cuello de la camisa—. Esta debe ser ropa de los trabajadores hondureños. Pésima calidad. Pero estas están muy bien —le dio una palmada a una de las botas que había encontrado en una caja de latón—. Obvio son las del capataz gringo. Acá nadie calza un número tan grande. Debe ser un gigantón porque hasta a mí me quedan flojas.

—Tenemos que largarnos ahora mismo. No sé cuánta dinamita habrás puesto, pero con el ruido que hiciste no va a tardar en armarse un bonito escándalo.

—Bah. Pan comido.

Salieron al patio de la bodega. Sin dejar de jalarlo por el cuello, Kane se llevó a Sanderson a echar una ojeada cuidadosa por los alrededores mientras Davis iba a recoger la caja de dinamita y a buscar un medio de transporte.

La gente más cercana era un grupo de obreros que se hallaban a dos kilómetros de la bodega. Kane usó la mano como visera para verlos. Todo indicaba que los trabajadores habían hecho una pausa para ver el humo de la explosión del Santa Bárbara. No todos los días veían algo así. La columna negra se iba levantando perezosamente contra el cielo color añil.

El sudor ya había pegado la camisa al cuerpo de Kane como un guante de látex. Se lavó las manos pegajosas en un charco en el suelo. Aunque estaba atardeciendo, el calor era insoportable. Dio un salto cuando escuchó una voz a su espalda. Se dio vuelta con rapidez.

Dos hombres levantaron la mano para saludarlo. Andaban vestidos con ropa de trabajo sucia y manchada y llevaban machetes en las manos. Uno de ellos mostró la boca desdentada cuando habló. Señaló a Kane.

Kane decidió que lo mejor en ese caso era hacer su papel de gringo.

Levantó la mano para señalar al grupo de trabajadores al final de un tramo sembrado de plantas bajas de hojas puntiagudas. Habló con actitud autoritaria. Los hombres se quitaron los sombreros. Voltearon a ver el humo lejano contra el cielo azul cobalto. Luego volvieron a contemplar a Kane y Sanderson.

Kane dio una patada en el suelo con la bota robada, pero el hombre sólo sacudió la cabeza para mostrar incredulidad y apretó el mango del machete curvo. Dijo algo más. Parecía sereno, pero eso no le acabó de gustar a Kane.

Un grito lo hizo reaccionar.

—Súbanse. Rápido.

Era Davis. Iba montado en la cabina de un viejo camión cargado de piñas. La carrocería parecía hecha de lodo más que de metal. Kane entró de un salto en la cabina. Davis pisó a fondo el acelerador. Al menos la mitad de las piñas se derramaron por el camino. Las llantas levantaron una lluvia de grava.

—No sé qué querían esos tipos —dijo Kane.

—Que les devolvieran la ropa. No deben ganar suficiente para comprar ropa nueva. Pero no te preocupes. Les tiré unos dólares —Davis le dio unas palmaditas a su mochila—. No he hecho las cuentas, pero acá debo andar unos ocho mil morlacos que recogí en el Lazarus. Tu amigo Sanderson tuvo la gentileza de aportarlo casi todo.

Kane se dio una palmada en la frente. Se habían olvidado de Sanderson. Iba a pedir que se detuvieran cuando se dio cuenta de que el millonario estaba sentado en el estrecho espacio situado detrás del largo asiento del frente.

—Se trepó como un mono —dijo Davis.

Sanderson iba viendo al frente. Tenía los ojos abiertos como los de un niño que va por primera vez al circo. Kane dudó por un momento de la eficacia de los aparatos de Halsey.

—Increíble —se rio Davis—. Y yo que juraba que ese tipo no iba a durar ni un par de horas.

## 22

—Tenemos que ponernos en movimiento ya. El primer embarque debe estar listo lo más pronto posible para enviarlo a Hamburgo y de ahí a Berlín.

La voz del demonio se parecía al estruendo de un molino de piedra. Se sacó una pañoleta negra del bolsillo y la usó para taparse la cara deforme.

—No sabe lo feliz que estoy —dijo la agente Monika Stiller—. Sólo lamento que el almirante Becker no haya podido venir. Me habría encantado conocer a uno de los soldados más valientes del Reich.

—Es un gran hombre —dijo el demonio—. Con gusto lo saludaré de su parte cuando esté en Berlín.

Con las manos juntas en actitud reverente y la boca abierta, Stiller lo vio pasar a su lado. La sombra del demonio le cubrió la cara durante un segundo. Puso el bolso en una esquina del escritorio de metal y se quedó esperando.

El demonio se acercó al panel de vidrio. La cara deforme y los ojos amarillos se reflejaron sobre la superficie brillante. Cambió de mano una libreta de pasta verdosa para acariciarse la cabeza. El cabello era tan escaso que dejaba ver el cráneo ceniciento, bulboso, cubierto de una red de cicatrices hinchadas.

—Es descomunal —el demonio rugió, se golpeó la palma de una mano con la libreta—, sencillamente prodigioso. Esto excede las previsiones más optimistas. El Führer de nuevo se ha sobrepasado a sí mismo. ¿Me haría el favor de encender las luces, señorita…?

—Stiller.

—Sí, claro.

Las lámparas parpadearon. La potente cascada de luz que cubrió el laboratorio detrás del ventanal obligó al demonio a cubrirse los ojos amarillos con una mano.

—Es indescriptible —el demonio se dio vuelta y vio a Stiller a los ojos—. ¿Está segura de que allá abajo está todo el material que pedí?

—Claro —la sonrisa iluminó el rostro de la agente—. ¿Podemos empezar hoy mismo a fabricar el agente reanimador?

El demonio se cruzó de brazos.

—Lo haremos lo más rápido que podamos. Pero esto no es como fabricar bastones de dulce. Por el momento, tengo que trabajar a solas con mi ayudante Herbert West.

El demonio señaló al sujeto rubio, de gruesos anteojos pegados con alambre, que había permanecido inmóvil y mudo desde que los tres habían entrado en la oficina.

—Según el clima y otros factores inesperados, es posible que pida otro embarque de materiales y que la producción se atrase un poco.

—El Führer no va a quedar muy contento con esas noticias —por el tono de voz, Stiller parecía contrariada—. Pero de una cosa puede estar seguro: no quiero perderme este momento crucial en la historia alemana. Por algo he entregado cuerpo y alma al Reich.

Se le enrojecieron las hermosas mejillas y la nariz. Sus pechos subían y bajaban bajo la chaqueta ajustada.

—Estoy dispuesta a olvidar todas las irregularidades de hoy si me permite asistir a la creación de la fórmula que devuelve la vida a los muertos —Stiller levantó la barbilla—. Fui profesora laureada de química en uno de los más notables liceos de Bonn y me especialicé en toxicología en Zúrich. No soy una inútil.

El demonio hizo un ruido parecido a la risa.

—Por supuesto.

Se acercó a ella y le puso una mano en el hombro. Stiller se estremeció visiblemente.

—No hay nadie más agradecido que yo por su trabajo —dijo el monstruo—. Sin usted, esta operación no habría llegado hasta aquí. Si tenemos éxito, será en gran medida por su trabajo heroico a las órdenes del Reich.

Le dio la espalda a Stiller.

—Para empezar, hay algo valioso que usted puede hacer por la causa —el demonio alzó la barbilla y juntó las manos.

—Haré lo que sea. Soy una admiradora suya desde muy joven, doctor Halsey. Su teoría del dominio mental sobre las razas inferiores es mi libro de cabecera.

—Gracias, agente Stiller —el demonio asintió con la cabeza y suspiró—. En fin, tengo un problema con mi asistente. El doctor Herbert West se ha negado a seguir colaborando y no me quedó más remedio que dominarlo temporalmente con una droga que inventé. Ahora bien, él es mi mano derecha y es vital que participe si queremos que la operación tenga éxito. Pero para eso tenemos que hacer que entre en razón. Luego voy a deshacerme de él. Ya he tenido suficiente con sus aires de grandeza.

Stiller sonrió como el náufrago que ve acercarse un barco en medio de la niebla.

—Ahora entiendo por qué pidió la mesa de operaciones y el instrumental de electroshock y vivisección.

El demonio dio media vuelta y se quitó la pañoleta. Stiller pareció entrar en éxtasis cuando contempló los ojos amarillos y el rostro desfigurado.

—Usted es la primera persona que entiende mis planes —dijo el demonio con algo parecido a la dulzura—. Creo que este el comienzo de una hermosa amistad.

Cerró los ojos y apoyó la cabeza en la pared. Estaba a punto de desmayarse. El sudor le cubría las mejillas como una máscara fría. Se pasó la mano por la cara y tragó saliva. Tranquilo, viejo, estás soñando, son visiones, nada más.

Pero en el fondo Pacho Galeano sabía que no eran visiones. El demonio estaba ahí, gigante, deforme, de pie bajo las lámparas de la oficina principal de Agrolsa, con el peso y el color de las cosas reales. La pañoleta no alcanzaba a cubrir el resplandor amarillo de los ojos malignos.

Pacho separó los párpados, pero continuó inmóvil, la espalda pegada a los ladrillos. Los nazis. Por algo todos decían que eran el mal personificado. Sólo ellos eran capaces de invadir incluso el mundo de las pesadillas. Dijo una corta oración, se persignó y se besó los dedos cruzados.

Acercó otra vez la cara a la rendija de la puerta. Se echó para atrás rápidamente. Le había parecido que Stiller veía fijamente en dirección a la puerta.

Volvió a asomarse poco a poco.

Las pistolas. Estaba casi seguro de que su Colt estaba dentro del bolso que Stiller había dejado en la esquina del escritorio de acero. Notó el bulto del arma a través del cuero del elegante bolso de la agente suiza.

Tenía que moverse rápido si quería tomar por sorpresa al demonio de ojos amarillos. Dio por descontado que Stiller quedaría inmovilizada por el terror cuando lo viera salir por la puerta. Sonrió con amargura.

Acercó la mano a la rendija entre el marco y la puerta y contuvo la respiración.

—Este el comienzo de una hermosa amistad —dijo el demonio.

Pacho hizo todo el ruido posible cuando abrió la puerta y se lanzó encima del bolso de Stiller.

—Una hermosa amistad.

Halsey no pudo decir más. La entrada intempestiva de Pacho lo dejó mudo. El doctor dio un par de pasos instintivos hacia atrás y trató de buscar algo debajo de su levita, pero Pacho se le adelantó por una fracción de segundo. La pistola que había sacado del bolso le temblaba entre los dedos.

Halsey levantó las manos sin perder de vista el agujero del cañón que estaba a punto de agujerearle el pecho. Volteó a ver a Stiller.

También la agente suiza había reaccionado con más rapidez que él. Se había sacado la pistolita relumbrosa del elástico de una media. Pacho amartilló y mantuvo la mirada fija en Halsey. El temblor en las manos era ya casi imperceptible.

—Tranquilo, Kommandant.

Stiller masticó las palabras. Amartilló la pistola y movió la mira del pecho a la cabeza.

—No haga una tontería, Pacho.

Era la primera vez que lo llamaba por su nombre. La vio con el rabillo del ojo. Apretó la culata de la Colt con más fuerza. Los ojos amarillos de Halsey iban de Stiller a Pacho, como un espectador en un partido de tenis.

—Podemos arreglar esto como adultos —dijo Stiller después de una pausa.

Pacho no dijo nada. Por un momento sintió que la mirada amarilla del monstruo buscaba hipnotizarlo, adueñarse de su cerebro y obligarlo a hacer cosas que iban en contra de la religión que le había enseñado su madre. No podía permitirlo.

—Tranquilícese, Pacho —dijo Stiller.

Hablaba en un susurro, como si se dirigiera a un niño. Señaló a Halsey.

—Ese hombre puede cambiar el destino de la humanidad.

—No es un hombre —dijo Pacho.

La voz se le cortó. Había empezado a temblar otra vez.

—Sh, no sea tonto. ¿Sabe lo que este hombre puede hacer? Revivir a los muertos —Stiller asintió con la cabeza y sonrió con una exaltación que Pacho no había visto nunca en la hermosa cara de la agente nazi—. Es increíble, ¿no?

Pacho hizo una mueca y volteó a verla con una mezcla de horror, lástima y desprecio.

—Pero es verdad. Conozco a este hombre. Es una de las mentes más brillantes de la historia —Stiller no pudo controlar una risita causada por la emoción—. Y usted puede ser parte de esta gran aventura científica. Sólo ponga esa pistola en el suelo. Sh. No pasa nada, Pacho.

—¿Revivir a los muertos?

—Así es, Pacho.

—Pues que me reviva esta.

Los tres balazos hicieron saltar hacia atrás a Halsey. Dos le atravesaron el pecho y dejaron ligeras marcas en el ancho ventanal antibalas. Dos abanicos de sangre negra mancharon los paneles de vidrio.

Halsey no había acabado de caer de espaldas cuando tres balazos de Stiller perforaron el costado izquierdo y el cuello de Pacho.

Aunque Pacho siguió apretando el gatillo mientras se derrumbaba de costado, ninguna de las balas que disparó desde el suelo dio en el blanco.

Lo último que sintió fue el golpe de su cabeza contra el piso. Después, la oscuridad sin sueños.

23

Cuaderno de bitácora y otros apuntes del capitán S. Magnus

Diario de Brian Kane

"Por encima de todo", autobiografía del mayor (SS) Kurt Mengele Científico Alan Halsey: mis notas para la posteridad.

1. Observaciones: reacción agente reanimador. Sujeto: Kurt Mengele

- Sujeto ario ha perdido el habla. Episodios convulsivos. Reacción adversa al compuesto. Posibles motivos genéticos.
- Convulsión controlada a medias con el emisor de ondas cerebrales.
- Apenas confiable para pasar por Becker.
- Reducir participación del sujeto. Eliminarlo en cuanto cumplamos misión en Honduras.

2. Observaciones: receptor de ondas. Sujeto: Herbert West.

- Sujeto confiable.
- Reacción esperada del emisor y receptor de ondas cerebrales.

3. Observaciones: Honduras.

- País inmejorable para experimentos.

24

—Son diez mil setecientos dólares y unos novecientos lempiras.

Kane agitó el dinero en el aire, cerca de la cara de Davis. El marinero descuidó el volante para agarrar uno de los fajos de billetes y darle un beso. El camión dio un bandazo peligroso por la carretera polvorienta.

—Ten cuidado o vamos a matarnos —dijo Kane.

Luego recordó que estaba muerto, suponiendo que West hubiera dicho la verdad. Cada vez que pensaba en eso sentía punzadas en el pecho.

—Por las barbas de Júpiter —dijo Davis—. Es un dineral, compadre. Con eso tenemos más que suficiente para largarnos a Sudamérica.

—¿Sudamérica?

Davis se metió en la boca una tortilla que había sacado de una bolsa de papel.

—Claro, hombre —dijo sin dejar de masticar—. Tengo amigos por todos lados. En Ecuador, en Bolivia, en montones de lugares. Podemos comprar un bote y ganarnos la vida decentemente. Nada de nazis ni tonterías así, te lo juro por esta —se besó los dedos—. Pero primero lo primero. O sea, llegar a La Ceiba, estar unos días escondido, luego ver cómo nos largamos de este país. ¿Qué opinas, compadre?

Se volteó y le dio a Sanderson una palmada en el hombro. El millonario permaneció inmóvil en el estrecho espacio detrás del asiento delantero. Davis volvió a tomar el volante y señaló a Sanderson con el pulgar.

—Parece que el amigo no tiene mucho sentido del humor. Es por el dinero, ¿verdad? Bueno. Ya se lo vamos a devolver. Véalo como un préstamo —Davis volteó a ver a Kane—. ¿Estás seguro de que este tipo está bien de la cabeza?

—Olvídate de él. No creo que le importen diez mil dólares. Y yo no tengo intenciones de ir a Sudamérica —gruñó Kane—. No mientras West va camino a Berlín.

Davis espantó con la mano un insecto invisible.

—Bah. A quién le importa el tal West. A menos que creas que ese tarado va a fabricar una superbomba o algo.

Davis arqueó las cejas y terminó de comerse la tortilla. Sacó la cajita de la mochila que llevaba entre las piernas. Extrajo un puro de la caja y lo encendió.

Kane tuvo que agarrar rápidamente el volante para que el camión

232

no se hundiera en una de las profundas cunetas.

—¡Imbécil!

—Tranquilo, amigo —gangueó Davis—. Soy un profesional, ¿okey?

—Acepto que sin tu ayuda no estaríamos acá. O en las garras de la policía hondureña.

Davis asintió con la cabeza.

—Pero no tiene sentido que nos salves la vida para luego matarnos en un estúpido accidente en medio de la nada.

Davis hizo una mueca.

—Supongo que tienes la razón.

—O haciendo que explote esa dinamita.

Kane señaló el puro prendido y luego la caja de explosivos que Sanderson se había puesto sobre las piernas.

—Bah. Tengo años de pescar con dinamita. Es pan comido. Pero en cualquier momento nos podemos topar con la policía de Big Boy y quiero tener un seguro de vida a mano con forma de buen puro hondureño —chupó el cigarro con deleite evidente—. A esta gente ya deben haberle avisado de la explosión y del camión robado. Por cierto, tenemos que deshacernos de esta chatarra en cuanto podamos.

Condujeron durante veinte minutos sin que nadie se les cruzara en el camino. Tampoco los seguían. Kane apretaba los dientes cada vez que el camión pegaba un salto tras caer en uno de los cientos de baches de la carretera. Davis no dejaba de echar ojeadas rápidas a los lados en busca de otro vehículo para robarlo.

—Allá adelante.

—¿Cómo? —Davis dio un salto en el asiento.

Kane señaló la carretera con la barbilla.

Davis redujo un poco la velocidad. Suspiró y se chupó los dientes.

Tres millas más adelante habían puesto un retén a la sombra de un bosquecillo de bambú. Los policías estaban atravesando en la calle un caballete de madera para carpintería. Tenían dos jeeps ladeados sobre una cuneta. Al menos cinco tipos, tres de uniforme gris y quepís, dos de traje oscuro y corbata, se pusieron en alerta. Los trajeados dejaron de haraganear, recostados contra las carrocerías.

—¿Qué hacemos? —dijo Kane entre dientes.

Davis se sacó el puro de la boca y se pasó la mano por la cara.

—¡Por Júpiter! Mira, compadre. De una cosa estoy seguro. No pienso darle gusto al gobierno gringo ni a Big Boy. Vamos en un camión robado a la frutera, llevamos dinamita, un montón de dinero y un millonario secuestrado. Y si no me equivoco, esos dos imbéciles de traje son del FBI o algo peor.

—¿Y?

Davis no contestó. Mordió el puro y siguió avanzando a diez millas por hora. Le dio un codazo a Kane. Señaló los explosivos que Sanderson acunaba en el regazo.

Kane agarró la caja de dinamita. La abrió con la culata del revólver que Davis le había dado. No le costó mucho. Sacó dos candelas de mecha corta ya armadas.

—Okey, compadre —dijo Davis—. Yo te aviso para que me pases una.

—¿Qué vamos a hacer?

—Sólo haz lo que te diga. Ten a mano dos de esas y me pasas una cuando te la pida.

Adelante, los cinco tipos se habían puesto en movimiento. Los policías hondureños, armados con fusiles antiguos, se plantaron frente al caballete de carpintero. Los dos gringos de traje sacaron pistolas y las revisaron bajo la sombra de los bambúes. Davis le dio dos chupadas al puro. La brasa ardiente se reflejó en sus ojos.

Cuando estaban a quince metros del retén, los tipos de traje levantaron las manos para indicar algo. Davis contestó sacando la mano por la ventanilla. Le dio dos chupadas más al cigarro. Aumentó un poco la velocidad. Extendió la mano. Kane le puso la candela de dinamita entre los dedos.

—Agárrate bien y no pierdas de vista esa caja —dijo Davis.

Prendió la candela con el puro y la lanzó por la ventanilla. Podría haber jugado béisbol profesional. Tenía buen brazo. La candela aterrizó a unos metros del retén y explotó casi de inmediato.

Davis metió el acelerador. El camión atravesó la lluvia de grava y tierra. Miles de guijarros rebotaron contra la carrocería.

—¡Otra!

Kane le puso la segunda candela en la mano. La trompa del jeep hizo volar en pedazos los caballetes de carpintero. Davis no redujo la velocidad y Kane echó una mirada entre el humo. Vio a tres de los tipos arrastrándose por la cuneta derecha. Ninguno llevaba un arma en la mano. Davis prendió la siguiente candela y la tiró dentro de uno de los jeeps. Aunque pisó el acelerador a fondo, la sacudida de la explosión estuvo a punto de hacerlo perder el control del camión.

—Otra.

Sacudió la mano para sacar el humo de la cabina. Kane iba a extraer dos candelas de la caja cuando la primera bala hizo trizas el espejo del lado derecho. Davis y él se agacharon por instinto. Más balas pasaron silbando junto a la carrocería. Otras despedazaron el cargamento de piñas. La parte trasera del camión se convirtió en un surtidor de cáscaras y jugo de fruta.

Un proyectil pasó silbando sobre la cabeza de Kane. Otro abrió un agujero en el lado izquierdo del parabrisas. Davis se irguió sobre el asiento para dejar caer todo su peso sobre el pedal. Pidió dos candelas, las prendió al mismo tiempo y las lanzó por la ventanilla.

Kane contempló a Davis como si estuviera en trance. Llevaba los ojos medio cerrados mientras aguardaba el momento en que la cabeza de Davis volara en pedazos y el camión se saliera de control. El marinero iba apretando los dientes sobre el manchón verdoso del paisaje. Kane estaba tan absorto que tardó un poco en darse cuenta de que las balas llevaban un rato sin cortar el aire a los lados del camión.

—Lo logramos —se rio Davis—. ¡Por Júpiter! ¡Lo logramos, compadre!

Sacudió el hombro de Kane y se tiró una carcajada. En algún momento, el puro se le había caído de la boca. Siguió conduciendo a cien por hora durante diez minutos. Luego fue reduciendo la velocidad poco a poco.

Dobló a la derecha y metió el camión por un sendero bajo los árboles.

—Conozco una hacienda por acá —señaló al frente—. Siempre hay un par de Land Rovers disponibles que podemos robar. Aunque voy a extrañar esta carcacha.

Davis le dio un puñetazo afectuoso al timón.

—Y si hay problemas, tenemos esto —palmoteó la pistola que llevaba al cinto—. Pero dudo que tengamos que usarla. Robar cosas en este país es pan comido, compadre.

Kane se retorció para acomodar la caja de explosivos en el asiento trasero.

Vio el charco de sangre bajo las piernas de Sanderson. Se apresuró a quitarle el trapo de la cara. Lo examinó de prisa.

Volvió a sentarse con la vista al frente. Se quedó viendo fijamente el parabrisas roto.

—¿Algún problema? —preguntó Davis.

—Sanderson está muerto.

25

A brió los ojos.

Era extraño. Por vez primera en mucho tiempo, no había

236

soñado ni había visto al demonio. A menos que sus recuerdos fueran un sueño. Lo de Stiller, el laboratorio, el monstruo, la balacera. Todo.

Respiró acompasadamente. Vio el cielo raso. No supo dónde estaba, pero eso no le importó. Estaba acostumbrado a despertarse en muchos lugares distintos.

Sí. Debía ser eso. Un sueño.

Pero no. No era posible.

Todo había sucedido realmente. No estaba seguro de cuándo, pero había pasado. Había sido real. Era necesario que fuera real.

Porque, si no era así, entonces se había vuelto loco. Y eso no era posible.

Se enderezó poco a poco hasta sentarse. Estaba acostado en una camilla metálica. A pesar de la manta que habían puesto sobre la camilla, el frío del metal le pegaba mordidas salvajes en el pellejo y los huesos.

Estaba completamente desnudo. Arrugó la cara. A veces dormía desnudo, pero no recordaba haberse desnudado la noche anterior. O el día anterior.

Tenía las manos y los brazos de un extraño color, como si le hubieran chupado la sangre. Flexionó los dedos varias veces. Luego se los pasó por la cara. Sintió un bulto raro en un lado del cuello. Lo apretó suavemente. No le dolía.

No le dolía nada. De hecho, se sentía mejor que nunca. O tal vez no era así. Quizá no se sentía bien ni mal. Sacudió la cabeza. Si alguien se lo hubiera preguntado, no habría podido decir cómo se sentía.

Levantó la mirada y vio, a diez metros sobre su cabeza, los ventanales manchados de sangre. Entonces entendió que estaba en el laboratorio de Agrolsa, del otro lado del vidrio.

Pacho había empezado a preocuparse cuando escuchó el ruido de una puerta abriéndose.

—Ah, ya se despertó el dormilón.

El tipo rubio sonrió detrás de los enormes anteojos de montura gruesa reparada con un pedazo de alambre. Sin voltear, cerró la puerta con el pie. Iba vestido con bata de doctor y llevaba en las manos enguantadas una bandeja con recipientes de vidrio. Puso la bandeja en una mesa metálica frente a la camilla.

—Mucho gusto. Me llamo Herbert West —el rubio hizo una pausa, como para que Pacho memorizara el nombre, luego se sacó un objeto rectangular del bolsillo de la bata y lo contempló fijamente—. ¿Cuál es tu nombre?

—¿Eh?

Pacho intentó bajarse de la camilla. Entonces se dio cuenta de que tenía un anillo de metal alrededor del tobillo derecho. Iba a preguntar por qué estaba esposado a la camilla, pero West no lo dejó hablar.

—¿Cuál es tu nombre?

West lo señaló con la palma abierta, como cediéndole la palabra.

—Pacho Galeano.

West sonrió con satisfacción.

—¿Podrías repetirlo?

—Pacho Galeano, carajo.

—Excelente, chavalín.

West arrojó el objeto rectangular sobre la camilla. Pacho lo recogió. Una credencial. Francisco Galeano. Policía Nacional. A todas las autoridades: dar al portador toda la información y las facilidades requeridas para su trabajo. Firma: Toribio Macías, presidente de la república de Honduras.

—¿Quién carajo es usted? —preguntó Pacho.

West dejó de revisar algo en una hoja de papel enganchada a un tablero de madera. Se acomodó los anteojos con un dedo y lo vio con expresión neutral.

—Hum, interesante. No parece haber conservado del todo la memoria.

—¿De qué chingados está hablando?

West no lo dejó terminar. Se enganchó un estetoscopio en el cuello. Se acercó con rapidez a la camilla, metió las manos en la boca de Pacho y lo obligó a abrirla con los dedos. Pacho se puso a ganguear mientras el dedo enguantado se movía alrededor de la lengua y sobre las encías. West le sacó la mano de la boca y siguió tomando apuntes en el papel.

—Claro que lo recuerdo bien. Usted era el tipo que venía con el demonio —dijo Pacho después de escupir sin ceremonias.

—Eso no estuvo bien —West señaló el escupitajo en el piso—, pero te lo perdonaré tomando en cuenta tu estado actual, la desorientación y todo eso. Supongo que con lo de demonio te refieres al doctor Halsey, ¿no?

—¿A quién?

—Alan Halsey. El tipo gigantesco con cara de filete término medio —West dibujó con el dedo un círculo alrededor de su cara.

Pacho iba a decir algo, pero West volvió a interrumpirlo poniéndole las manos a los lados de la cabeza. Hizo que la moviera para todos lados. Luego le puso dos dedos sobre los párpados del ojo izquierdo. Lo obligó a abrirlo. Se sacó una pequeña linterna de un bolsillo. La encendió y dirigió el haz a la pupila.

—¿Estoy enfermo? —preguntó Pacho.

West no contestó. Repitió el proceso con el ojo derecho. Guardó la linterna. Se sacó del bolsillo otro objeto y lo introdujo en el oído derecho de Pacho. Hizo lo mismo con el otro oído. Se desenganchó el estetoscopio de la nuca y le auscultó el pecho desnudo.

Volvió a colgarse el aparato al cuello, se dirigió a la mesa de acero erizada de recipientes e instrumentos, levantó una jeringa de una bandeja, revisó la aguja y le dio al émbolo un par de golpecitos con un dedo. Al final se acercó, jeringa en mano, a la camilla. Pacho arrugó la frente y se echó ligeramente para atrás.

—¿Qué fue lo que dijiste?

—Que si estoy enfermo, carajo.

West se quedó en silencio, como si estuviera pesando las palabras que Pacho acababa de decir.

—No. No estás enfermo. Estás muerto.

—¿De qué chingados está hablando?

—Mejor dicho, estuviste muerto, pero te reviví. Supongo que para algunos sigues estando muerto. Según esas personas, eso significa el fin de todas las enfermedades o algo por el estilo. Pero para mí la muerte es sólo un estado que puedo interrumpir.

Pacho dio un salto cuando West insertó la aguja en su brazo. Lo hizo como si estuviera inyectando especias en un pavo. Pacho no sintió ningún dolor. Vio con interés morboso cómo la sangre oscura entraba en la jeringa. Cuando el tubo transparente acabó de llenarse, West lo jaló y apretó un algodón húmedo sobre la gota de sangre que comenzaba a crecer. Le puso el tapón a la aguja y se guardó la jeringa en el bolsillo. Vio a los ojos a Pacho.

—Te moriste —West recalcó cada palabra puyándole el pecho con un dedo—. Pero ya no estás muerto. Mira eso —movió la mano para señalarle el abdomen—. ¿Crees que alguien puede sobrevivir a heridas como esas?

Hasta entonces Pacho advirtió las suturas que le cubrían la barriga y los costados. Por alguna razón no se había dado cuenta de que las tenía. Tal vez era porque no le dolían. Pasó dos dedos sobre las costuras con temor de hacerse daño. El trabajo era bueno. Le pareció extraño pensar de ese modo, pero todavía no podía creer que estuviera tocando su cuerpo.

West se alejó un par de segundos y regresó con un espejo. Acercó el vidrio a la cara de Pacho.

—Ahora mira eso —West le señaló ambos lados del cuello—. Las balas te destruyeron las arterias y te dejaron prácticamente sin tripas, muchachón. Te desangraste en un tris.

Pacho agarró el espejo. Levantó la barbilla y movió la cabeza para verse bien. Tenía heridas en ambos lados del cuello. West no se había tomado la molestia de cubrir con gasas ninguna de las suturas. Por alguna razón, no estaban sangrando a pesar de que la operación parecía reciente.

—Todo esto te lo hizo esa rubia.

—¿Stiller?

Pacho se tragó una bola de saliva. Creyó sentir dolor, pero no era físico.

—Supongo que así se llama. Una tipa dura de roer.

Pacho puso el espejo sobre la camilla. Echó una mirada alrededor.

—¿Y dónde está?

La pregunta pareció molestar a West.

—¿La rubia? ¿Qué tal si nos olvidamos de ella? Es una mujer adulta que se las arregla sola sin ningún problema.

Pacho se dio por vencido. Estaba recién operado y esposado a una camilla de metal. La única manera de escapar era agarrar a West del cuello o algo así y apretarlo hasta obligarlo a darle las llaves de las esposas, pero Pacho era un tipo agradecido. Estaba claro que West le había salvado la vida. El problema era que estaba loco y, si una cosa había aprendido Pacho, era a seguirles la corriente a los desquiciados.

—Pero, si estoy muerto, ¿cómo es que estoy acá platicando como si nada? —preguntó en el tono más jovial que pudo fingir.

—Es obvio que no me crees —sonrió West—, pero lo que te estoy diciendo es la pura verdad. Ni yo estoy loco ni tú estás vivo. Es decir, sí estás vivo, pero porque te inyecté la fórmula que el doctor Halsey prometió venderles a los nazis, aunque no tenía la menor idea de cómo fabricarla. El único que sabe hacerla soy yo —West hizo un ruido burlón con la boca—. Lo único que faltó fue que

Halsey les pidiera extracto de ornitorrinco a los nazis. Así de perdido estaba el pobre tipo.

—¿Entonces los alemanes construyeron todo esto por esa fórmula? —Pacho abarcó el gigantesco laboratorio con un movimiento de la mano—. Y yo creí que estaban fabricando una bomba.

West negó con la cabeza e hizo una mueca de disgusto.

—No fabrico bombas. Mi ocupación no es quitar la vida. Es dar la vida. Las balas de la espía te mataron, pero yo te reviví cuando te inyecté mi fórmula —levantó la barbilla, se acomodó los anteojos, hizo una pausa antes de proseguir—. En realidad, lo que hice fue aplicarte una pequeña transfusión de mi sangre. Eso no sólo te revivió. Además reactivó el flujo sanguíneo. La reducida cantidad que te inyecté parece haberse multiplicado en tus venas. Pero por ahora no creo que valga la pena describir eso en detalle.

—Dios mío.

—No es necesario que me llames así —una sonrisa de santo se dibujó en el rostro de West—. Basta con que me llames Herbert.

West se acercó a la mesa de metal. Movió objetos de un lado para otro. En algún momento se agachó. Cuando volvió a incorporarse, estaba apretando la Colt de Pacho con la mano derecha. Con la izquierda sostenía un pequeño objeto blanco.

—Bueno, creo que es momento de ponernos de acuerdo en algunos puntos, muchachón.

Pacho no dijo nada. Al principio sintió miedo. Luego se dio cuenta de que era absurdo que West le hubiera devuelto la vida, al menos desde el punto de vista de un loco, para luego matarlo.

—Soy un extraño en una tierra extraña y necesito que alguien me eche una mano —West movió la pistola mientras hablaba—. Está claro que no me crees ni jota, pero no vas a tardar mucho en darte cuenta de que te estoy diciendo la verdad y que me debes mucho más que la vida. Pero, si entras en razón, podemos asociarnos mientras me aclimato un poco a este caluroso país. Te aseguro que no soy un tarado y logré entender que tienes algo de influencia por estos lados.

—Conozco gente por ahí.

—No está mal para empezar. Voy a ser honesto. Me tentó la idea de proponerle mi plan a esa rubia. Stiller, ¿no? Me parece haberle oído decir que tiene estudios científicos.

Pacho sintió una punzada en el pecho cuando West habló en presente de la agente suiza.

—Como eres tan confiable como ella, mejor le dejé la decisión al azar.

West levantó el objeto blanco. Era un dado. Pacho gruñó.

—Mi plan es establecerme en la capital y hacer bastante dinero —dijo West—. No es muy imaginativo que digamos, pero funciona. Este país se ve prometedor. Mi idea es poner una pequeña empresa por aquí y largarme cuando hayamos ganado suficiente. Cuando llegue ese momento, podrás hacer lo que quieras. Pero mientras eso pasa necesito total entrega a mi proyecto.

—Por mí no hay problema.

—Sabía que ibas a decir eso. Lo que sucede es que no puedo confiar en nadie —West levantó la pistola y apuntó al pecho—. Por eso no me queda más remedio que matarte y revivirte de nuevo.

—No, por favor.

Pacho puso las palmas de las manos al frente en un gesto inútil con el que buscaba protegerse de las balas.

West apretó el gatillo.


Abrió los ojos.

Había tenido la pesadilla otra vez. Se despertaba sobre la camilla en Agrolsa, platicaba un rato con Herbert West y al final West lo mataba a balazos. Pero no parecía un sueño. Todo era demasiado real, las cosas tenían peso, dimensiones, sombras. Respiró acompasadamente. Vio el cielo raso. Movió la cabeza sobre la almohada. Contempló los ventanales manchados de sangre de la oficina principal, a diez metros del suelo.

Se tocó el pecho. No logró palpar la hinchazón de la piel suturada ni el tacto irritante de los hilos quirúrgicos erizados sobre las heridas recién cerradas. Levantó las manos lívidas y las flexionó varias veces. Seguía sin sentir ningún dolor.

Sobre el cielo raso de Agrolsa apareció el rostro sonriente de Herbert West.

—Ya se despertó el dormilón.

Pacho hizo una mueca de desconcierto, pero prefirió esperar. Todo debía tener una explicación lógica. Tal vez todavía seguía soñando.

—Tuve una pesadilla bien cabrona.

—¿De veras? —West le introdujo una aguja en el brazo y sacó una pequeña muestra de sangre—. Interesante. Halsey decía que no tenía sueños y siempre me pareció lo más lógico. Ya lo sabes. El daño cerebral y todo eso. No importa que sea mínimo. Siempre hay cambios en la estructura del cerebro que modifican hasta cierto punto los patrones de comportamiento. Eso explica, también hasta cierto punto, que el doctor se convirtiera en un psicópata.

—¿Cómo así?

West sacó libreta y lápiz del bolsillo de la bata de doctor. Rasgueó una página con la punta de grafito. Cuando terminó de garabatear, le mostró a Pacho el dibujo grotesco de un cerebro en el cráneo de un muñeco bigotudo.

—Este eres tú —West sonrió y señaló el dibujo con la punta del lápiz—. Un poco menos feo, pero digamos que eres tú. Ahora mira. Tu cerebro, al menos las partes que aún funcionan, siguen tratando de adaptarse a esta extraña situación. Estuve vigilándote mientras dormías, si podemos decir que dormías. Movimientos oculares nulos. Cero contracciones musculares. Nada parecido a la actividad común de un sujeto dormido. No tengo instrumental más preciso, pero con mis observaciones me doy por satisfecho.

West le dio vuelta a la página y tomó apuntes mientras hablaba.

—Creo que eso que llamas pesadillas son imágenes con las que el cerebro trata de sustituir la curiosa actividad cerebral onírica de las personas normales, pero no quiero decir que no seas perfectamente normal —levantó una mano como señal de advertencia—. Para nada. Eres tan normal como yo. Sólo un poco diferente. La muerte tiene ese efecto en algunas personas.

Pacho se sentó en la camilla. Le dio vueltas a la explicación de West y llegó a la conclusión de que ser como él no era una garantía de normalidad.

—Sepa —dijo Pacho—. Todavía no entiendo ni papa de toda esa palabrería.

Se acarició las profundas marcas que las esposas le habían dejado en los tobillos. Aunque no sentía nada, todavía era capaz de recordar el dolor.

West sonrió. Traspasó la muestra sanguínea a un tubo de ensayo y lo cerró con un tapón de hule. Sacudió el tubo mientras lo veía al trasluz. Con un gotero depositó una gota de la sangre de Pacho entre dos rectángulos de cristal. Juntó los cristales y los puso sobre la platina iluminada de un microscopio. Acercó el ojo al visor.

—No te preocupes —dijo sin despegar el ojo del microscopio—. Vas a entender con el tiempo.

Dejó de analizar la muestra de sangre. Se irguió para tomar más apuntes. Se detuvo para señalar con el lápiz el abdomen de Pacho.

—Por lo que veo, esas heridas ya casi están del todo sanas.

Era verdad. Pacho se pasó la mano sobre la barriga y los costados. Se estiró la piel con los dedos. La cicatrices eran casi invisibles. Cuando terminó de palparse el tórax, se acarició el cuello. Estaba liso como el trasero de un bebé.

—Vaya. ¿Cuánto tiempo he estado acá?

—Dos días desde que tu amiga te destripó a balazos. Esta es la segunda vez que te despiertas y me cuentas exactamente lo mismo. Que tuviste una pesadilla horrenda y no sé qué más.

—¿Dos días?

—Entiendo que estés asombrado, pero mi agente reanimador tiene ese efecto. Las heridas más graves cicatrizan en cuestión de horas —West se sacó del bolsillo un frasco lleno de líquido amarillo fulgurante y lo sostuvo entre dos dedos—. Supongo que llegará el día en que esta hermosura va a ser tan poderosa que el cuerpo humano partido en mil pedazos va a ser capaz de rearmarse por sí solo.

—Esa cosa va contra las leyes divinas —Pacho arrugó el rostro.

West guardó el frasco. Ya no estaba sonriendo.

—Supongo que tuviste una amena plática con Dios. ¿Le hiciste esas preguntas en persona, ¿no?

—¿De qué estás hablando?

—Estoy hablando de que no hace mucho estabas más muerto que un clavo. Así que obviamente fuiste al cielo y hablaste con Dios, al menos por un par de horas. Pero la plática se terminó en cuanto te inyecté el agente —West se dio una palmada en el sitio donde había guardado el frasco— y te obligué a volver a este valle de lágrimas. No sería raro que no te guste la idea. Otros no me lo han agradecido antes, pero espero que sepas apreciar el gesto.

—Tal vez no fui al cielo.

West sonrió.

—¿Se lo dijiste al diablo, entonces?

Pacho se dio cuenta de que lo mejor era no discutir. Al fin y al cabo, aquel tipo le había devuelto la vida. Aún no sabía para qué, pero planeaba averiguarlo después.

—Sólo era una broma. Te agradezco lo que hiciste.

—Claro —suspiró West—. Pero ya no perdamos el tiempo. Ponte esa ropa. Tenemos que mandar un mensaje por radio a Alemania.

Pacho se bajó de la camilla. Recogió la ropa limpia que West había señalado y empezó a vestirse.

—¿Alemania? ¿Para qué?

West señaló varias cajas de madera apiladas contra una pared.

—Para que vengan a recoger eso, si es que lo quieren.

—¿Qué es eso? —Pacho volteó a ver las cajas mientras subían a la oficina principal.

—Es un cargamento de fórmula mejorada.

—Pero entonces de nada sirvió matar al demonio —Pacho se detuvo y apretó el pasamanos—. De todas formas vas a enviarles esa cosa para revivir muertos.

—Dije fórmula mejorada, no agente reanimador. Luego te explico.

Mientras enviaban el mensaje en clave para el Führer, West le dio una hoja de papel doblada en cuatro que sacó de un maletín de doctor. Pacho la abrió. Era un dibujo con unas palabras dentro.

—¿Qué te parece?

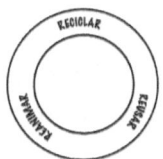

—¿Y qué carajo es? —Pacho le devolvió la hoja.

—El lema de nuestra agencia de detectives —West golpeó el papel con un dedo.

Salieron al patio. Aunque era de mañana, ya hacía un calor bestial. La grava de Agrolsa refulgía bajo el sol oblicuo. West sacó un ridículo sombrero de algún lado y se lo puso en la cabeza. Pacho hizo una mueca de extrañeza cuando vio el pelo de West. En algún momento se lo había teñido de negro. A pesar del calor, andaba camisa de manga larga y pañoleta al cuello.

—¿Cuál cosa de detectives?

—Es la empresa de la que te hablé la primera vez que te despertaste allá—West le dio una palmada amistosa en el hombro—. Vas a ser el segundo a cargo de la agencia. Vamos a tener miles de aventuras y haremos tanto dinero que no sabremos qué hacer con él.

Se sentaron en el Renault. West se puso el maletín de doctor sobre los muslos. Pacho iba empapado de sudor. En cambio, West parecía más seco que el desierto del Sahara. Pacho sacó un pañuelo de la guantera y se lo pasó por la cara mojada.

—No sé qué quiere decir todo eso de reciclar y reanimar —gruñó—. Esas vainas no tienen nada que ver con detectives. Además, acá no hay detectives. Nadie nos va a hacer caso.

—Son cosas científicas y nosotros vamos a usar la ciencia para resolver casos. Por ahora no tienes que preocuparse por averiguarlo todo. Un par de misterios no le hacen mal a nadie.

—¿Casos? ¿Cuáles casos? A mí no me vengas con cuentos. Yo trabajé en la policía y nadie resuelve nada, que yo sepa.

—Hay miles de casos. El asunto es saber venderse. Estuviste en la policía, ¿no? A ver —West movió los dedos como si exigiera algo—. Menciona un crimen de esos famosos.

Pacho podría haber mencionado a los miles de tipos que la policía secreta de Big Boy había despachado al otro mundo por llevarle la contraria, pero prefirió hurgar en su memoria en busca de otra clase de información.

—Pues está el asunto ese del Carnicero de Belén. Todo el mundo habla de esa vaina.

—¿Viste? —West sonrió como si acabara de ganar una partida de dados—. El carnicero anda suelto. Y ese tipo debe ser sólo uno de tantos.

—Ha de haber miles de carniceros. El problema es cómo agarrarlos.

—Con el método científico —West se dio golpecitos con el dedo en la cabeza—. Eso nunca falla. ¿Y dónde mata gente el carnicero ese?

—En Tegucigalpa.

—Interesante —West asintió con la cabeza—. ¿Ha matado mucha gente?

—Sí. Pero sólo mata niños. O niñas. No recuerdo bien.

—Es un caso notable, sin duda. Pero tenemos que ir adonde haya más crímenes y más dinero. ¿Hay mucho dinero en ese lugar donde anda el Carnicero?

—¿Dónde? ¿Tegucigalpa? Claro que hay dinero para tirar para arriba. Es la capital de Honduras.

West sonrió con satisfacción y se dio una palmada en la rodilla. Señaló al frente como un maquinista que da la orden de salida del tren.

—Genial, muchachón. Pues vamos a Tegucigalpa. ¿Crees que lleguemos en la tarde?

Pacho hizo un ruido burlón.

—Claro —dijo—, pero dentro de una semana.

—¿Una semana? —West arrugó la cara—. Tonterías. No puedo darme ese lujo. Tomaremos un avión.

—Pero eso vale un platal.

—¿Y eso qué? —West sacudió la mano en el aire—. Eres prácticamente el dueño de la policía por estos lados, ¿no? Debes tener dinero guardado en alguna parte o algo que vender. Mientras tanto probaremos con esto en una casa de empeños.

West sacó la pitillera de Stiller del maletín. La superficie metálica relumbró bajo la luz.

—Me tomé la libertad de limarle los distintivos nazis. No quedó tan mal, ¿eh?

Pacho se rascó la barba de tres días.

—¿Qué esperas? —dijo West—. No quiero estar recordándote a cada rato que me debes un par de favores. Si no tienes un centavo a tu nombre, no hay problema. Siempre podemos usar una de estas.

Mostró las tres pistolas que llevaba escondidas dentro del maletín de doctor.

—No pienso asaltar bancos —rezongó Pacho.

West no le hizo caso.

—Con este arsenal y tu credencial de policía, el cielo es el límite.

Pacho suspiró y encendió el motor. Aunque no había visto señales del guardia, no preguntó por él. En cambio, no pudo aguantarse las ganas de averiguar algo más.

—¿Qué le pasó a Stiller?

—¿De veras quieres saberlo? Te voy a contestar con otra pregunta —dijo West—. Si yo hubiera escogido a la hermosa agente rubia, ¿crees que ella habría preguntado por ti?

Pacho sacudió la cabeza y se alejó de Agrolsa a quince millas por hora. Cuando llevaba cinco minutos de camino, vio a un sujeto extraño caminando por la orilla izquierda de la carretera. Disminuyó un poco la velocidad para verlo mejor. El tipo era rubio, con pinta de extranjero. Andaba vestido con uniforme negro y botas militares. Tenía la mirada perdida en el vacío. Lo más raro de todo era que iba marchando y saludando con el brazo levantado al frente. También abría y cerraba las mandíbulas, como si gritara, pero ningún sonido le salía de la boca.

Pacho volteó a ver a West. Durante una fracción de segundo, le pareció que giraba con rapidez la cabeza para fingir que no había estado viendo también al sujeto que marchaba por la carretera.

—¿Se fijó en eso? —preguntó Pacho.

—¿En qué?

—Había un cabrón en la carretera haciendo el saludo nazi.

—No, no vi nada. Debe ser porque estoy hasta el gorro de nazis. Ahora dejémonos de estupideces —West señaló el parabrisas—. Vamos por tu dinero y ya. Quiero tener mi trasero en un avión lo más pronto que pueda.

## 26

—¿**R**evivirlo?

Davis se detuvo un par segundos y vio a Kane a los ojos con una mezcla de asombro y sospecha.

—Sí. Eso fue lo que dije. Rápido. Pongámoslo allá.

Kane señaló un lugar sobre la alfombra de agujas de pino que cubría el suelo del bosque. Davis vaciló antes de bajar el cuerpo de Sanderson. Lo dejaron en el suelo, sobre una manta. Davis se vio las manos y brazos manchados con la sangre del millonario.

Kane levantó la cabeza de Sanderson con una mano. Con la otra le abrió los ojos y le buscó las venas del brazo derecho.

—No estamos en un hospital —dijo Davis—. No tenemos cómo revivirlo.

Kane dejó de explorar a Sanderson.

—El tipo está muerto, Jack. Tiene por lo menos tres agujeros en la espalda. Ningún hospital puede ayudarle. Tú mismo puedes comprobarlo.

—Yo paso. Ya he visto suficientes muertos en los últimos días.

Davis sacó un garrafón de lata del Land Rover, lo destapó, echó un chorro de agua sobre un trapo grasiento y se limpió la sangre de las manos. Cuando terminó, tiró el trapo mojado sobre la manta. Kane también se aseó lo mejor que pudo. Se sacó del pantalón la pequeña jeringa y el frasco de vidrio lleno de agente reanimador.

—Pero cuando dices que vas a revivirlo, ¿de qué estás hablando? —dijo Davis.

Kane no contestó. Llenó la jeringa con el líquido amarillo casi fosforescente e inyectó la sustancia en el brazo de Sanderson. Se levantó de un salto y retrocedió sin dejar de ver el cuerpo tendido en el piso. Se sacó la pistola del cinto y la amartilló.

—Te aconsejo estar atento. No sabemos cómo va a reaccionar. Dependiendo de la eficacia del anticoagulante, la reanimación en un caso como este puede tardar de tres a quince minutos.

Davis no se fijó en Sanderson. Estaba más interesado en el rostro fascinado de Kane y en la sonrisa que se le insinuó en los labios.

Se quedaron mudos durante cinco minutos, con la espalda pegada al Land Rover. Estaba atardeciendo. El viento meció las copas de los pinos. Monedas de luz oblicua se deslizaron sobre el cuerpo inmóvil de Sanderson. Davis encendió un puro y se concentró en el cadáver. Soltó una maldición. Se había quemado los dedos con el fósforo.

Al final de los cinco minutos, Sanderson se irguió tan violentamente que Davis no pudo reprimir un grito de terror. Pegó un salto y dejó caer el puro. Buscó a tientas con las manos la carrocería del Land Rover para no caerse. Kane le puso la mano en la espalda para sostenerlo.

—Tranquilo, amigo.

—Esto es cosa del diablo —dijo Davis entre dientes.

—Te seguro que ni el diablo ni los brujos tienen nada que ver con esto.

Sanderson se puso de pie con torpeza. Kane se le acercó y lo hizo girar sobre los talones. Le levantó la camisa. Entre las cinco perforaciones de bala y la sangre coagulada, Davis vio el objeto brillante pegado a la columna vertebral.

—Esto se llama ciencia —Kane levantó el frasco de agente reanimador y señaló el receptor de Halsey—, no brujería.

Davis negó con la cabeza. Levantó las palmas de las manos al frente, como si quisiera detener algo.

—No me gusta para nada, compadre. No quiero tener nada que ver con esto. Una cosa es el dinero y otra es jugar con el diablo.

Kane se acercó a Davis. Llevaba en la mano levantada el frasco de agente reanimador. En la otra cargaba la pistola.

—¿De qué estás hablando? —susurró—. Hasta hace poco trabajabas para los nazis. ¿O ya se te olvidó?

—Eso era por dinero. Es distinto. Pero esto es diabólico.

—Como tú digas. Digamos que tienes razón y esto lo hizo el demonio. ¿Te imaginas lo que pasaría si los nazis lo tuvieran? —Kane le mostró el frasco.

—Da igual, ¿no?

—¿Cómo?

—¡Da igual quién lo tenga! Ellos o nosotros. Es lo mismo.

Kane hizo una pausa en busca de palabras.

—Todos somos iguales. Los nazis. Nosotros. Todos —dijo Davis entre dientes—. Dejaré de llamarme Jack Davis si dentro de un tiempo no empiezan a vender esa cosa en el mercado negro. Es lo que pasa con todas las armas, ¿no?

Davis tiró de una manotada el frasco que Kane tenía en la mano.

—Al diablo con eso —dijo Davis—. No necesitamos esta basura. Tenemos diez mil dólares y podemos ir adonde queramos.

Kane recogió el frasco y lo frotó contra su camisa.

—¿Crees que tirar esto va a servir de algo mientras Halsey y West van camino a Berlín? Tengo que hacer algo para detenerlos, pero no puedo solo. Necesito tu ayuda. Conoces el terreno mejor que yo. También lo necesitamos a él —Kane señaló a Sanderson, que seguía de pie a la sombra de los árboles—. Sólo quiero que me ayudes unos días. Luego haz lo que se te dé la gana.

Davis se deslizó contra el Land Rover hasta sentarse en el suelo. Se cubrió la cara con los dedos. Kane se agachó y le puso la mano en el hombro.

—No puedes echarte para atrás —dijo Kane—. El futuro de la humanidad depende de que detengamos a West.

Davis lo agarró del cuello de la camisa y lo sacudió.

—¿Quién dice que no puedo echarme para atrás? No soy ningún

héroe. Lo único que hice fue salvarte la vida y traerte hasta aquí. Deberías estar agradecido.

—Claro que estoy agradecido, pero tengo que detener a Halsey y West. Alguien tiene que hacerlo. No puedo mandar todo al diablo y largarme de vacaciones a Sudamérica.

—Estás loco, compadre. Dices eso tan campante y acabas de revivir nada menos que a Bill Sanderson, el rey de la minería. Ese tipo ha matado más gente en Centroamérica que los nazis en Europa.

Kane se movió con rapidez. Con el codo apretó el cuello de Davis contra la carrocería y le sacó la pistola del cinto. Se puso de pie de un salto y dio tres pasos para atrás. Amartilló el revólver.

—Pues si no quieres venir, es cosa tuya. Pero no voy a dejar que te pongas en mi camino —Kane le apuntó con el arma—. Ahora hazte para allá y tírate al suelo.

Davis sacudió la cabeza.

—Por las barbas de Júpiter. Ahora estoy seguro de que te volviste loco, compadre.

Kane señaló el piso con el cañón.

—Bocabajo. Apúrate.

Davis se tendió sobre las agujas de pino. Sanderson se tropezó dos veces antes de subirse al Land Rover. Kane agarró la mochila de Davis con una mano mientras con la otra seguía apuntándole. Extrajo un fajo de billetes de la bolsa y se los puso debajo de la camisa. Se sacó la otra pistola del cinto y la metió en la mochila. Tiró la talega y la ametralladora al suelo, lejos del Land Rover. Se subió al carro y encendió el motor.

—Perdóname, Jack, pero no me dejas otra salida. Allí hay una pistola cargada y nueve mil dólares. Dinero es lo que buscabas, ¿no? Pues ahí tienes. Con eso puedes irte tan tranquilo adonde se te pegue la gana.

—Que te jodan —dijo Davis.

Kane arrancó.

—Se les adelantaron, amigo.

El gringo del overol señaló la pista. Bajo las capas de grasa negra que le cubrían la cara se parecía a Al Jolson en *El cantante de jazz*. Se echó la gorra para atrás y siguió limpiándose las manos con el trapo manchado. Abrió la bolsa de papel grasienta y sacó los restos de un sándwich.

Kane vio a lo lejos a dos tipos altos que iban caminando por el pavimento para subirse a la avioneta.

—¿Está seguro de que no cabemos en esa cosa?

Kane señaló la avioneta y luego a Bill Sanderson, que estaba sentado en una silla plegable en la oficina improvisada.

—Caber, sí caben, el problema es que esos tipos pagaron por todos los asientos. Si siguen así, nos van a dar mala fama a los gringos de que no escatimamos gastos.

—Le doblo lo que esos tipos le dieron —Kane le dio una palmada a la pequeña mochila de cuero que llevaba colgada de una mano— si los baja ahorita mismo.

El tipo del overol alzó las cejas y le pegó una mordida al sándwich.

—¿De verdad piensa pagarme dos mil dólares?

Kane titubeó.

—¿Dos mil?

El tipo asintió con la cabeza sin dejar de masticar.

—Ajá. Así como está todo con el toque de queda, el asesino suelto y los atentados dinamiteros, los viajes se han puesto peludos y caros, compadre. Además, uno de los sujetos pagó por exclusividad. Un tipo raro, eso sí. Muy raro. Se me olvida el nombre —se rascó la cabeza y se lamió la mostaza de los labios—. Wagner. Winston. Algo así. Pero nos da igual quién se suba con tal que pague. Ya hemos tenido buscapleitos a bordo y créame que los ponemos en cintura.

El tipo se sacó una pequeña pistola del overol, se la mostró a Kane y volvió a guardarla.

—Le doy mil —Kane sacó los billetes de la mochila—. ¿Qué le parece? Sólo tiene que meternos en esa cosa ahora mismo. No nos importa ir apretados.

Kane señaló con la barbilla la pista donde la avioneta iba girando perezosamente sobre el pavimento. El sol rojizo de la mañana rebotó en las ventanillas.

El tipo del overol volvió a rascarse la coronilla.

—Ni en sueños, compadre. Si agarro esos mil, esos tipos se irán con sus dos mil a buscar otra manera de llegar a la capital.

Se tragó lo que le quedaba del sándwich y se sacó un periódico sucio del bolsillo trasero del overol.

—Tenga. Mejor lea un rato mientras la avioneta regresa. Claro que sólo va a regresar si usted paga por adelantado.

Kane vio el punto oscuro de la avioneta haciéndose cada vez más pequeño contra el cielo pálido. Se metió el periódico bajo el brazo. Con mano temblorosa puso los diez billetes de cincuenta dólares en la mano sucia del sujeto.

—Ya le hago su recibo —el tipo del overol soltó una risotada después de hacer una pausa—. Es broma, amigo. Cero recibos.

Kane fue a sentarse junto a Sanderson. Levantó la mano derecha y la vio fijamente. No podía controlar los temblores. Sabía a qué se debían, pero no estaba dispuesto a reducirlos inyectándose una dosis del compuesto reanimador. Halsey y West se habían convertido en adictos, pero eso no iba a ocurrirle a él. Apretó los párpados y se quedó quieto un par de minutos. Volvió a abrir los ojos y desplegó el ejemplar viejo del New York Planet.

60,000 DÓLARES POR CUALQUIER INFORMACIÓN

SOBRE BILL SANDERSON

Un dedo grasiento se posó encima de la primera plana y obligó a Kane a bajar el diario.

—Ya recordé cómo se llama el tipo ese —dijo el gringo del overol sucio—. Un tal Herbert West.

## 27

—Técnicamente, no estamos obligados a pagarle la recompensa al representante del señor Sanderson.

El secretario Pineda pronunció con tono de burla la palabra representante y dio un golpe con los dedos sobre el sucio ejemplar retrasado del New York Planet.

—¿De verdad? —dijo Macías.

El presidente volvió a ver a Brian Kane de pies a cabeza.

—Por supuesto —dijo Pineda—. Tenemos varios motivos. En primer lugar, no sabemos si aquel hombre de allá es realmente Bill Sanderson. Tampoco nos consta que este caballero —señaló a Kane— es su representante. De hecho, ni siquiera estamos seguros de que no haya sido él quien lo secuestró. Y, en cuarto lugar, no quedó claro en ningún momento que nuestro gobierno iba a responsabilizarse del pago de ninguna recompensa. Los sesenta mil dólares los está ofreciendo la familia de Sanderson. No es asunto nuestro. Sólo facilitamos las operaciones para devolver sano y salvo a Bill Sanderson a su familia.

—¿Entonces no firmamos ningún papel?

Pineda negó con la cabeza.

—Por supuesto que no, señor presidente. Todo fue un acuerdo verbal con el agente Gus Palmer.

—¿Y quién carajo es el tal Palmer? ¿Y por qué anda la cara tapada?

Macías señaló la pañoleta oscura que Sanderson llevaba atada a la cara.

Pineda no dejó que Kane contestara.

—Palmer es el representante de Bill Sanderson. El de a de veras.

Kane no se fijó en la mirada de desprecio de Pineda.

—Tenemos varias razones —dijo Kane—. La principal es mantener el anonimato. Sanderson es famoso y este país está hirviendo de mercenarios que quieren echarle la mano encima. Además de tener cáncer avanzado, la pasó muy mal cuando caímos en manos de los piratas. Lo golpearon en la garganta y la cabeza y ya no puede hablar ni coordinar bien los movimientos. Si quieren que perdamos el tiempo, puedo contarles la historia completa.

—¿Piratas? —Macías torció la cara—. ¿Cuáles piratas? ¿No era que nadie podía salir al mar por el estado de emergencia?

—¿Lo ve? —Pineda sonrió con desprecio—. Son las típicas tácticas de un estafador barato.

—Cierre el pico —gruñó Macías—. Ya estoy crecidito para ver si me quieren estafar o qué. Y si así está la cuestión, pues para eso está la escuadra de fusilamiento.

Pineda levantó la barbilla y se echó atrás para dejar pasar al presidente. El teléfono encima de una mesita estilo rococó empezó a sonar. Macías no le puso atención al timbrazo. Volteó a ver a Kane y señaló con la mano la cara de Sanderson.

—A ver, usted, quítele esa cosa.

Kane se acercó al millonario, le desató la pañoleta y le dejó la cara al descubierto. Macías se inclinó para acercar su rostro al de Sanderson.

—Carajo. Sí es Bill —susurró el presidente después de un buen rato de examinar la cara devastada del millonario—. Hecho una mierda, pero es él.

—Claro que sí —dijo Kane.

Macías volvió a erguirse y señaló a Sanderson.

—He platicado mil veces con este tipo y estoy seguro de que es Bill Sanderson. Está claro como el agua del río Choluteca. ¿Está seguro de que no puede hablar? Se ve normal, aunque está más flaco que un cadáver. Y ese color. Parece actor de película de vampiros.

—Es una estafa, señor —la voz de Pineda se volvió súbitamente aguda—. No les haga caso.

Macías clavó la mirada en su secretario. A Pineda se le fueron los colores de la cara.

—Se me va saliendo ya.

—Pero, señor —comenzó a decir Pineda.

—¡Ahorita!

Macías volvió a hablar hasta que Pineda estuvo fuera del despacho.

—Bueno, pongámonos de acuerdo.

Macías se acercó al teléfono que estaba sobre una mesita y levantó la bocina. Le dio al espalda a Kane, susurró algo y colgó.

—Gracias, pero no quiero dinero —dijo Kane—. Sólo quiero que detengan a un hombre.

—¿Cómo? —Macías dio media vuelta.

—Que no busco la recompensa. Lo único que me interesa es que arresten a un sujeto peligroso.

Macías suspiró y se enganchó los dedos en el chaleco.

—¿Cuál recompensa? ¿Usted cree que llamé al banco? Pues no, mijo. A quien llamé fue a la policía secreta para que se encargue de este asunto mientras buscamos al tal Palmer.

Kane retrocedió y buscó con la mirada una ruta de escape. En ese momento tocaron a la puerta. Macías ordenó que pasaran, pero en lugar de un destacamento policial entró un sujeto con pinta de oficinista que titubeó y se secó la frente con un pañuelo antes de hablar.

—Señor presidente —dijo—. Es sobre su señora madre, doña Rosina.

El rostro de Macías se ensombreció.

—¿Qué pasa con ella?

El mensajero trató de hablar, pero las palabras se le enredaron en la boca.

—¿Está muerta? —dijo el presidente.

La pregunta de Macías fue la señal de que el mensajero podía hablar sin titubeos.

—Lamentablemente así es, señor. Fue hace veinte minutos. Llamaron del San Felipe para avisar. Ya arrestaron a varios de los doctores para deducirles responsabilidades. También el doctor Villaurrutia está a buen recaudo en las bartolinas y esperamos órdenes presidenciales para proceder. Villaurrutia pidió llamar al representante mexicano en el país, pero no le hicimos caso.

Fue como si al presidente le hubieran roto un resorte por dentro. Se quedó inmóvil, con la boca abierta y los brazos colgándole a los costados. Kane se apartó lo suficiente para poder observarlo sin llamar la atención. Había sacado el frasco de agente reanimador. Mientras lo apretaba con los dedos fue repasando, punto por punto, todas las cosas que Sanderson le había contado. Se felicitó por haber decidido permanecer oculto dos días para sacarle un puñado de historias al millonario con la promesa de no volver a incrustarle el dispositivo de control cerebral de Halsey. Por supuesto, no había considerado en ningún momento la posibilidad de mantener su promesa.

Macías se puso la mano sobre la frente y dio pasos vacilantes por el despacho antes de derrumbarse sobre el sillón presidencial. Kane vio con lástima al mensajero. El pobre sujeto no sabía si irse o quedarse. Kane se acercó a él, le puso la mano en el hombro y lo condujo con delicadeza hacia la puerta. Después de cerrar, se plantó delante del escritorio de Macías.

—Señor presidente, puedo ofrecerle una solución.

Macías levantó la cabeza, pero no dijo nada. Parecía más muerto en vida que el propio Kane.

—Escúcheme bien. Tengo años de ser la mano derecha de este gran hombre —Kane señaló con el pulgar a Sanderson— y me lo contó todo sobre ustedes.

Macías arqueó las cejas. No trató de interrumpirlo.

—Las sesiones espiritistas, las sociedades secretas, toda esa gente que trató de estafarlos durante años con el cuento de que podían hacer contacto con el otro mundo. ¿Recuerda lo qué pasó en la casa del ministro Salinas?

Macías se enderezó bruscamente.

—¿Cómo sabe eso?

Una ligera sonrisa se paseó por el rostro de Kane.

—Es imposible olvidar esa noche en la casa del ministro, ¿no?

—No lo entiendo.

—No hay nada que entender. Sanderson me contó cómo terminó esa plática con el más allá. No lograron que ningún muerto los visitara, pero sí mandaron al ministro y a su familia al otro mundo.

Macías agarró un abrecartas. Intentó ponerse de pie, pero no lo logró. Volvió a sentarse. Soltó el abrecartas, que tintineó contra el piso de mosaico.

—¡Cállese!

El presidente masticó las palabras. Se apretó el lado izquierdo del pecho. Estaba sudando a chorros y temblando de cuerpo entero.

—Sh, tranquilo —Kane levantó la mano con gesto conciliador—. Ese dolor es sólo gas que se le sube al pecho. Comió mucho y muy rápido. Tranquilo. Ya se le va a pasar.

Kane se acercó al escritorio y puso las palmas abiertas de las manos sobre la superficie de madera pulida. Echó hacia adelante el cuerpo y vio a los ojos al tirano.

—Respire hondo. Así es. Muy bien. ¿Cómo se siente?

—Mejor, carajo.

—Okey.

Kane levantó el frasco de líquido brillante y lo acercó a la cara de Macías.

—Esto puede devolverle la vida a su madre. No. No estoy loco ni soy uno de esos espiritistas de pacotilla. Puedo demostrarlo cuando usted quiera. Pero antes de hacerlo necesito que me garantice algo.

—¿Qué?

—Que va a arrestar a un gringo llamado Herbert West.

## 28

—Sanderson me contó cómo terminó esa plática con el más allá. No lograron que ningún muerto los visitara, pero sí mandaron al ministro y a su familia al otro mundo.

El secretario Lauro Pineda escuchó atentamente las palabras de Kane y pegó más la cara al agujero en la pared. Vio cómo Big Boy se derrumbaba en el sillón y dejaba caer el pequeño puñal al suelo.

Pineda se frotó los ojos. Imposible. El tipo ese, Kane, si es que se llamaba así, tenía al gordo en sus manos. Conocía secretos que ni el mismo secretario de la Presidencia conocía. Y eso que Pineda llevaba meses espiándolo desde que el idiota de Big Boy había acondicionado para él un despacho pegado al suyo.

No recordaba haber visto nunca al gordo en ese estado. Sonrió, pero la sonrisa le duró sólo unos segundos. Kane no era otro estafador del montón. Tenía ases bajo la manga. Podía hacer bailar al gordo como un títere al son que le pusiera. Y eso lo hacía más peligroso. Pineda llevaba años intentando lo mismo. Trucos de cinematógrafo. Falsos libros ocultistas. La imitación del Necronomicón de Abdul Alhazred. Y nada. Nada. Y otro tipo había logrado en cuestión de minutos lo que él no había conseguido en años.

Se acarició lentamente entre los muslos. Caliente. Duro. Concentración. Concentración. Estaba perdiendo el norte. Tenía que concentrarse. Lo había logrado. Hasta ese momento. Meses y meses sin que nadie lo supiera. Sólo tenía que seguir concentrándose y ya. Concentrarse. Concentrarse.

—Esto puede devolverle la vida a su madre —dijo Kane.

Pineda abrió más los ojos. ¿Qué era eso? Un frasco lleno de algo. Amarillo. Brillante. ¿Pero devolver la vida cómo? ¿Y quién era Herbert West? Ah. Entonces un equipo completo estaba detrás de aquella estafa. Azatoth, concédeme la astucia del lobo, príncipe oscuro, tuyo soy, señor, tuyo de pies a cabeza.

—¿Qué es lo que pide? ¿Y cómo puedo saber si esa cuestión de verdad sirve? —dijo Big Boy.

—Sólo quiero que arresten a un gringo llamado Herbert West. Y esta cuestión, como usted la llama —Kane levantó el frasco amarillo—, es infalible. Su amigo, Bill Sanderson, invirtió millones en ella. Vamos a ir a un lugar secreto para llevar a cabo la reanimación. Usted debe tener muchos lugares así, ¿no?

—Mi finca en Zambrano —dijo el gordo—. Nadie nos va a jorobar allí.

Pineda pudo escuchar la respiración alborotada de Big Boy. Como si lo tuviera enfrente. ¿Cuánto le faltaba? ¿Un año, dos, para que le estallara el corazón?

—Perfecto. Pero necesitamos un cadáver fresco para reanimarlo. Cuando usted quede contento con los resultados, podemos inyectar a su madre.

—No sé. Nunca la falté el respeto. ¡Es mi madre, carajo! No es un pedazo de carne del mercado San Isidro.

El gordo se revolvió en el sillón. Pineda lo insultó entre dientes.

—Está muerta, amigo —dijo Kane—. Si usted quiere seguir engañándose, es cosa suya.

—Bueno. Hagámoslo. Si esto sale bien, vamos a agarrar al tal West.

Kane se enderezó. Parecía contento.

—Vamos a pasar por las oficinas de la policía. Ahí fijo tienen algún filete listo para que usted pruebe esa vaina —dijo el gordo—. Y si me está engañando, va a querer no haber nacido.

Kane movió la cabeza.

—Primero vamos a probar la fórmula en el señor Sanderson.

—¿Está loco?

—Él mismo lo pidió. Sólo le quedan unas semanas de vida. Su mayor deseo es ser uno de los primeros sujetos reanimados con éxito en el mundo y honrar la amistad que tiene con usted.

—¿Así de grave está? Me contó que había gastado millones en la cura de esa enfermedad del diablo.

Kane puso el frasco amarillo encima del escritorio.

—Y la encontró. La cura definitiva.

—Bueno —el gordo hizo un gesto de resignación—. Ustedes quédense acá un rato mientras hago los arreglos. Salimos apenas oscurezca en el Packard blindado. Andolini es el chofer. Un tipo de confianza.

Pineda tapó el agujero. Dio media vuelta. Se recostó en la pared. Se vio desnudo en el espejo de cuerpo entero de su pequeño despacho. Se acarició el pecho y la cara. Cerró los ojos. Bajó las manos hasta la barriga. Más abajo. Más. Abrió los ojos. Aun desnudo soy más poderoso que ustedes, más, mucho más. Porque mi padre es Azatoth, señor oscuro.

Se acercó a su escritorio. Rozó con el dedo el botón oculto que hacía saltar la cerradura de las gavetas. Sacó cinco cartapacios, uno tras otro. Los vació. Los fue tirando al suelo. Revolvió las fotografías sobre el vidrio que cubría la superficie de madera. Los recortes de diarios. Se inclinó encima del escritorio. Vio su rostro reflejado debajo de los rectángulos de papel. Comenzó a jadear. Ola de crueles asesinatos sacude a Tegucigalpa. ¿Quién cuida a nuestras hijas del terrible asesino? A babear. Barrios de la capital se cubren de sangre inocente. Belén, donde empezó al reinado del terror. Carnicero asesino vuelve al ataque. A tocarse otra vez, a darse cachetadas que le enrojecieron las mejillas.

Azatoth, contempla mi ofrenda. Pineda buscó como un loco entre las fotos. Sí. Ahí estaban. Las que él mismo había tomado. Las que nadie más que él tenía. Nadie. Ni la policía secreta del gordo asqueroso. Los dedos sin manos, las manos sin brazos, los brazos sin cuerpo, las orejas sin cabeza, los ojos sin cara, las cabezas sin tronco, los chorros blanquecinos sobre el fondo oscuro de la sangre derramada.

Y entre todas, Adela. Completa. Muerta, pero completa. Levantó la foto. La besó. Entera, conservada en hielo, pero muerta. La cubrió de lágrimas y baba.

Muerta.

Pero ya no.

Porque si lo que decía Kane era verdad, entonces Adela iba a levantarse de entre los muertos.

29

Se sirvió otra taza del termo. Estaba esperando que el café hirviente se enfriara un poco cuando vio las sombras saliendo por las puertas del hospital San Felipe. Volvió a revisar sus cosas. Colgó la credencial del espejo retrovisor. Revisó la guantera. Revólver. Balas. La caja en el piso debajo del asiento de al lado. Todo en orden, por obra y gracia del señor oscuro. Bendíceme con la sangre, Azatoth, amante padre.

Las sombras acercaron la camilla al gigantesco Packard presidencial. La vieja Macías. Hija de la chingada. Envuelta en sábanas como un taco chino. Metieron el bulto blanco en el asiento de atrás. Veloces. Medio minuto después habían arrancado.

*265*

Pineda iba a tirar el café por la ventana cuando vio a un mendigo sentado en la acera a cinco o seis metros de donde se había estacionado. Soltó el freno del convertible Buick Special. Avanzó hasta detenerse al lado del hombre envuelto en periódicos.

—Hey.

El mendigo se enderezó en la acera.

—Venga —dijo Pineda—. Le voy a regalar algo.

El hombre se quitó los periódicos de encima y se acercó dando saltitos. Andaba descalzo.

Pineda bajó el vidrio y esperó pacientemente, sin dejar de sonreír. Cuando el mendigo se inclinó junto a la ventanilla, Pineda le tiró el café caliente en la cara. Sonrió mientras escuchaba los gritos de dolor.

Apretó el acelerador. El Buick se deslizó como un falo de hierro dentro de la enorme vagina nocturna.

## 30

—Con cuidado, cabrones.

Macías dijo algo más que Kane y Andolini no alcanzaron a entender. Levantaron el bulto que habían dejado caer al suelo. El chofer se disculpó en italiano. Rosina Macías era una mujer casi tan grande como su hijo Toribio. Mientras el presidente abría la puerta de la mansión de Zambrano, Kane y Andolini se detuvieron para tomar aire, pero no se atrevieron a poner a la muerta en el piso.

Macías entró primero y prendió las luces. Se quitó el sombrero y lo colgó de una percha.

—¿Por qué no le dicen al inútil de Bill que les ayude? —preguntó.

—Apenas puede mantenerse de pie —contestó Kane.

Kane y el ex camisa negra entraron y se quedaron esperando las indicaciones del presidente. El interior de la casona era un auténtico palacio art déco, pero Macías había decidido echar a perder el decorado clavando en las paredes ametralladoras, pistolas, rifles, monturas de caballos y cabezas de jabalís y venados. La sala era tan grande como el atrio de una catedral. La boca de la chimenea medía al menos dos metros por lado.

—Pónganlo allí.

Macías señaló un catre de campaña abierto en medio de la sala. Kane y Andolini pusieron el bulto sobre el catre y le quitaron la sábana de encima. Maniobraron con toda la delicadeza posible.

—¿No hay nadie acá? —dijo Kane mientras preparaba el cadáver.

—Les dije a todo el mundo que se agarrara tres días libres. Sólo se quedó el guardia que vimos, pero está lejos de acá. No va a escuchar nada.

Macías habló en italiano con Andolini. El ex camisa negra se inclinó y salió de la casa sin hacer ruido. Sanderson entró y se quedó de pie en un rincón. Ya no llevaba puesta la pañoleta en la cara.

—Me pone nervioso —dijo Macías—. Parece muerto en vida.

Se refería a Sanderson.

Kane se acercó al presidente.

—Sh. No diga eso —susurró—. Sanderson puede ofenderse y no queremos eso. Los tratamientos para el cáncer lo dejaron peor que antes, así que lo único que tiene que hacer es no ponerle atención.

Kane siguió preparando a Rosina Macías. Cuando terminó, se dirigió a Sanderson.

—Tiéndase allí.

El millonario obedeció de inmediato. Se acostó en el piso de azulejos de la casona y se quedó inmóvil, con los ojos abiertos.

Macías, maravillado, contempló a su amigo.

—Me lleva.

Kane se sacó del bolsillo el frasco de agente reanimador y dos jeringas. Los puso en una cómoda junto a la chimenea. Se inclinó para susurrar algo al oído de Sanderson. Volvió a erguirse.

—Estamos listos.

—Un minutito —dijo Macías.

El presidente agarró un taburete. Se acercó a la pared y descolgó uno de los revólveres y una ametralladora. Kane vio con nerviosismo la puerta principal de la mansión. Macías revisó las dos armas.

—Perfecto —dijo—. Ahora dígame dónde le pego los tiros.

Kane levantó las manos al frente.

—No queremos destruir el cuerpo. Sólo matarlo. El agente reanuda la actividad cerebral, pero no está hecho para volver a armar un cuerpo despedazado.

—¿Entonces para qué sirve esa vaina? —bufó Macías.

—Eso es lo que vinimos a ver, ¿no?

Macías tiró el revólver al suelo y arrojó la ametralladora con tanta fuerza que golpeó con ella la puerta principal.

—Carajo. ¿Y entonces qué hacemos?

—Estrangularlo.

—¿Usted va a hacerlo?

—No. Usted.

Macías dio dos pasos para atrás.

—Ni loco. No pienso matarlo. Es mi amigo desde hace años. He tenido sospechas de él, pero sospechar de todo el mundo es parte de mi trabajo.

—No perdamos el tiempo. Mientras más nos tardamos, es más probable que el agente reanimador no funcione en el cerebro de su madre.

Macías se mordió un puño.

—Carajo.

—Apúrese —Kane le pasó un estetoscopio y un diminuto espejo que se había sacado del pantalón—. Luego revise los signos vitales de Sanderson. Oí decir que usted es doctor.

Macías hizo una mueca.

—Casi. Llegué al segundo año. Pero sí sé para qué sirve esta vaina —levantó el estetoscopio.

Tardó otro minuto en decidirse. Al final se puso de rodillas junto a Bill Sanderson y se persignó dos veces. El millonario seguía con los ojos abiertos fijos en el cielo raso de enormes vigas de caoba. Macías le rodeó el cuello con las manos, pero no lo apretó.

—Dígale que cierre los ojos, carajo.

Macías estaba moqueando. Kane le ordenó a Sanderson que apretara los párpados. Macías volvió a persignarse y a rodearle el cuello con las manos. No sólo apretó. Le echó encima sus trescientas libras mientras cerraba los dedos.

—¡Ya muérete, cabrón!

Sanderson dejó de mover las piernas y se quedó inmóvil. Macías revisó los signos vitales. Cuando acabó, tiró lejos el estetoscopio y el espejo. Se echó para atrás y se sentó en el piso. Estaba lloriqueando.

—Está muerto —dijo con voz cortada.

Kane no se molestó en tranquilizarlo. Se arrodilló junto a Sanderson y obró con rapidez. Cuando volvió a ponerse de pie, mantuvo en alto la jeringa vacía y contempló, fascinado, cómo el millonario revivía por segunda vez.

31

Detuvo el Buick. Bajó el vidrio para saludar al guardia.

—Don Lauro, ¿qué me cuenta?

El guardia se inclinó para ver por la ventanilla. Se puso dos dedos en la frente y sonrió. Volvió a erguirse y se recostó en la pared de la caseta de vigilancia. Dejó de apoyar la mano en la culata de la pistola que llevaba al cinto.

—Pues acá —Pineda mostró los dientes en la oscuridad—. ¿Y usted qué tal? ¿Cómo está la familia? La niña pequeña ya ha de estar crecidita, ¿verdad? ¿Le dio el juguete que le traje la vez pasada?

El guardia sacudió una mano en el aire.

—Le encantó. Pues acá más o menos, licenciado. Pasándola.

—Qué bueno.

Hicieron una pausa incómoda que el guardia rompió con voz quejumbrosa.

—Mire, lic, usted me va a perdonar el atrevimiento, pero el doctor Macías me dio órdenes terminantes de no dejar entrar a nadie. Usted me va a perdonar, ¿verdad?, pero es que órdenes son órdenes.

—Claro, hombre, cómo no. El trabajo es el trabajo.

—Así es.

—Pues ni modo —suspiró Pineda—. Pero fíjese que antes de irme le quiero dar algo.

Pineda agitó en el aire un paquete blanco atado con un lazo.

—Ah qué don Lauro, siempre tan amable. No se hubiera molestado.

—No es molestia, hombre. Venga para que se lo dé. No tenga pena.

El guardia se acercó a la ventanilla y se inclinó para agarrar el paquete. El brillo alargado en medio de las sombras lo hizo parpadear. Estaba a punto de preguntar algo cuando la larga hoja metálica se le clavó en el cuello y le atravesó el paladar. El metal volvió a partirle dos veces más la garganta.

Retrocedió en busca de aire. Dio tres pasos antes de tropezar y caer de espaldas. Se puso a dar patadas en el suelo mientras se agarraba el cuello. En cuestión de segundos, la sangre le había cubierto el pecho como una sábana. Dejó de retorcerse y se quedó quieto.

Pineda salió del Buick y echó ojeadas rápidas alrededor. Limpió el largo estilete en la camisa del guardia y lo dejó sobre su pecho. Abrió la cajuela iluminada. Extrajo dos juegos de guantes de látex. Se puso dos en cada mano. Tenía dos o tres gotas de sangre en la pechera del traje. Sacó un trapo, una linterna, una bolsa para basura y una funda grande de tela impermeable. Prendió la linterna. Revisó la carrocería y la capota retráctil del convertible. Usó el trapo para limpiar las manchas que encontró.

Aunque el guardia era de estatura normal, le costó un mundo meterlo en la funda. Fue menos difícil ponerlo en el asiento trasero forrado de plástico resistente. Bajó la capota del convertible y tiró el bulto adentro. Cuando terminó, tenía un poco más de sangre en el traje. Se detuvo un momento para descansar y fumar uno de los cigarrillos que había sacado de la camisa del guardia.

Aplastó la colilla en el suelo. Nada de incendios. Nada de imprevistos. Que las autoridades no se presentaran en la finca tan pronto. Iba a dejar señales. Eso sí. Pero sólo las convenientes. Azatoth, ilumíname con tu cetro de fuego. ¿Sería buena idea achacarle el asunto al Carnicero? Llevaba varias semanas pensando en un segundo asesino para despistar más a las autoridades. No le gustaba tener dudas. Pero lo de Kane lo había tomado por sorpresa. No le había quedado de otra que actuar sin darle tantas vueltas al asunto.

Se quitó toda la ropa y los zapatos y los metió con cuidado en la bolsa de basura. Se frotó el cuerpo desnudo con las manos. Hacía frío, pero Azatoth lo calentaba con su brillante fuego. Tiró algo de tierra con los pies sobre el charco de sangre. Se metió con el Buick por el sendero de tierra. Descendió del carro para bajar la tranca. Era noche de luna llena. Siguió conduciendo con los faros apagados. La grava brillaba bajo la luz fantasmal.

Tal como esperaba, no se topó con más guardias en el camino. Dobló a la izquierda. Tomó un sendero más estrecho. Prendió los faros y avanzó con cuidado. Cuando vio las señales del antiguo pozo, frenó y apagó el motor. Tardó un poco en quitar las ramas que cubrían la boca del pozo. Dudó un minuto antes de tirar el cuerpo en el profundo agujero sin sacarlo de la funda. No le gustaba desperdiciar nada.

Extrajo de la cajuela la máscara de cuero rojizo, la almádana y el estilete. Estuvo a punto de ponerse la pistola con sobaquera sobre el tórax desnudo. Al final prefirió no hacerlo. Se puso la máscara y empezó a caminar sobre las hojas húmedas. El duro entrenamiento le había endurecido la piel del cuerpo y las plantas de los pies. Azatoth reducía su dolor. Gracias, señor oscuro. Llevaba las armas cruzadas sobre el pecho mientras corría entre las columnas de luz de luna. Divisó a lo lejos la fachada iluminada de la mansión de Macías. Se agachó instintivamente. Agazapado, se fue acercando lentamente al límite del bosque. Un poco más allá, frente a la casona, la calle de grava giraba como una serpiente brillante mordiéndose la cola.

Andolini estaba fumando junto al Packard. Pineda vio la gorra del italiano y los copos de humo flotando en el aire helado. Puso las armas en el suelo. Volvió a frotarse los brazos y las piernas con las manos y se preparó con una breve oración.

Se acercó sin prisas al enorme automóvil negro. Se agachó detrás de la carrocería y fue rodeándola poco a poco. Esperó unos minutos. Se asomó para ver qué estaba haciendo el chofer. Andolini parecía estar a punto de dormirse de pie. Había dejado de fumar y tenía la barbilla apoyada en el pecho.

Pineda contuvo la respiración. Sentía menos frío. Caminó agachado sobre la grava hasta detenerse a unos centímetros del italiano. Agarró con fuerza las armas. Se incorporó con lentitud. Estaba tan cerca que podía ver bajo la luz lunar los vellos en la nuca de Andolini y el ligero vapor que le salía de la nariz.

En contra de lo que Pineda esperaba, Andolini no se derrumbó con el primer golpe de almádana en la sien izquierda. Dijo algo incomprensible en italiano, se quitó la gorra a manotadas y trastabilló por el camino. Pineda lo siguió de cerca, atento a cada movimiento. Cuando Andolini hizo el intento de buscarse algo bajo la chaqueta negra, le dejó caer de nuevo la almádana sobre la cabeza.

Andolini se derrumbó de espaldas en el suelo. El segundo golpe de almádana le había aplanado como un plato la parte superior de la cabeza. Pineda se sentó a horcajadas sobre él. Le abrió la chaqueta. Le sacó la escuadra de la sobaquera y la tiró a un lado. Hundió el estilete diez veces en el lado izquierdo del pecho del chofer y se levantó de un salto.

El italiano boqueó y revolvió la grava con los talones hasta quedarse inmóvil. Era una visión que siempre había fascinado a Pineda. No era sólo el testigo. Era también el hacedor. Gracias, Azatoth, por darme el poder.

Echó una mirada alrededor. Nada. Ningún ruido. Sólo los grillos. Una lechuza ululó a lo lejos entre las copas de los árboles oscuros. Sacó las llaves del Packard de la chaqueta de Andolini. Jaló el cadáver hasta un arriate cercano y lo metió entre los arbustos. La grava se había chupado la sangre.

Agarró la escuadra del chofer. Extrajo el cartucho, lo revisó y volvió a meterlo. Cerró con suavidad la pesada portezuela del Packard. Se acercó a la puerta de la mansión y pegó la oreja a la madera fría. En la sala de la mansión, alguien estaba pidiendo ayuda a gritos. Entró con rapidez y recogió la ametralladora que estaba tirada en el suelo.

32

Se estremeció como un epiléptico.

Las venas de Sanderson se hincharon en el cuello y los brazos.

Parecían a punto de estallar.

Macías gritó. Se apartó raspando el suelo con los talones y deslizando las nalgas sobre el piso de mármol. Kane se agachó con rapidez, recogió el revólver del suelo y lo amartilló haciendo el menor ruido posible.

Sanderson abrió los grandes ojos azules. Una red sangrante le rodeaba las escleróticas. Se irguió de golpe, como si una espiral metálica se liberara dentro de su cuerpo. Permaneció sentado en el piso mientras giraba la cabeza hasta contemplar a los ojos a Macías.

El presidente volvió a soltar un grito de horror. Tenía la pechera del traje cubierta de babas. Kane no le hizo caso. Mantuvo el revólver apuntando al suelo y esperó. Macías se puso de pie y corrió a esconderse detrás de un armario.

—Todo está en orden, señor presidente —dijo Kane tras cinco minutos de espera—. Levántese, Sanderson.

El millonario obedeció. Cuando estuvo de pie, se sacudió el polvo de la ropa. Se movía con más torpeza que antes, pero no parecía amenazante. Kane puso la pistola en el suelo y la alejó de una patada. Volteó ayer a Macías.

—¿Lo ve? Funciona. Se lo dije.

Kane indicó un rincón de la sala.

—Quédese allá y cúbrase la cara.

Sanderson dio un ligero salto y se encaminó al lugar que Kane había señalado. Se amarró la pañoleta sobre la cara y se quedó inmóvil.

Macías volvió a persignarse. Se acercó a Sanderson y le pasó la mano frente a la cara. El millonario sólo movió los ojos. Macías rezó en voz baja.

—Del maligno cuídanos, Señor —susurró—. Esta es cosa del infierno.

—Es ciencia — Kane levantó un dedo—. Ciencia. No es brujería ni religión. No lo olvide.

—Me lleva —después de una pausa, el rostro de Macías se iluminó—. Con esa cosa uno puede conquistar el mundo. Podemos revivir a miles de muertos y ponerlos a trabajar las veinticuatro horas en las bananeras y mineras.

—¡Cállese!

El grito hizo saltar a Macías. Kane se inclinó sobre el catre. Levantó los párpados de la madre del presidente para revisarle los ojos.

—Aunque lleva varias horas muerta, el compuesto va a funcionar.

—¿De verdad?

—Claro.

Kane comenzó a desabotonarle la blusa.

—¿Tiene que hacer eso? —dijo Macías—. Ordené que no le hicieran la autopsia, como usted me dijo.

—Excelente.

Kane dejó de abrirle la blusa y llenó otra jeringa. Le quedaba muy poco agente reanimador.

—Se ve en buen estado. ¿De qué murió?

—Tumor cerebral.

Kane titubeó mientras revisaba la nuca de la muerta.

—¿Tumor cerebral?

—Sí.

Kane suspiró, contrariado. Fijó la mirada en el suelo. Mantuvo en alto la jeringa y esperó un minuto. Luego actuó sin pausas. Levantó la cabeza de Rosina y le inyectó el compuesto en el cuello. Puso la jeringa en el suelo y se alejó deprisa del catre. Levantó un brazo para impedir que Macías se acercara a su madre.

—Todavía no.

Kane contuvo la respiración. Rosina no se movió. Tenía las plantas de los pies cubiertas de las rajaduras comunes en las personas que han andado descalzas durante muchos años. Debido a que el rigor mortis aún no se había manifestado, el brazo izquierdo colgaba fuera del catre. Los dedos rozaban el suelo y se reflejaban en las planchas de mármol pulido. Macías apretó los puños y vio fijamente a Kane. El presidente iba a decir algo, pero un extraño ruido se lo impidió.

Era la garganta de Rosina. No era un sonido tranquilizador. No se trataba de la voz suave y tierna que seguramente Big Boy estaba acostumbrado a escuchar desde que era apenas un jovencito, pero a él pareció no importarle.

—¿Mamá?

Macías estaba temblando. Intentó agregar algo, pero su voz se trizó. Se mordió los puños. Kane volvió a levantar el brazo para impedir que se acercara al catre. El ruido bronco siguió saliendo de la garganta de Rosina. Era una combinación de rugido y metal arrastrado sobre una superficie de concreto. No era una voz humana. El sonido cesó tan de repente como había empezado.

Rosina se enderezó bruscamente hasta sentarse en el catre. Tenía los ojos tan abiertos que parecían a punto de saltarle del cráneo. Levantó las manos y las examinó sin parpadear. Mientras las estudiaba, hizo muecas que le retorcieron el rostro, abrió y cerró la boca como si intentara decir algo, pero fue incapaz de articular una sola palabra. El cabello cubierto de canas se había convertido en cuestión de segundos en un nimbo rojizo parecido a un estropajo de cobre electrizado.

—Mamá, soy yo, Toribio —Macías se tocó el pecho y asintió con la cabeza—. Soy yo.

Rosina dejó de verse las manos y levantó los ojos. No había parpadeado una sola vez. Contempló a su hijo, pero no hizo ningún gesto de reconocimiento.

Todo ocurrió con rapidez. Macías bajó de una manotada el brazo de Kane y empezó a correr en busca de su madre, pero no llegó demasiado lejos.

Con una velocidad y una energía que no correspondían a su cuerpo ni a su edad, Rosina apoyó ambos brazos en la armazón del catre y se impulsó como un proyectil. Se levantó en el aire como una arpía y descendió a cinco metros del catre de campaña. Se plantó en el suelo por una fracción de segundo. Luego dio otro salto y se lanzó encima de su hijo. Kane se hizo a un lado. Rosina rodeó con las piernas cubiertas de venas hinchadas el grueso abdomen del presidente y le puso las manos a los lados de la cabeza.

Macías soltó un grito de dolor y comenzó a dar puñetazos desesperados sobre los riñones de Rosina. Era como pegarle con una pluma de gallo a un saco de cemento.

—¡Ayúdeme! ¡Quítemela de encima!

Macías no pudo decir nada más. Rosina le metió la mano en la boca hasta la muñeca. Cuando la sacó, traía algo parecido a una anguila entre los dedos. Era la lengua del presidente. Intentó arrancarla de un tirón, pero estaba tan resbalosa que se le escapó de entre los dedos. Macías comenzó a dar zancadas enloquecidas por la sala.

Kane pareció despertar. Se acercó a Rosina y le jaló con todas sus fuerzas el erizado cabello rojizo. Luego trató de apartarla a tirones del presidente, pero estaba pegada como una sanguijuela. Kane recogió la pistola del suelo. No pudo disparar. El gatillo no se movió. Agarró el arma por el cañón y le dio a Rosina un golpe en la cabeza que la hizo reaccionar. Rosina dejó de apretar la cabeza de Macías. Levantó un brazo y azotó con tanta fuerza el pecho de Kane que lo hizo volar cinco metros por el aire hasta caer de espaldas en el suelo. Kane aulló de dolor.

Macías se tropezó y se derrumbó de espaldas. En la sala se escuchó claramente cómo se rompían los huesos de las piernas de Rosina, pero no mostró ningún signo de dolor. Los ojos le daban vueltas como tiovivos. Sacó la lengua. Estaba rígida como una punta de lanza. Bajó de golpe la cabeza como un pájaro que picotea una semilla. La lengua entró limpiamente en la órbita y reventó el globo ocular derecho de Macías. El grito del presidente retumbó en la sala medio vacía. Kane hizo una mueca de asco y se alejó deslizándose por el piso.

Rosina levantó la mano derecha. La contempló con mirada impasible. Parecía llevar puesto un guante rojo. Contrajo todos los dedos, menos el índice. Echó el brazo hacia atrás para tomar impulso y lo clavó en el oído de Macías. En lugar de aullar de dolor, el presidente vomitó. Rosina sacó el dedo de un tirón. La piel le colgaba como una cáscara de plátano alrededor de las dos primeras falanges. Bajó la mano derecha. Levantó la izquierda y contrajo los dedos, menos el índice.

Justo cuando estaba moviendo el brazo izquierdo como un pistón, Rosina dio un salto hacia atrás mientras el pecho le estallaba en pedazos.

## 33

La ráfaga la levantó del suelo y la hizo caer a dos metros del presidente.

Macías se había desmayado. Entre él y su madre quedó un reguero de sangre y pedazos de carne.

Kane volteó a ver al sujeto enmascarado que acababa de mandar a la madre del presidente por segunda vez al otro mundo. El tipo no bajó el cañón de la ametralladora. En cambio, lo dirigió hacia donde Kane había comenzado a reptar en busca del revólver. Disparó otra ráfaga de advertencia que hizo llover granizo de concreto. Dio media vuelta y le disparó a Sanderson, que había comenzado a dar zancadas torpes por la sala. La ráfaga despedazó la cabeza del millonario. El cuerpo se desplomó al suelo y siguió sacudiéndose durante unos segundos antes de quedarse inmóvil.

—No se mueva —el enmascarado volvió a apuntarle a Kane—. Si se queda quieto, no le vuelo la cabeza. Ya vio que no ando con cuentos.

Kane levantó las manos para que el sujeto pudiera verlas. Estaba boquiabierto. El enmascarado andaba completamente desnudo. Estatura media, piel clara, todo músculo, piernas firmes, cabeza grande. El pequeño falo se balanceaba entre la espesa mata de vello negro, bajo la cicatriz con forma de media luna.

El sujeto señaló con el cañón las esposas colgadas de un clavo en la pared y el frasco de agente reanimador.

—Póngase esas. Y no se acerque a esa botella.

Kane sostuvo las esposas con un dedo para fingir que las había cerrado.

—Déjese de jueguitos y ciérrelas bien. En mis tiempos fui soldado. Así que no se pase de vivo si no quiere que lo queme.

Kane obedeció.

—Así está bien. Ahora siéntese en el suelo y se me queda quieto.

Sin dejar de apuntarle a Kane, el enmascarado se acercó al presidente. Se agachó y le tocó la garganta.

—Está vivo. Es un viejo duro. Tenemos mucho que hacer antes de que venga algún metiche. A usted le va a tocar echarse al gordo encima y llevarlo al carro. Muévase y no haga tonterías.

34

Tres horas después, había terminado de deshacerse de los cuerpos tirándolos al pozo. También limpió lo mejor que pudo el estropicio en la mansión de Zambrano.

Pineda trabajó con rapidez y eficiencia. Se puso ropa limpia de Macías. Le quedaba muy grande, pero no le importó. Usó un par de ganchos para reducirla de tamaño. Para terminar se puso la gorra de Andolini. También le quedaba floja, pero era incluso mejor. Así iba a costar más que le vieran la cara si lo obligaban a bajar el vidrio teñido del Packard.

Salió de la casona. Iba a cerrar la puerta trasera del carro del presidente, pero lo distrajeron las molestas sacudidas de Kane. Pineda, decepcionado, movió la cabeza.

Fue a abrir la cajuela y regresó poco después con un trapo en la mano. Se echó encima de Kane y se lo apretó contra la cara. Las esposas, la soga en los tobillos y la mordaza no eran suficientes. Kane se debatió como un condenado hasta que el cloroformo lo noqueó. Pineda cerró la puerta, se sentó tras el volante y prendió el motor. Esperó un rato antes de arrancar.


Ningún retén detuvo al Packard del presidente. Los policías y soldados se cuadraron e hicieron el saludo marcial al paso del carro blindado por las calles de Tegucigalpa. La sensación le agradó tanto que dio varias vueltas por la ciudad sólo para pasar por los retenes al menos dos veces. En una ocasión se atrevió a bajar el vidrio teñido para responder al saludo.

No fue difícil meter el gigantesco Packard en el estacionamiento de la casa en el barrio Los Dolores. Aún era de madrugada y los vecinos estaban acostumbrados a que el carro de Macías llegara de vez en cuando a la casa del secretario de la Presidencia. El único saludo que recibió fue el ladrido de los perros del vecindario y la voz de su madre desde el segundo piso.

Antes de cerrar el portón cubierto de enredaderas, Pineda creyó ver una silueta oscura asomada a las ventanas de la casa de enfrente. Conocía a los dueños. La hija menor era bella como un jazmín. Se detuvo un momento para escuchar el sonido de la pelota de la niña rebotando en la sala de la casa vecina. Luego una voz severa. La pelota dejó de rebotar. Pineda sonrió.

—Voy, mamá.

Subió las gradas y entró en el cuarto. La anciana estaba sentada en la orilla de la cama, bajo la luz opaca de una lámpara de mesa.

Pineda le besó el pelo. Ella le acarició la cabeza.

—¿Estás bien, Laurito? ¿Y esa cosa que andas puesta?

—Sí, mamá, estoy bien —dijo Pineda con una mezcla de exasperación y cariño.

Se quitó la gorra de Andolini y la tiró sobre una silla y se pasó la mano sobre la calva brillante.

—Hasta que por fin hacés caso de taparte. Te he dicho que el sereno te puede hacer daño.

—Sí, mamá, gracias.

Ella buscó su cara con los ojos lechosos y le apretó los brazos por encima del traje demasiado grande.

—¿Ya comiste? Te siento más flaco.

—Sí, ya comí.

—Te dejé algo de pollo y arroz.

—Gracias, mamá. Qué rico.

Pineda le dio la espalda. Agarró un jarro de la mesita junto a la cama y llenó un vaso de agua. Levantó un frasco de pastillas de la mesa.

—Tómese esto.

Ella agarró con mano temblorosa las tres pastillas y el vaso de agua.

—¿Qué es?

—Para los nervios.

Pineda le acarició el pelo mientras ella se tomaba el agua. La hizo acostarse de nuevo, la tapó con la sábana y le dio un beso en la frente.

—Poneme una canción para dormirme —pidió la anciana.

Pineda se acercó al tocadiscos y lo prendió. Puso *Perfume de gardenias* y bajó el volumen.

—Esa no —dijo su madre—. Ya sabés que me trae malos recuerdos.

Pineda iba a quitar el disco, pero lo dejó puesto cuando vio que su madre se había dormido.

Bajó a la cocina y se tragó el arroz con pollo en cinco bocados. Lavó el plato y se tomó dos vasos de refresco de jamaica.

Todavía masticando, bajó al sótano y abrió una puerta oculta detrás del armario. Entró en el cubículo vacío excavado en la piedra viva. Hizo correr sobre ruedecillas otra puerta de metal al fondo del cubículo. Apretó el interruptor. La luz se fue arrastrando como un gato gris por los rincones de la cueva.

Pineda se acercó a una de las grandes hieleras grises instaladas en un rincón. Pegó la mejilla al metal frío y lo acarició con dedos trémulos. Abrió la puerta. Desde el lecho de hielo lo saludó el rostro lívido de Adela Salem.

—Te amo, ángel —Pineda inclinó la cabeza, se sacó el frasco de líquido amarillo y lo acercó al rostro de la muerta—. Me odias y lo entiendo. Pero con esto me amarás tanto como yo te amo. Azatoth te puso en mi camino y no pienso abandonarte nunca.

Regresó de inmediato al Packard. Descolgó una carretilla resistente de un gancho en la pared del garaje. Abrió la portezuela derecha. Se apartó a tiempo para dejar caer el cuerpo de Macías.

Pineda suspiró. La noche iba a ser larga.

35

Abrió los ojos. Siempre era extraño despertarse con la seguridad de no haber soñado. Trató de levantar las manos y los pies, pero no pudo. No tardó mucho en descubrir que los tenía rodeados de correas resistentes cerradas con hebillas. También le habían fijado el cuello y el tórax al catre con tiras de cuero. Los resortes, cubiertos con sacos de yute, se le clavaban en la espalda, las nalgas y las piernas.

Tendría que haberle dolido todo, pero esa era una de las ventajas de haber revivido. Se había vuelto resistente al sufrimiento. Tal vez indiferente. El cerebro ya no respondía de la manera normal desde que Herbert le había inyectado el agente reanimador. También había perdido el olfato. Supuso que la cueva donde estaba olía muy mal, pero era imposible asegurarlo.

Si no hubiera sido por los pocos bombillos que colgaban de cables en las paredes, la cueva habría estado completamente a oscuras. El lugar tenía dos puertas, una de metal, grande y corrediza, pintada de rojo brillante, y una más pequeña, también de metal, en el extremo opuesto. Era obvio que lo habían metido en la cueva por la puerta corrediza roja.

Kane se dio por suertudo cuando vio la situación en que se encontraba el presidente Macías. Sólo tenía puestos los calzoncillos. En lugar de fajarlo a un catre sin colchón, lo habían colgado de los pulgares. Tenía el ojo vaciado cubierto de costra oscura.

Kane siguió recorriendo el lugar con la mirada. Tuvo que parpadear muchas veces para convencerse de que no estaba imaginándose al sujeto desnudo que se hallaba de pie en medio de la cueva.

Tardó un poco en reconocerlo. La musculatura, la leve barriga, la cicatriz como una media luna. Era el mismo tipo que había vuelto a matar a tiros a la mamá de Macías. Se preguntó si el maniático sabía para qué servía la ropa. Tenía la parte delantera del cuerpo cubierta de grasa rojiza que resplandecía incluso bajo la luz mortecina. Se había puesto una máscara de cuero rojo con tentáculos o cuernos en la frente y una miríada de ojos blanquecinos pintados sobre el fondo oscuro. En la mano derecha sostenía algo parecido a un pequeño bastón retorcido con punta afilada de metal. En la izquierda llevaba el frasco de agente reanimador.

Levantó la cara al cielo y comenzó a recitar algo en un idioma desconocido. Kane se movió para sacudir la armazón del catre. Lo sorprendió su solidez. Le costó sentirlo, pero ahí estaba, pegado a su espalda. El emisor de Halsey, pero inservible. El receptor se había perdido en algún lugar en el bosque de Zambrano.

El enmascarado siguió recitando durante cinco minutos. El volumen de la voz bajaba y subía como una serenata macabra. Cada frase terminaba con una palabra explosiva que lo hacía soltar chorros de baba por un pequeño agujero de la máscara a la altura de la boca. Terminó de entonar el ensalmo. Se acercó a Kane e inclinó la cabeza para verlo de cerca.

—No se lo merecen —susurró.

—¿Cómo?

—Esto.

El sujeto se irguió y sostuvo en alto el frasco de agente reanimador.

—¿Qué es eso?

El enmascarado bufó con furia.

—¿Cree que soy imbécil? Sé lo que hizo con la mamá del gordo.

—No sé de qué está hablando.

El enmascarado levantó sobre su cabeza el cetro con punta de metal. Kane apretó los dientes y los párpados y esperó el momento en que le reventaría el ojo y le perforaría el cerebro. El golpe sacudió el catre.

Kane esperó un momento antes de abrir los ojos. A un lado de su cabeza, la hoja de metal se había clavado en los sacos de yute. El sujeto la arrancó y dio media vuelta. Se acercó a una burda mesa de madera. No se había untado grasa en la parte de atrás del cuerpo. Tenía la espalda y las nalgas blancuzcas y correosas. Puso el cetro afilado sobre la mesa. Regresó adonde estaba Kane y le mostró una hoja de papel.

—El acta de defunción de la vieja. Con firma y sello.

Kane le echó una mirada despreciativa al papel y no dijo nada.

—La revivieron con este líquido —el enmascarado sostuvo el frasco de agente reanimador a unos centímetros de la cara de Kane—. No sé cómo lo hicieron, pero eso no importa. Tenemos tiempo de sobra para averiguarlo.

Se alejó. Kane intentó liberarse de las correas y volvió a darse por vencido. El enmascarado regresó empujando una gran caja metálica instalada sobre una tarima dotada de manivela y gruesas ruedas de caucho. Detuvo aquella especie de carrito y se agachó para hacer girar la manivela. Uno de los extremos de la tarima se fue inclinando poco a poco hasta quedar en un ángulo de cuarenta y cinco grados. Cuando abrió la caja de metal, liberó un penacho de vapor helado. Fue como soltar a un fantasma. Cuando el aire se despejó, Kane vio el rostro lívido de una muchacha tendida sobre un lecho de hielo.

El enmascarado acarició una mejilla y besó la frente descolorida de la chica. Se agachó para buscar debajo de la tarima. Cuando volvió a erguirse, tenía una tenaza en la mano.

—Una de dos. O me dices cómo revivieron a la vieja y te ahorras el dolor. O no me dices nada y ya sabes cómo termina esto.

—Ya le dije que no sé de qué está hablando. Tampoco sé cómo vine a meterme a este país. Si le hacen eso que le hizo usted al presidente, no quiero ni imaginarme lo que le pueden hacerle a un don nadie.

El tipo de la máscara volteó a ver a Macías. El presidente gimió en voz baja.

El enmascarado se dio golpecitos con la tenaza en la mejilla.

—Yo no le hice nada. Fueron ustedes los que se lo hicieron. ¿O ya se te olvidó? Yo nomás continué lo que ustedes empezaron.

Acercó la tenaza a la uña del índice derecho de Kane.

—Las tienes muy largas. Qué descuidado. Para estas cosas no hay nada mejor que sacarlas de raíz.

Hizo una pausa antes de rodear la uña con los dientes de hierro de la tenaza.

—¿Sabes lo que voy a hacer más tarde?

Kane lo sabía, pero le daba miedo aceptarlo.

—No.

—Voy a matar y revivir a quien se me dé la gana.

El enmascarado jaló la tenaza con todas sus fuerzas.

### 36

De Diario *El Patriota*

Tegucigalpa, Honduras

22 de marzo de 1943

### ¿DE QUÉ TE ESCONDÉS, BIG BOY?

#### Algo apesta en la desaparición del dictador Toribio Macías

Mientras las "autoridades" se devanan los sesos tratando de desovillar la misteriosa desaparición del propio presidente de Honduras, la policía sigue aplastando las protestas obreras en varias zonas del país.

Amigos, esto no es pura coincidencia, como dicen al comienzo de las películas. Lo bueno es que el pueblo se avivó. A nadie convencen ya con el teatro que ha montado el gobierno. Todos saben que mandaron a pasear a Big Boy por algún resort de Florida mientras acá la CIA y sus achichincles del terruño reparten balas y toletazos a mansalva.

¿Qué estarán cocinando estos bárbaros en las ollas de casa presidencial? Algo apesta en Dinamarca, amigos, y no es por la carne en mal estado que decomisaron en los mercados de Tegucigalpa.

A cualquier hijo de vecino con dos dedos de frente le queda claro que se trata de una maniobra sucia para tener entretenido al pueblo. Mientras eso pasa, la represión se ceba en los obreros de las infernales minas y platanares de Big Boy y su compinche Bill Sanderson, también por suerte desaparecido.

Estamos seguros de que desde el gobierno planearon los ataques con bombas que han estado a punto de dejar viudas a las esposas de varios oficiales de policía en La Ceiba y huérfanos a los hijos de dos o tres espías extranjeros.

¿Qué nuevo as tienen estos pícaros bajo la manga?

## 37

De *The New York Planet*

Nueva York

18 de marzo de 1943

### 60,000 DÓLARES POR PISTAS DE BILL SANDERSON

#### "Te queremos de vuelta, Bill", dicen consternados familiares del filántropo

Una jugosa recompensa ofreció hoy el representante legal del conglomerado de empresas Sanderson por informes fidedignos sobre el paradero del multimillonario Bill Sanderson.

"60,000 dólares, uno sobre otro, cero preguntas", dijo con aspecto resuelto el representante Jeremías Pickman, quien no pudo reprimir la emoción al hablar en la rueda de prensa en nombre de la consternada familia del filántropo neoyorquino.

"Te queremos de vuelta, Bill. Eso es lo que dicen los parientes", aseguró Pickman. El abogado de la firma transnacional tuvo que enjugar algunas lágrimas mientras reseñaba la carrera estelar de Bill Sanderson para un público ávido de noticias sobre el emprendedor que con su aptitud para los negocios beneficia a cientos de miles de familias a lo largo y ancho de América y África.

Entretanto, la prometida del magnate, la actriz texana Velma Thomas, abandonó su angustioso retiro temporal en su mansión de Beverly Hills para ofrecer una polémica entrevista al Planet.

"No tengo nada contra la familia de Bill ni contra el señor Dickman [Pickman: nota del editor]", dijo la intérprete, quien iba vestida de luto por razones que no alcanzó a explicar. "Pero están tratándome como a una tarada. Y podré ser lo que ustedes quieran, pero tarada, no. No dicen ni pío. Esos 60,000 dólares de recompensa, por ejemplo. En ningún momento me dijeron Velma, ¿qué opinas de esto? ¿No le parece que es una falta de respeto?".

38

De *Los Angeles Tatler*

Tegucigalpa, Honduras

22 de marzo de 1943

### CAOS EN HONDURAS TRAS SECUESTRO DE SANDERSON

**Entre crímenes y agitación política desaparece también Big Boy Macías, dictador bananero y compinche del "rey de los minerales"**

Apenas dos días se necesitaron desde que informamos sobre el secuestro en alta mar del moderno Barbanegra Bill Sanderson para sumir a Centroamérica en el caos.

Honduras, selvática región donde el maquiavélico ricachón Sanderson se volatilizó días atrás, se ha convertido en teatro de enfrentamientos armados luego de que el propio presidente de la nación desapareciera sin dejar rastro.

Luego del misterioso mutis del dictador Toribio Big Boy Macías, en las últimas horas no sólo se reportan atentados explosivos en varias zonas remotas del país, sino además atracos a bancos y nutridas balaceras en pleno parque central de Tegucigalpa. Los expertos ya están llamando a Honduras la zona de guerra del Caribe.

Los hechos violentos no son cosa nueva en esta dictadura bananera, pero nunca antes se habían dado a este nivel. "Se trata de un complot urdido a espaldas del gobierno americano para desestabilizar la región en provecho de un club de multimillonarios de varias nacionalidades, guiados por las peligrosas ideas de sectores recalcitrantes del ocultismo y el comunismo internacional", afirmó el magnate de las comunicaciones William Randolph Hearst, quien aprovechó para declararse un ferviente católico.

Informes en poder de Hearst que revelaremos en próximos reportes nos permiten corroborar, con el rigor de costumbre, que Sanderson se dirigía a Honduras para ultimar los pasos a seguir en este complot desestabilizador urdido por misteriosas élites mundiales.

## 39

—Ya van dos días sin señales del presidente. ¿Cómo piensan explicarle eso al pueblo? ¿Creen que alguien se va a arriesgar por cinco mil lempiras de recompensa? ¿Qué planean hacer respecto al Carnicero de Belén? Sólo esta semana han aparecido tres muchachas descuartizadas. ¿No deberían dar recompensa también para agarrar al asesino?

El reportero volvió a sentarse en medio de los murmullos en la sala de prensa. El presidente interino Lauro Pineda se inclinó sobre el hombro de uno de los militares que lo acompañaban en el estrado y le susurró al oído. El militar vio fijamente al reportero y se puso a escribir en un cuaderno. El periodista bajó la mirada y esperó un poco antes de salir discretamente del salón de prensa.

—El pueblo está debidamente informado sobre todos los pormenores de la desaparición de nuestro amado presidente vitalicio —dijo Pineda—. Los medios de comunicación están recibiendo en tiempo y forma los informes de la Oficina de Investigación Nacional sobre el desarrollo de la investigación.

Hizo una pausa mientras los periodistas tomaban nota.

—No podemos adelantarnos a los hechos dando información sin sustento, como han hecho algunos medios opositores, quienes afirman que la desaparición del presidente Macías es un golpe de efecto para desviar la atención del pueblo de lo que llaman "la palpitante actualidad" —prosiguió—. No tenemos nada que ocultar. Tampoco queremos culpar al comunismo internacional de los últimos hechos sin tener pruebas sólidas. Hablo con la autoridad otorgada a mi persona por el propio presidente Macías meses antes de desaparecer, como consta en documentos que hemos hecho públicos a través de los medios para los cuales ustedes mismos trabajan.

Pineda se aclaró la garganta y se bebió un vaso de agua antes de proseguir. Se sacudió con la mano la pechera del saco azul claro y de la corbata rosada con motivos amarillos. Se pasó los dedos por la calva brillante y por la cara de rata. Sus espejuelos oscuros brillaron detrás de los micrófonos.

—La recompensa de cinco mil lempiras por informes que permitan dar con el paradero del presidente Macías se mantiene en pie mientras tengamos la seguridad de que el mandatario se halla con vida. Y créanme que estamos seguros de que así es. No retrocederemos un paso en su búsqueda por mar, aire y tierra.

Tenía un buen rato sin poner atención a las frases del presidente interino Lauro Pineda. Era otra de las ventajas de trabajar por lo bajo para el nuevo gobierno y ganar unos dólares extras mientras se resolvía el asunto de Sanderson.

Para divertirse, el detective privado Gus Palmer había estado leyendo el principal diario de la oposición. La sección editorial traía una buena caricatura en la que una rata vestida con traje y corbata aparecía contando dinero sobre la tumba de Big Boy Macías. Era una pena que el caricaturista y el editor de El Patriota fueran desde unas horas antes los nuevos inquilinos de la penitenciaría de la capital.

Palmer bajó los pies del respaldo de la silla de enfrente y vio con desprecio a los guardias de casa presidencial antes de encender un cigarrillo. Levantó la mano para que la seguridad del palacio viera claramente cómo tiraba las cenizas al piso de mosaicos. Cuando terminó de fumar, aventó la colilla al suelo y volvió a subir los pies en la silla de enfrente. La mujer que acaba de sentarse volteó a verlo con furia. Palmer le tiró un beso con la mano. La mujer se arregló el sombrerito y el velo sobre la cara, recogió la cartera y cambió de silla.

Palmer se acomodó la corbata lo mejor que pudo sobre la panza y echó otra ojeada alrededor. Lo hizo para no dormirse. Dio un ligero salto y bajó los zapatones sucios de la silla cuando creyó descubrir algo que le llamó la atención.

Esa cara. Esos anteojos. ¿Sería él? No, no, no, imposible. Además, tenía el pelo rubio, no negro. ¿Cómo era que se llamaba? Rupert no sé qué. ¿Robert? Pero no era su nombre verdadero. Era otro. ¿Cuál era, joder?

Palmer se dio una palmada en la frente. Giró sobre la silla, silbó y le hizo una señal con las manos al agente Dick algo. Siempre olvidaba su apellido. Dick levantó el pulgar. Dejó de recostarse en la pared de la sala de prensa para acercarse a la silla de Palmer.

—Corrígeme si me equivoco —dijo Palmer—. Ese cuatrojos de allá ¿no iba en el Lazarus cuando desapareció el mandamás?

—¿Bill Sanderson?

—¿Quién más? Ya déjate de idioteces y abre bien los ojos.

—Ni idea.

El gringo cuatrojos estaba tomando apuntes en una libreta de pasta verde. Parecía muy interesado en las estupideces que decía Pineda. De vez en cuando agachaba la cabeza para escuchar al sujeto trigueño y bigotudo que ocupaba la silla de al lado. Era obvio que andaban juntos.

—¿Quiere que vaya a preguntarle alguna cosa, jefe?

Palmer iba a decir algo, pero sorprendió las miradas furtivas del sospechoso. En cuestión de segundos, el cuatrojos se puso de pie y salió rápidamente de la sala de prensa. Palmer jaló la corbata de Dick.

—Síguelo. Apúrate, imbécil.

Dick salió detrás de Robert, Rupert o como se llamara. Palmer estuvo esperando con impaciencia el regreso del agente. Le costaba respirar. Era lo que le pasaba siempre que estaba en suspenso. De hecho, era algo que le pasaba siempre. A los diez minutos, Dick volvió a la sala.

—Ese tipo es el diablo, jefe. Lo perdí en un callejón. Y le juro que era un callejón sin salida.

Palmer empujó con furia a Dick.

—Tráeme el libro de registro de periodistas.

Dick regresó cargando un cuaderno grueso con cubierta de tela roja. Palmer revisó los nombres uno por uno hasta dar con el que buscaba. Dio golpecitos con el dedo gordo sobre la página.

—Herbert Burke. Agencia de Detectives Galeano —vio a Dick a los ojos—. ¿Ves los que te he dicho siempre? Un investigador de los buenos nunca se duerme.

—Sí, jefe.

Palmer levantó la cabeza justo cuando el hondureño de bigote salía por la ancha puerta blanca con aplicaciones doradas. Palmer le tiró el libro a Dick, recogió el sombrero del suelo y se lo puso. Volvió a jalar la corbata de su ayudante y echó a correr hasta donde se lo permitían las trescientas cincuenta libras de peso. Cuando salieron al pasillo sólo alcanzaron a ver cómo el tipejo se perdía en la esquina que daba a una calle bulliciosa del centro de Tegucigalpa.

Dick iba a perseguirlo, pero se detuvo para sostener a Palmer. El detective privado estaba apretándose el pecho y sudando a chorros. Dick lo jaló como a un borrego y lo hizo sentarse en una banca. Le trajo agua en un vaso de cartón y lo vio beber con avidez. Palmer tardó un rato en recuperarse. Se quitó el sombrero para secarse el pelo sudoroso con un pañuelo. Le arrebató el libro de visitas a Dick, arrancó la página y la vio con ojos enrojecidos.

—¿Conque andas buscando recompensas? —arrugó la página y se la metió en el bolsillo interior del saco—. Pues te tengo una sorpresita, Burke.

40

Lo despertó el estruendo de la puerta de metal corrediza contra la pared de roca.

Kane volteó a ver al enmascarado. Como siempre, iba desnudo. La única cosa que cambiaba era la máscara de cuero. Tenía al menos cinco, todas rudimentarias y coloreadas con el mismo tinte rojizo.

Kane se dio cuenta de que el tipo había traído un disco hasta que empezaron a sonar las maracas y guitarras de un bolero. También entonces se dio cuenta de que en algún rincón había un tocadiscos oculto.

El enmascarado comenzó a repetir los versos del bolero. Dejó caer un taburete con asiento de piel burda junto al catre de Kane.

—Perfume de gardenias tiene tu boca, bellísimos destellos de luz en tu mirar —cantó mientras le arrancaba sin contemplaciones el catéter del brazo.

Sin dejar de silbar, cambió la bolsa de suero vacía por una llena y clavó el catéter nuevo en la vena. Era extraño oírlo silbar con la máscara puesta, como si la pequeña abertura redonda en el cuero hubiera comenzado a moverse. Se sentó en el taburete y acercó la cara a la mano sin uñas de Kane. Se levantó de golpe para revisar la otra mano.

—Apenas se nota la infección. No sé cómo le haces. Hasta parece que están creciendo otra vez. A lo mejor tienes buena sangre o te alimentas bien. No como otros gringos que sólo tragan hamburguesas con papas fritas. A estas alturas ya estarían tiesos como una tabla.

Kane no dijo nada. Había hecho lo posible por fingir que sentía un dolor insoportable cada vez que le arrancaba una uña. Había aullado como un condenado con las primeras diez. No tardó en cansarse del asunto.

Horas o días atrás, Kane había dejado de fingir dolor, pero el enmascarado lo consideró una señal de profundo agotamiento y decidió tomarse un descanso y descolgar a Macías. El presidente se había derrumbado como un guiñapo con los pulgares hinchados y negros como morcillas. El enmascarado le rodeó el cuello con dos bandas curvas de hierro soldadas al final de una gruesa cadena. Cerró las bandas con un candado viejo.

El enmascarado se había ido y había vuelto varias veces. En una de las salidas regresó con dotaciones de suero y catéteres. Luego había desaparecido de nuevo. No se molestaba en traer comida. El único alimento que había traído era una botella de un litro de leche a la que le puso un chupete de hule. Dejó la botella en el suelo, cerca de Macías.

—Si te dicen Big Boy, es obvio que te fascina la leche —había dicho.

Aunque Kane ya no tenía una clara noción del tiempo, estaba seguro de llevar ya varios días atrapado en la cueva. Durante ese lapso, el presidente Macías había dado señales esporádicas de vida. Gemía suavemente y hacía ruido con las cadenas cada vez que se retorcía en el piso. Parecía incapaz de hablar, a lo mejor porque su madre había tratado de arrancarle la lengua. Pasaba durmiendo la mayor parte del tiempo. Kane lo veía moverse en sueños, gruñir, mover las manos y los pies como si buscara defenderse o escapar. En algún momento llegó a envidiarlo.

—¿Sabes a cuánta gente he mandado al otro mundo? —dijo el enmascarado.

Vio la hoja brillante del puñal moviéndose en círculos cerca del ojo derecho de Kane. Con la otra mano, el enmascarado le rodeó el cuello.

—No me importa.

—Mucha gente. ¿Sabes lo que se siente?

Kane no respondió.

—Te sientes poderoso —el enmascarado arrastró las sílabas—. ¿Pero te imaginas lo que sentiría si los reviviera y volviera a matarlos?

Alejó el puñal de la cara de Kane para contemplarlo bajo la luz rojiza y opaca.

—¿Crees que hay un poder más grande que ese?

Kane no pudo reprimir una mueca de asco.

El enmascarado respiró con fuerza. Parecía excitado. Un ruido metálico lo interrumpió. Volteó a ver a Macías, que se había puesto de pie y estaba tratando de arrancar la cadena de la pared. Dejó de hacerlo para lanzar, con su único ojo, una mirada furiosa que recorrió de pies a cabeza el cuerpo desnudo y compacto del enmascarado. El presidente levantó las manos, cerró y abrió los dedos.

—Degenerado hijo de la chingada —escupió—. Te reconocí nomás abriste la bocota. Por esta que te mato nomás me quite estas vainas.

Cada palabra que le salía de la boca iba acompañada por un silbido bronco. El anillo que le apretaba el cuello le cortaba de cuajo las palabras.

—Presidente, me alegra escucharlo. La voz le ha cambiado un poco, pero fíjese que le queda bien. Hasta parece una persona interesante —el enmascarado se levantó del taburete y se acercó a Macías sin apresurarse—. Precisamente estaba esperando que se animara un poco para pedirle que me firme unos papelitos. Nada del otro mundo. Sólo es para que me dé plenos poderes. Todavía me queda trabajo que hacer y con esas credenciales no hay quien me detenga.

Macías se lanzó hacia adelante como un oso enfurecido, pero la cadena lo detuvo en seco y lo hizo caer al suelo. El enmascarado señaló con el dedo una raya de tiza verde en el piso, a medio metro de donde Macías continuaba revolcándose.

—Tiene permitido moverse más o menos hasta allí. No lo olvide, presidente. ¿O mejor le digo expresidente?

Macías se hizo un nudo en el piso, se arrodilló y se incorporó de nuevo, pero con más dificultad que la primera vez.

—Rata cobarde —silbó—. Quítate esa cosa de la cara, maldita rata. ¿Cuál es el miedo?

El enmascarado se rio, pero sus carcajadas eran tristes, como si la risotada le retorciera el cuello. Levantó el puñal. La hoja lanzó chispazos.

—No soy yo el que debe tener miedo, expresidente.

## 41

Se sacó de la boca el pirulí de limón y se echó el sombrero sobre la nuca. Hizo un ruido burlón mientras leía el rótulo escrito a mano con letra de molde en papel de estraza. Habían pegado la hoja con cinta adhesiva al vidrio sucio de la puerta de madera.

El detective Gus Palmer no se molestó en tocar. Dentro de la pequeña oficina, Pacho Galeano se detuvo a media zancada con una caja de cartón en los brazos y vio a los ojos a Herbert West, que estaba sentado en una silla y tenía los pies encaramados en el escritorio. West no dejó de masticar la rosquilla de cuajada para sonreírle a Palmer. Era como si no tuviera más preocupación en el mundo que morder galletas crujientes.

Palmer cerró con cuidado. Le indicó a West que siguiera sentado, aunque no había dado señales de levantarse. Pacho dejó la carga en el piso, junto a otras cajas apiladas, y se sacudió las manos.

Palmer dejó caer las nalgas rollizas sobre el escritorio. Vio a West como si acabaran de contarle un chiste muy gracioso.

—Herbert Burke. Días de no verlo. Nos hicimos humo después del asuntito incómodo ese del Lazarus, ¿eh? Soy el agente Gus Palmer.

West no dio muestras de reconocerlo. Siguió masticando la galleta amarilla y sacudiéndose las migajas de la camisa arremangada.

—Y ese de allá atrás es el general retirado Francisco Galeano —Palmer movió el pulgar sobre el hombro—. Tuve el gusto hace unos días. Me platicó no sé qué sobre un submarino nazi. ¿Qué le parece? ¿Hice o no la tarea?

—No soy general —dijo Pacho.

West alzó los hombros, se metió los restos de la rosquilla en la boca, se sacudió las manos, masticó con cuidado y tragó. Sacó otra de una bolsa de papel.

—Estamos muy ocupados, muchachón —dijo sin dejar de comer—. Si tiene algún asunto importante, podemos tratarlo otro día.

Cruzó las manos detrás de la nuca y se meció ligeramente en la silla.

—Pacho, dale una de esas galletas de queso al señor... ¿cómo dijo que se llamaba? Están de muerte lenta.

Palmer se rio. Hizo girar el cuello bulboso y arrugó la cara cuando vio a Galeano. Había algo nuevo en él. De seguro era la pistola que llevaba enganchada en el cinturón. No estaba ahí unos segundos antes.

—Mire, Burke —Palmer levantó las manos con actitud conciliadora—. Portémonos como gente adulta, ¿eh? Usted sabe quién soy. Estoy a cargo de la seguridad de Sanderson junto con el gorila retrasado de Dick Molinsky. ¿Recuerda a Dick? Usted y su amigo Brian odiaban a ese maldito racista. Por cierto, ¿dónde se ha metido ese otro amigo suyo?

West alzó los hombros y siguió masticando.

—Los amigos van y vienen —dijo.

Palmer puso el pirulí sobre el escritorio de pino barato. Se levantó el saco y la camisa para mostrar la panza desnuda. West hizo un gesto de asco.

—Hombre, no es necesario hacer eso.

—¿Ve? No ando armado. Hasta vine solo. Puede ir a ver, si quiere. No traje a ese retrasado de Dick. No Molinsky. Otro Dick. Pero igual de baboso. El general acá lo conoce. Un idiota que sólo sabe levantar el dedo y decir "sí, jefe".

Palmer se arregló la ropa lo mejor que pudo.

—Okey —dijo—. Vine acá a hablar de negocios. Dejémonos de payasadas y vamos al grano. La cosa es sencilla. Yo quiero la plata y sé muchas cosas feas sobre usted. Dan sesenta mil por Sanderson y usted sabe dónde está. Sólo tiene que sumar dos más dos.

—Es cuatro —Galeano chasqueó los dedos—. Ahora puede irse al carajo.

Palmer se rio de buena gana. Suspiró y negó con la cabeza. Recogió el pirulí, le sacudió el polvo y se lo metió en la boca.

—No me voy a ningún lado, general. Vine a quedarme un tiempito en Tegucigalpa. Hace menos calor que en la costa y el dinero circula de lo lindo. Mírenlos a ustedes, por ejemplo. Uno se distrae y ponen un negocito a todo tren. Vaya vaya. Por cierto, ¿qué es eso de reciclar y no sé qué?

—Se llama manejo de desechos. Es un concepto nuevo —dijo West—, pero no va a tardar en ponerse de moda.

—Pues no sé qué tiene que ver eso con investigar crímenes.

—Entre Pacho y yo nos encargamos de los desechos con los que la sociedad no sabe qué hacer. Los reciclamos. Y en ocasiones hasta los reanimamos. Pero en el fondo la frase es un misterio, señor Palmer, y acá tratamos con misterios. ¿Dónde está fulano? ¿Por qué mataron a mengana? Cosas así.

—Fascinante —Palmer tiró al suelo el palito del pirulí—, pero vamos al grano. Quiero que me digan dónde está Sanderson, pero ya. De volada. Me urgen esos sesenta mil morlacos. Con lo de Sanderson, los familiares han retrasado los pagos al personal y no me ajusta con lo que me paga el nuevo presidente. Tengo hijos que mantener y ese enano es un tacaño de tercera categoría y un pervertido que pasa viendo las pantorrillas de las secretarias —giró de golpe y señaló con un dedo a Pacho—. Y usted deje de acercarse por la espalda, ¿me oyó?

West le hizo una señal a Pacho para que se calmara.

—No tenemos idea de dónde está Sanderson —dijo Pacho.

—Esa no me la trago, general. Ustedes iban en ese barco del carajo. No me vengan ahora con el cuento de que se bajaron en algún lado y se despidieron de Sanderson moviendo un pañuelo desde el muelle.

—Eso fue exactamente lo que pasó —dijo West.

Palmer se rio a carcajadas. Se dio palmadas en uno de sus gruesos muslos.

—Y los cerdos vuelan. ¿Y qué hacían entonces en la conferencia del cabrón de Pineda? Está claro que esperaron el momento para pedir la recompensa y entregar el cadáver de Sanderson. Porque vivo ni loco lo entregan. Saben que ese tipo y Big Boy tienen contactos con la mafia italiana de la costa oeste. Sanderson no los va a dejar tranquilos hasta echarles el guante.

—Qué gran imaginación —dijo West—, pero siento decirle que no dio en el clavo.

Palmer levantó de un salto sus trescientas cincuenta libras, se echó hacia adelante y acercó el índice a cinco centímetros de la nariz de West. Pacho dio dos pasos precavidos y se manoteó la pistola. West le indicó con la mano que se lo tomara con tranquilidad.

—Pueden quedarse con los cinco mil lempiras que dan por el presidente ese de pacotilla —rugió Palmer—. Pero los sesenta mil dólares son míos. Y los quiero dentro de cuarenta y ocho horas. Me importa un huevo de dónde los saquen.

—Perfecto —dijo West.

Palmer volvió a sentarse en el escritorio. Se arregló la corbata.

—Y quiero el sesenta por ciento de lo que ganen de ahora en adelante. ¿Estamos?

—Eso era precisamente lo que le iba a proponer —sonrió West.

Palmer asintió con la cabeza. Sonrió. Parecía satisfecho. Se puso de pie y se alisó la ropa con las manos. Movió un dedo para abarcar la pequeña oficina destartalada de la Agencia de Detectives Galeano.

—Con el cuarenta por ciento que les queda pueden ir arreglando este cuchitril. Da asco. Y no podemos quedar mal parados con la clientela, ¿no?

Agarró la bolsa de papel y sacó dos rosquillas.

—Adiós, chicos —dijo con la boca llena.

Salió dando un portazo.

## 42

Vio salir al informante hondureño del despacho del presidente interino Lauro Pineda.

Pacho ya sabía lo que iba a ocurrir a dos o tres cuadras del palacio presidencial. West estaba a cargo de vigilar los alrededores y se lo había contado como si fuera asunto de risa.

Grupos de gorilas vestidos de paisano esperaban a los informantes en callejones estratégicos para echárseles encima. Los dormían con golpes de macana en la cabeza y se los llevaban en carros oscuros de vidrios teñidos.

Pacho le había preguntado a West si realmente era buena idea presentarse en la oficina de Pineda después de haber visto lo que pasaba con los tipos que andaban en busca de las recompensas por Sanderson o Macías. West lo había calmado diciéndole que irían juntos cuando llegara el momento. No joden a los detectives gringos, dijo. Tú tranquilo.

Pacho volvió a leer el papelito que le habían dado en el parque central de Tegucigalpa, a unas cuantas cuadras del palacio presidencial.

**¡EL GOBIERNO DE LAURO, A TU LADO EN ESTA CRISIS!**

En una alianza sin precedentes, el gobierno del excelentísimo PRESIDENTE INTERINO LAURO PINEDA y la familia del filántropo Bill Sanderson se han unido para ofrecer a la opinión pública soluciones a la crisis de seguridad que aqueja al país.

Como primer paso en esta lucha titánica, el propio DESPACHO DEL PRESIDENTE está encargándose de canalizar los recursos donados gentilmente por el conglomerado Sanderson y Compañía con el fin de dar de inmediato con el paradero del prestigioso hombre de negocios y benefactor de la humanidad.

Nada menos que sesenta mil (60,000) dólares, menos impuestos, se entregarán a quien dé informes fidedignos sobre el paradero de Sanderson.

El DESPACHO DEL PRESIDENTE INTERINO LAURO PINEDA te invita a unirte a esta epopeya humanista presentándote en el propio palacio presidencial o en las oficinas de la Policía de Investigación más cercanas para ofrecer tu testimonio veraz que ayude a dar con el paradero del filántropo Bill Sanderson.

No importa tu edad o tu sexo. Seas niño, niña, mujer, hombre o anciano, te invitamos a participar.

**POR UNA HONDURAS SEGURA**

**LAURO NO SE DUERME EN SUS LAURELES**


—Otro que se llevaron —dijo West después de sentarse en el sofá junto a Pacho—. Con este creo que se pasaron. No iba respirando cuando lo  metieron en el carro.

Acababa de llegar de la calle. Como siempre, traía una golosina en la boca y un vaso de horchata en la mano. No tenía nada de raro. Las vendedoras se sentaban con sus canastos de mimbre en las gradas que llevaban a la recepción del palacio presidencial, en medio de grupos de soldados, periodistas y gorilas. West agarró el diario que le pasó Pacho.

—Otro asesinato del pinche carnicero —dijo Pacho—. Ahora le tocó a la hija de un pulpero de La Hoya. Hallaron la cabeza clavada en la reja del cerco.

—La Hoya. ¿Dónde queda eso? —West puso el diario a un lado y el vaso vacío en el suelo—. Oye, ¿y no dan nada por ese tipo?

—¿Por el carnicero?

—Ajá.

Pacho negó con la cabeza.

—Ni una ficha.

—Lástima. Parece un tipo interesante para practicarle una lobotomía. Por cierto, ¿sigues sin tener sueños?

Pacho asintió. West arqueó las cejas.

—Ergo, la estructura cerebral se altera irremediablemente tras el cese de las actividades cardiorrespiratorias y cerebrales. La reanimación, que parece trabajar de manera inesperadamente sobresaliente en la reparación de los tejidos del resto del organismo, no parece actuar de la misma forma en lo que toca a la compleja estructura de la masa encefálica.

Pacho no respondió. Estaba acostumbrado a escuchar la palabrería de West sin entender nada. West se extrajo del bolsillo interior del saco el misterioso diario de tapas verdes donde tomaba notas.

—¿Crees en la posibilidad de la vida después de la muerte? —West mordisqueó la pluma fuente.

Pacho sonrió con malicia.

—Pues claro. Me morí y acá estoy vivo, ¿no?

—West y Galeano —anunció el ujier.

Aunque Pacho había estado varias veces en la oficina de Macías e incluso había platicado con Pineda, el nuevo presidente interino se hizo el loco y no respondió al saludo. El ujier se encargó de señalar las sillas. Pineda dijo no cuando le preguntó si quería café. No se molestó en preguntarle a nadie más. Tampoco tomó los sombreros de West y Pacho.

Pineda levantó una ceja y se recostó en la enorme silla presidencial. Todo en el despacho le quedaba demasiado grande. No dijo una palabra. Esperó que West y Pacho comenzaran.

—Tenemos información de primera mano sobre Bill Sanderson —dijo Pacho.

Pineda cruzó los dedos sobre la barriga y se quedó viéndolos en silencio. Al final de la pausa se inclinó hacia adelante y señaló a uno y luego al otro, pero mantuvo la mirada fija en West.

—¿Ustedes trabajan juntos? —preguntó.

—Así es —dijo Pacho.

—Sh. Estoy hablando con el dueño del circo —dijo Pineda sin dejar de ver a West.

Pacho hizo una mueca.

—Sí —dijo West—. Mister Galeano es el socio mayoritario. Yo sólo me encargo de la parte logística. Todo lo demás corre a cuenta de él.

—¿Él es el dueño? ¿O sea que tienen oficina y todo?

—Exacto. Él es el dueño de la Agencia de Detectives Galeano.

—Híjole —silbó Pineda—. Miren nada más. Pero todo es una pantalla, ¿no?

West arqueó las cejas.

—Disculpe. No entiendo.

—Digo… en realidad este otro señor sólo está de prestanombres y usted se encarga de todo, ¿verdad?

—No.

—¿No qué?

—Mister Galeano no es un prestanombres. Él fundó la agencia y me contrató a mí.

—¿Tienen papeles o algo? Es un negocio y tienen que pagar impuestos. Sin impuestos no hay nación.

—En eso estamos, pero se retrasó un poco el trámite. El estado de sitio, el toque de queda, todo eso. Usted ya sabe.

Pineda volvió a recostarse en la silla de respaldo alto y sonrió con socarronería. Pacho movió el pie derecho. Respiró con más tranquilidad cuando sintió el peso de la pistola calibre .25 amarrada al tobillo.

—Me disculpan. Ya vuelvo —dijo Pineda.

En contra de sus hábitos, West se quedó callado. Pacho le había dicho el día antes que sólo abriera la boca en el palacio presidencial para decir cosas que no los metieran en aprietos. Si el tirano Big Boy Macías era famoso por ser un maniático impredecible, Pineda no se le quedaba atrás. El presidente interino estaba haciendo todo lo posible por borrar las barbaridades de Macías con otras peores.

Pacho sintió algo en el codo. Era la mano de West. Al principio no entendió de qué se trataba. West abrió disimuladamente su cuaderno de tapas verdes. En una hoja había escrito algo con grandes letras de molde.

NOS ESTÁN ESPIANDO POR UN HOYO EN LA PARED DE
LA DERECHA.

NO VOLTEES A VER PARA ESE LADO.

¿ENTIENDES, IDIOTA?

West indicó el lugar con un movimiento de ojos. Pacho echó una mirada incómoda a la decoración de la oficina presidencial hasta comprobar que en efecto había un agujero en la pared. Le costó un poco dar con él. Fingió no haber descubierto nada, pero continuó viéndolo de soslayo.

El maldito West tenía ojos de cirujano. Estaba en lo cierto. Había un agujero bastante bien disimulado en la pared derecha. Era difícil notarlo sin fijarse bien. Y en medio del agujero había algo que se movía.

Un ojo abierto.

Pacho se examinó las uñas mientras seguía atento al parpadeo del ojo en la pequeña abertura. Un minuto después, alguien la tapó desde el otro lado hasta hacerla prácticamente invisible.

Un par de minutos después entró Pineda. Venía alegre, como un niño en una dulcería. Se sentó en la gigantesca silla presidencial y se sonó la nariz con un pañuelo. Luego cruzó los dedos sobre la hermosa superficie de caoba del escritorio.

—¿Dónde nos habíamos quedado? —preguntó—. Ah, sí. En que iban a darme informes sobre el multimillonario, ¿no? Sesenta mil dólares no le caen mal a nadie. Menos impuestos, claro.

—Lo pensamos bien y creo que no nos interesa —dijo West.

Vio con el rabillo del ojo la mirada de asombro de Pacho, pero no le prestó atención.

—¿Qué dice?

Pineda arrugó la cara y trató de decir algo más, pero el tartamudeo no lo dejó.

—Perdón, señor presidente interino, pero no nos interesa. Tuvimos una consulta en privado y llegamos a la conclusión de que este asunto no está a nuestra altura. Hemos decidido enfocarnos en el caso del Carnicero de Belén. Platicamos con un par de patronatos y están dispuestos a pagarnos dos mil lempiras por dar con ese asqueroso criminal.

—Pero ustedes. Ustedes no. Ustedes no estaban.

A Pineda se le enredó la lengua. Pacho sonrió como un ángel.

### 43

—¿Estás seguro de que nos siguieron? —Tan seguro como que hoy es martes —dijo Pacho—. Ya van por lo bajo seis tipos. Se hacen señas de una esquina a otra con periódicos y espejitos.

—Qué suerte que eres o eras poli. ¿No andan radios o algo?

—¿Cuál radio? Estamos en Honduras, compadre.

—¿Crees que los nazis sí le habrían dado radios a la policía hondureña?

—Tal vez para poner música en las cámaras de gas. Ya vuelvo. Voy al baño.

—¿Tan mal te cayó el pan con café? Para estar muerto, no has perdido el apetito.

West señaló el plato vacío.

—Se llaman tamalitos con mantequilla y queso —corrigió Pacho—. Ojalá nomás fuera esa vaina. Con la tal reanimación dejé de soñar y oler cosas, pero ando como los presos de Big Boy a los que les pasan corriente eléctrica por la lengua. No te imaginas lo que se siente ponerse un pedacito de comida en la boca.

—Brrr. Qué cruel.

West sacó la libreta verde. Pidió más quesadilla y café.

—¿Qué tal estuvo? —dijo cuando Pacho volvió del servicio.

—¿Cómo así?

—Lo de ir al baño.

—¿Cómo que cómo estuvo? ¿Estás bromeando?

—No seas tan delicado. Ya sabes. Curiosidad científica.

Pacho eructó. West siguió tomando apuntes.

—O sea que acá en Honduras hacen agujeritos en la pared en vez de poner micrófonos —West dejó de escribir y abarcó el comedor moviendo el bolígrafo en círculos—. ¿Y acá hay gente vigilándonos?

—Creo que no. Aunque aquel tipejo que acaba de entrar tiene pinta de policía.

West siguió con la mirada al sujeto de chamarra y bigote que fue a sentarse en una mesa al fondo con un periódico bajo el brazo. Además de él, Pacho y West, en el lugar había un anciano de sombrero de paja y una pareja con un niño. El viejo estaba almorzando debajo de un rótulo que decía hoy no se fía, mañana sí.

—¿Acá todo el mundo usa bigote y pistola? —preguntó West.

—¿Pistola?

—El tipo de chamarra anda una. Y grandota. Digo, para su estatura. Igual que el bigotazo.

—Estamos en emergencia y hay toque de queda. ¿Que ya se te olvidó? Si te suenas la nariz sin avisar, te pegan un tiro.

—Qué delicados. En fin. Estabas diciéndome que regresemos mañana al despacho del presidente. ¿Podrías tener la amabilidad de decirme para qué? El tipo es sospechoso, pero acá todo el mundo lo es, hasta nosotros. Además, ya me aburrí de esta tontería de ser detective. Ni siquiera tú lo eres. Y no pongas esa cara. ¿O es que te ofendí?

—Bah. Para nada. Mi trabajo era nada más mantener quietos a los que le brincaran a Big Boy. Y claro que sospecho del tipo ese, Pineda.

West se hurgó los dientes con un palillo. Subió los pies en una silla y suspiró con una mezcla de resignación y malestar.

—A quién le importa Pineda, hombre. Sólo quiero dinero para largarme de acá en un avión a Argentina o Brasil, pero debe haber una mejor manera de conseguirlo que investigando crímenes en Honduras. Acá matan gente todos los días, pero nadie tiene plata. ¿Sabes lo que necesitamos? Que nos patrocine uno de esos magnates del banano. ¿Qué te parece? Podemos poner de pie a un cementerio completo de esclavos a cambio de algunos millones. La inversión sería una bicoca comparada con las ganancias a largo plazo.

Pacho hizo una mueca de asco.

—Pues yo no pienso irme a ningún lado.

—¿Será que todavía quieres averiguar lo que pasó con la espía rubia? —West, incrédulo, sacudió la cabeza.

Pacho ignoró el comentario.

—La cosa está así —dijo—. Para mí que al viejo tarado de Big Boy Macías le dieron golpe de Estado, nada más que nadie tiene los huevos de decirlo con todas las letras. Ni la oposición lo dice. Primero porque les vale. Luego porque están esperando a ver qué otras estupideces hace Lauro Pineda antes de meter más ruido.

—O sea, el tipo al que acabamos de visitar, ¿no?

Pacho asintió.

—Al principio me asusté cuando jodiste a Pineda con eso de "este caso me vale gorro".

—Estuvo bueno, ¿eh, muchachón?

West le dio una palmada en el hombro y mordisqueó la quesadilla. Pacho hizo una mueca para mostrar su desacuerdo.

—No lo creo. Ese tipo es un desquiciado. A Macías también le patina el coco, pero Pineda es peor. No se sabe con qué va a salir. La verdad, si no fueras gringo, ya estaríamos hechos trocitos en algún basurero o encerrados en una bartolina apestosa a orines. Pero no pierdas la esperanza. Todavía pueden hacerlo. Y ahí sí que no te va a servir de nada la medicinita esa.

—Agente reanimador —West levantó un dedo—. Y funciona. Tú mismo eres una de las pruebas de que mi invento cambiará la historia de la humanidad, chavalín. La otra prueba era ese tipo al que llamas el demonio.

—Halsey —dijo Pacho con amargura.

—Pero volviendo a lo otro, ¿para qué quieres molestarte con lo del golpe de Estado? ¿Qué más da? Quitan a un loco y ponen a otro. Quid pro quo.

Pacho dio una palmada en la mesa que hizo saltar los platos y llamó la atención de los clientes y el dueño del comedor.

—La diferencia es que yo vivo acá —gritó sin ponerles atención a los comensales— y tú no. Sólo ves esta vaina como una manera de hacerte rico.

West se tiró una carcajada.

—¿Ahora se te salió lo patriota? Vaya vaya. Si no hace mucho trabajabas para un dictador al que cambiaste por otro. ¿O ya se te olvidó? Además, ya no "vives" acá —remedó a Pacho—. Si preguntas por allí, te dirán que estás muerto.

Pacho se levantó. Estaba sudando y respirando fuerte. West no bajó los pies de la silla.

—Todo el mundo tiene derecho de arrepentirse —dijo Pacho—. Hasta yo.

—Como digas, aunque más parece que estás recitando el guión de alguna película barata.

Pacho tiró algo sobre la mesa.

—Saqué lo que me quedaba del banco. Te dejo la mitad. No tengo ningún compromiso contigo. Lo único que hiciste fue traerme de nuevo a este país de mierda.

—Vaya, te habías adelantado —West silbó y abrió el sobre—. Lo voy a tomar como honorarios por servicios médicos. Al fin y al cabo yo te di la vida, muchachón.

—Ya cierra el pico. Con eso puedes contratar a quien se te dé la pinche gana para tus experimentos.

West se metió el sobre en el bolsillo del saco mientras sacudía la cabeza. Vio con el rabillo del ojo al de la chamarra. El tipo tenía la mano debajo del periódico que había doblado y puesto sobre la mesa.

—¿No estarás pensando en hacerle una visita social a ese imbécil de Pineda? —preguntó West.

—Ese no es asunto tuyo. De ahora en adelante, tú por tu lado y yo por el mío —Pacho señaló los platos sucios—. No te preocupes, yo invito.

West iba a decir algo, pero Pacho se puso el sombrero, dio media vuelta y se dirigió a la caja para pagar el consumo. West se levantó de un salto para ir al baño, pero de demoró un poco para seguir vigilando las sillas del fondo con el rabillo del ojo. El de la chamarra se había levantado, pero pareció titubear. Era obvio que esperaba verlos salir juntos del local.

West tardó demasiado en decidirse. Pacho se le adelantó y cerró de un golpe la puerta del servicio.

Alguien estaba intentando derribar la puerta a puñetazos y patadas.

—¡Salí de ahí, maricón!

Pacho respiró con alivio cuando comprobó que la ventana del baño era corrediza y tal vez lo bastante grande para salir por ella.

Tiró el saco y el sombrero en el depósito de basura. Se paró con cuidado en el borde de la taza sin tapa del servicio rudimentario.

Cuando cayó sobre la acera al otro lado de la ventana, un niño que paseaba a un perro amarrado a una cadena se le quedó viendo con cara de terror. Pacho se puso un dedo sobre los labios. Se sacó del pantalón un billete de dos lempiras y lo metió en el bolsillo de la camiseta sucia del niño.

—Qué bonito perro —dijo.

Recorrió deprisa dos cuadras vacías. Se asomó por una esquina justamente cuando tres gorilas y un gordo de traje sucio sometían con pistolas a West y lo obligaban a meterse en un gigantesco carro negro. El gordo era Gus Palmer. Al parecer, ser gringo y genio de la medicina había dejado de ser garantía de supervivencia. Pacho dijo una palabrota cuando recordó que había dejado el Renault rojo estacionado a diez cuadras.

El carro negro arrancó y estuvo a punto de matar a una anciana que cargaba en la cabeza un canasto de aguacates. Pacho se echó para atrás por instinto y se quedó quieto unos segundos. Se asomó otra vez en el momento en que los gorilas se preparaban para doblar en la esquina donde él se había escondido. Giró sobre los talones y simuló que estaba pegando una meada contra el muro cubierto de líquenes.

Apretó los dientes. Sintió un escalofrío cuando imaginó la mano cerrándose sobre su hombro y la voz bronca conminándolo a entregarse. Pero eso no fue lo que sucedió.

El carro negro pasó de largo. Pacho, inmóvil como una estatua, abrió los ojos y no lo perdió de vista. Los gorilas doblaron de nuevo en la siguiente esquina. Siguió a grandes zancadas al carro negro que avanzaba sin prisa sobre la calle de adoquines.

Los gorilas de Pineda aumentaron la velocidad justo cuando Pacho vio una bicicleta apoyada en una pared, junto a una puerta abierta. No averiguó si el dueño estaba adentro. Se subió de un salto en la montura y comenzó a pedalear detrás del carro negro.

Frenó al mismo tiempo que los gorilas se detenían frente al palacio presidencial. Tiró la bicicleta sobre la acera y se escondió detrás de un puesto de verduras. Los gorilas sacaron en andas a West, que llevaba la cabeza colgando sobre el pecho y las manos esposadas a la espalda. Era como si llevaran un saco de mangos. Incluso se detuvieron un par de segundos para que uno de ello encendiera un cigarrillo.

Pacho esperó diez minutos. Nadie salió. Fue a traer el Renault y se estacionó a dos cuadras de la entrada del palacio. Cerró las puertas. Colgó del retrovisor la credencial de la policía secreta de Big Boy. Con el toque de queda, a alguien podían metérsele ideas raras en la cabeza y lo mejor era tener algo a mano para jugársela.

Prendió la radio y estuvo tres horas cambiando de emisora. Nada más que rancheras y boleros. Ningún noticiero estaba al aire. Le compró café, con todo y termo, a una mujer que pasó empujando una carretilla. No planeaba dormirse. La cosa iba para largo.

44

Casi se quemó la boca con el cuarto café cuando vio salir a Gus Palmer por la enorme puerta principal. El gordo se puso a fumar junto a los arriates de lirios y a escupir contra la pared.

Pacho consultó el Oris. Las ocho y media. Era extraño. Nadie había llegado a pedirle explicaciones ni papeles. Parecía que el mejor lugar para estar tranquilo durante el toque de queda eran las dos cuadras alrededor de la casa presidencial. De hecho, no había señales de guardias por ninguna parte. El único ruido era el de los grillos y las ranas croando en la ribera del río.

Pacho eructó por centésima vez ese día. Tenía que hablar con West sobre sus tripas. Estaban funcionando como un escape oxidado. Estaba seguro de que West era un buen científico, pero dudaba de sus habilidades como cirujano.

Revisó la pistola que llevaba sujeta al tobillo. Abrió la guantera para sacar la cuarenta y cinco y encontró algo inesperado.

Sostuvo bajo un rayo de luna el frasco de sustancia fosforescente. Arrugó la cara mientras examinaba la botellita irrompible. Era la misma cosa brillante con la que West le había devuelto la vida. El mismo líquido, pero modificado, que había embotellado y metido en cajas en Agrolsa como un regalo para los nazis. "Eso le volará la cabeza al Führer", había dicho West. "Literalmente".

Pacho se enganchó la pistola en la cintura. Hurgó más en la guantera y encontró dos pequeñas jeringas también irrompibles. Llenó una con el agente reanimador. Se lo guardó todo en una bolsa del pantalón.

Respiró hondo antes de salir. Sabía que iba a hacer una estupidez. West ni siquiera valía la pena. Estaba fabricando más de esa cosa amarilla para vendérsela a los magnates bananeros o a quien le ofreciera suficiente plata para largarse a vivir como millonario en Sudamérica. Le importaban un pito las consecuencias.

Gus Palmer se inclinó para encender un nuevo cigarrillo cuando sintió el frío cañón en la nuca.

—Tienes tanta grasa que hasta se te metió en los ojos —susurró Pacho—. Levanta las manos y no hagas tonterías.

—¿Qué quieres, imbécil? —dijo Palmer.

El cigarrillo bailoteaba entre sus labios.

—Platicar, nada más. Vamos hasta donde está aquel carro.

Apúrate.

Se acercaron al Renault.

—Las manos encima del techo. Cuidadito o te vuelo la cabeza.

Cacheó a Palmer. Le encontró dos pistolas y un puñal. Los fue tirando lo más lejos que pudo sin perder de vista los movimientos del detective. También le quitó unas esposas con sus llaves.

—Póntelas en una muñeca.

Palmer obedeció.

—Date vuelta y junta las manos en la espalda.

Pacho cerró las esposas. De un manotazo tiró el cigarrillo que Palmer tenía en la boca.

—Ahora métete en el asiento de atrás.

—¿Cómo quieres que haga eso? No soy Fred Astaire. Peso casi cuatrocientas libras.

—Me vale. Acuéstate en los asientos, Fred.

Palmer logró tenderse a fuerza de retorcerse como un gusano. Apenas podía respirar. Pacho entró en el Renault, apoyó el codo en el respaldo del asiento y volteó a ver a Palmer.

—¿Tú ordenaste no poner policías acá, Fred?

Palmer mostró su desprecio haciendo un ruido con la boca.

—Ya para de decirme Fred, tarado. Esa idea es del enano maldito de tu presidente, no mía. El tipo es un enfermo mental.

—No es mi presidente.

—Oye, yo te conozco. Eres el general amigo del cuatrojos —Palmer trató de reírse y terminó con un ataque de tos—. Voy a morirme ahogado acá, maldito indio huevón.

Pacho no contestó. Revisó la ropa de Palmer. Le sacó la billetera y la vació sobre el asiento de al lado. Recogió la credencial de detective y la licencia de conducir.

—Gustavus Hyeronimus Palmer —leyó—. Vaya. ¿De verdad te llamas así?

—Muérete.

—Ya estoy muerto.

Palmer se sacudió en el asiento. El Renault tembló como un juguete. Pacho esperó que se calmara. Cuando terminó de moverse, Palmer comenzó a lanzar un extraño silbido cada vez que inhalaba y exhalaba.

—Si sigues así, te va a dar un ataque.

Pacho esperó un poco más.

—¿Ya estuvo? Okey. ¿Dónde tienen al gringo y qué le están haciendo?

—¿Me vas a soltar cuando te diga?

—Claro. Ya no me servirías para nada. Pero sólo si me dices todo lo que quiero saber.

—Okey. Mira, el presidente que estaba antes, Big Boy, tiene un cuarto a prueba de ruidos adonde llevaba a los tipos que le caían más gordo.

—¿Acá mismo?

—Sí. Ahí hacía lo que se le venía en gana con los enemigos de la dictadura. Gente importante. Les daba trato especial —Palmer se acomodó en el asiento en medio de gruñidos—. Pues ahí metieron a tu amiguete. No le han dado más que un par de puñetazos, que yo sepa, pero parece que Pineda planea llevárselo a otro lado para que suelte la sopa. No dijo adónde.

Palmer hizo una pausa. Pacho le puyó la barriga con el cañón de la nueve milímetros.

—¿Qué más?

—Parece que el gringo andaba una libreta con apuntes. Pineda se la quitó y leyéndola descubrió no sé qué. Eso es todo lo que sé. Ese enano está loco y no confía en nadie. Los cuatro o cinco agentes que puso de guardia privada caminan de puntillas cada vez que anda cerca. Parece que ya ha mandado liquidar a varios por andar mugre en las uñas o no saludar.

Pacho gruñó.

—No te creo.

—¿No me crees? Púdrete. Ya te dije lo que sé.

Pacho negó moviendo el cañón de la pistola en el aire.

—Ya te dije que estoy podrido. Pero tú sabes más. Y me lo vas a decir.

—Cabrón. Ya te dije todo lo que sé. Ahora suéltame.

—No.

—Hicimos un trato.

—Sí. Dije que te iba a soltar si me lo contabas todo.

—Ya te lo conté. Ahora suéltame o te voy a hacer pedazos, indio maldito.

—No vamos por buen camino. Esperaba más del famoso detective Fred Astaire.

—Okey, okey. Sólo va a su casa, que yo sepa. Es un tipo raro. Su mamá está enferma o algo y vive con ella.

—¿Viste que sí sabías? ¿Y dónde queda la casa de la vieja?

—Barrio Los Dolores.

—¿Número?

—Ni idea —gimió Palmer—. Ya suéltame, imbécil.

Pacho se agachó deprisa cuando vio acercarse el Packard negro de Big Boy. El gigantesco carro blindado siguió de largo y se estacionó frente a la casa presidencial. Pacho se sacó un pañuelo del pantalón y lo embutió en la boca de Palmer. El detective intentó hablar a través del rollo de tela, pero sólo le salieron jadeos ahogados.

Pacho ladeó la cabeza para ver la entrada del edificio con el rabillo del ojo. El chofer salió del Packard y lo rodeó para abrir el baúl y las dos

316

puertas que daban al palacio. En ese momento tres gorilas se acercaron cargando un cuerpo envuelto en sábanas manchadas. Detrás iba Pineda arreglándose el sombrero. Llevaba la libreta en una mano.

Pineda habló con los gorilas. Cuando terminó la plática, los tipos tiraron el bulto en el baúl y regresaron al palacio. Pineda se sentó tras el volante y cerró la portezuela.

Pacho contuvo la respiración. Esperó que el Packard se alejara una cuadra. Más le valía a West ir metido entre las sábanas. Dijo una corta oración entre dientes antes de encender el Renault. No había abandonado el hábito de rezar y persignarse. Estaba seguro de que la fórmula de West no le había dado tiempo de visitar el purgatorio.

## 45

El estruendo de la puerta metálica contra la roca hizo que se estremeciera sobre el catre de hierro.

Apestaba. Kane había ido recuperando poco a poco el olfato. En algún momento había sentido un olor repugnante por encima de la peste de los desechos de Macías. Estaba seguro de que el olor no provenía de la cueva. Era su cuerpo pudriéndose.

Se preguntó si la fórmula de Herbert tenía alguna clase de fecha de caducidad o si el efecto de cicatrización del compuesto no era tan rápido en algunos casos o en ciertas partes del cuerpo. Ya ni siquiera tenía sentido seguir chupando el agua del tubo que Pineda había pegado a una botella colgada al lado del suero. En realidad, tal vez lo mejor era morirse de sed.

La pérdida de sensaciones era a la vez una bendición y una maldición. Aunque daba gracias porque no sentía cómo las puntas sueltas de los resortes de hierro se le clavaban en la espalda, las nalgas y las piernas, temía el momento en que las llagas comenzaran a empeorar. Y el momento había llegado. Había intentado arrancarse la lengua de un mordisco para volver a morir desangrado y romperse las venas de las muñecas contra el filo de los resortes, pero la cobardía le había impedido tener éxito.

Para variar, Pineda entró completamente desnudo, es decir, sin la ridícula máscara rojiza. Llevaba un maletín colgado de una mano y sobre los hombros cargaba un cuerpo envuelto en una sábana cubierta de sangre endurecida. Tiró sin contemplaciones el bulto al suelo, puso el maletín a un lado y respiró con alivio.

Kane lo vio a los ojos. Era la primera vez que sorprendía a Pineda enfurecido. Andaba la cara enrojecida y bulbosa como un rábano. El pelo que le cubría el pecho y los hombros estaba electrizado y relucía a la luz temblorosa de los focos.

Pineda recogió el maletín y se acercó al presidente. Se agachó, dijo una palabrota y volvió a incorporarse. Pateó la botella de agua que había dejado a un lado y soltó otro par de maldiciones. Insultó a Macías. Cuando terminó, se inclinó para abrazar el cuerpo pálido del presidente y comenzó a temblar y gemir.

Se levantó de nuevo. Se quitó las lágrimas de la cara con el dorso de la mano, sacó jeringas y frascos del maletín. Arrancó el catéter del brazo de Kane y lo inyectó sin fijarse bien dónde lo hacía.

—¿Qué carajo es eso? —preguntó Kane, aunque intuyó que se trataba de algún antibiótico.

Pineda no contestó. Se sentó en el taburete y comenzó a guardar el material médico.

—El presidente está muerto, ¿no? —dijo Kane.

Pineda hizo una pausa. Luego siguió ordenando las cosas en el maletín.

—¿Se le arruinó el plan? —insistió Kane—. Suponiendo que tuviera un plan.

Un ataque de tos le impidió seguir hablando.

—Claro que tengo un plan —Pineda bufó, agarró a Kane del pelo y lo sacudió—, pero nadie va a entenderlo.

—¿Seguir matando niñas? Pues si ese es el plan, no tiene nada de raro que nadie lo entienda.

Pineda soltó a Kane y torció la boca. Sacó del maletín el frasco de agente reanimador y se lo acercó a la cara.

—Ya te lo dije. Más poder. Eso es lo que quiero. El poder que da esta cosa. Y tarde o temprano tú o él me van a decir cómo usarla. No quiero desperdiciarla en tonterías. Sólo hay una persona en el mundo que merece revivir, pero está dormida sobre el hielo.

—Macías está muerto y no puede decirle nada —dijo Kane en tono de burla.

Pineda negó con la cabeza.

—No estoy hablando de Macías. Hablo de él.

Señaló el bulto en el suelo. Se levantó para manipular las sábanas. Cuando volvió a incorporarse, llevaba en brazos el cuerpo de un hombre que ató con correas en otro catre junto al de Kane. A pesar del pelo teñido, Kane no tardó en reconocerlo.

—¿Herbert?

Iba a preguntarle a Pineda cómo carajos, entre todos los sitios posibles, Herbert West había acabado dormido o muerto sobre aquel catre en una cueva debajo de una casa en un barrio de Tegucigalpa, pero recordó que era inútil preguntárselo por la sencilla razón de que Pineda estaba loco. Empezó a escarbar en su cerebro en busca de explicaciones, pero Pineda no lo dejó pensar.

—Empecé a leer esta cosa —Pineda agitó en el aire la libreta verde donde Kane había cometido la torpeza de llevar un diario a bordo del Lazarus—. Me salté todas esas tonterías de submarinos y barcos. Sólo leí la parte divertida. Pero hay una cosa que no entiendo bien. ¿Se inyecta en el cerebro o en las venas?

Kane creyó sentir que un escalofrío lo recorría de la cabeza a los pies. Entonces recordó que no había tenido escalofríos ni sueños desde el día de la inyección reanimadora. Sólo eso le faltaba para estar de veras vivo: soñar y sentir dolor.

Pineda hojeó la libreta, la sacudió, la tiró al suelo, la recogió, la usó para darse golpes en la frente, la apretó como si quisiera exprimir la verdad. Sin soltarla, arrastró los pies hasta el rincón donde estaba la hielera de Adela Salem, abrió con suavidad la puerta y se agachó para besar la cara todavía gélida, aunque en algún momento había sacado todo el hielo para acelerar la descongelación. Una delgada nube de vapor se levantó desde la hielera y se dispersó en el aire.

Pineda se irguió de un salto. Tenía la cara torcida como la de los demonios en los grimorios de Sutter Kane.

—Sólo ella merece vivir —rugió—. No hay nadie igual. ¿Sabe lo que me costó dar con ella?

Kane no dijo nada.

Pineda acarició el rostro frío de Adela Salem. Recogió tres sacos de yute de un rincón y los puso en el suelo. Levantó el cuerpo y lo depositó sobre los sacos. Se irguió, desnudo, sudoroso, con el minúsculo falo erecto, y contempló con mirada amorosa a la muchacha tendida a sus pies.

Kane movió la cabeza para ver el catre de al lado. Herbert West tenía los ojos abiertos y estaba viendo la escena con algo parecido a la curiosidad de un adolescente.

—¿Herbert?

—Kane. ¿Cómo va todo, chavalín? Veo que ya conoces al presidente Pineda. Además de ser un desquiciado, es un maldito ladrón. Me robó todo el dinero que traía en los bolsillos. No me dio tiempo ni de contarlo.

Kane hizo una mueca de asco y asombro.

—¿Cómo terminaste en este agujero?

—Es una larga historia, pero en resumen fue por lo mismo que tú y cualquier gringo terminaría metido acá. Por la plata.

—Te equivocas. Yo terminé acá por andar detrás de ti.

West silbó con admiración.

—¿Tan obsesionado estás? Joder, ¿no te parece enfermizo? Y todo para acabar en manos de un maldito loco. Pero hablando en serio, ¿has conocido a alguien más desquiciado que este sujeto?

—Conozco a alguien peor.

West arqueó las cejas.

—No bromees. Yo quería ayudar a la humanidad dándole la vida. Este tipo sólo quiere matarnos a todos —escupió—. Es asqueroso.

Pineda interrumpió la plática de los dos amigos. Se acercó a un rincón y sacó un disco de su funda.

—Ahora va a poner *Perfume de gardenias* —Kane hizo una mueca de aburrimiento.

—¿Qué cosa?

El bolero empezó a sonar en el tocadiscos. Pineda volvió a hablar. Fue como si recitara un poema desde otro mundo.

—Nadie se había muerto de miedo con sólo verme —dijo con voz cortada por la emoción—. Nadie. Hasta que la encontré a ella. Cuando le dije lo que iba a hacerle, empezó a temblar. Se veía tan hermosa. Estaba acariciándole la cara cuando cayó al suelo. Primero creí que se había desmayado. Eso no tiene nada de raro. A algunas les pasa. Pero estaba muerta. Muerta. Fue como si un ángel cayera del cielo.

—Oye, amigo, ¿podrías quitarme esto? —West sacudió las manos entre las correas—. Además te agradecería si apagas esa cosa. Hace un ruido endemoniado. Digo. Para poder escucharte mejor. ¿Qué te parece?

Pineda salió por un momento del trance y vio a West a los ojos.

—No entiendes nada todavía, ¿verdad?

—La verdad, no —dijo West—, pero, si me sueltas, puedes estar seguro de que voy a entenderte. Créeme, amigo. Soy doctor. Mi especialidad es escuchar los problemas de la gente.

—No importa que no me entiendas ahora —Pineda se puso de rodillas, empezó a sollozar y levantó las manos en actitud de súplica—. Con el tiempo vas a entender. Porque me vas a ayudar a revivirla, ¿no? ¿Verdad que sí?

—Claro, chavalín —suspiró West con resignación—. De todos modos, ¿qué importa un muerto más o un muerto menos? Es muy sencillo. Sólo tienes que inyectarle el agente reanimador en las venas y esperar que llegue al cerebro con ayuda del anticoagulante. Si no tienes prisa y te gusta el efecto dramático, puedes aplicarlo en cualquier vena, pero el efecto tardaría mucho más en producirse. Lo mejor sería inyectarlo directamente en el cerebro, pero como no tienes trépano ni una aguja muy pero muy dura, lo mejor es buscar una vena del cuello. De todos modos no te garantizo nada. A veces no funciona. Otras veces, todo sale mal. Pero si vas a inyectarla, te aconsejo amarrarla o algo así. Es por tu bien. Créeme.

Pineda sonrió, pero sus ojos siguieron mostrando una pena infinita. Llenó una jeringa y dijo unas palabras en un idioma desconocido mientras contemplaba cómo el compuesto reanimador resplandecía entre sus dedos. Se inclinó sobre el cuerpo frío y le insertó la larga aguja en la nuca. Puso la jeringa con delicadeza en el suelo y se incorporó poco a poco, como si estuviera oficiando una ceremonia.

—No pienso atar a mi ángel —susurró.

—Luego no te vayas a quejar —dijo West.

Pineda se dirigió a un rincón y regresó con un objeto en la mano derecha. West tuvo que cerrar a medias los ojos para ver mejor.

Era una pistola.

Pineda se acercó a Kane y le apretó el cañón contra la frente.

—Oye, amigo, te ayudé, ¿no? ¿Puedes tranquilizarte de una vez? —West volteó a ver el catre de al lado—. Kane, dile algo a este maldito loco. Eres mejor que yo tratando con la gente. Vamos, apúrate, abre el pico ya, dile algo antes de que nos mate a los dos.

—Yo ya estoy muerto, Herbert —dijo Kane con dulzura.

Sin dejar de ver a West a los ojos, Pineda amartilló la pistola. Una ligera sonrisa le iluminó la cara. Kane apretó los dientes.

—Oye, tranquilo —West se revolvió en el catre—. No nos volvamos locos, ¿okey? —hizo una pausa—. Perdón, olvida que dije eso. No era mi intención. Haré todo lo que digas, pero no hagas estupideces.

—¿Lo harás?

—Ya te dije que sí, joder.

—¿Vas a darme tu sangre?

West se quedó con la boca abierta.

—¿Mi sangre?

Pineda levantó una hoja de papel y la acercó a la cara asombrada de West.

—Es lo que dice acá. Es una carta que tu amigo andaba en el bolsillo. Acá dice que tu sangre revive a los muertos. Y tiene tu firma. Herbert West. No estoy tan loco, ¿verdad? Sólo era cosa de juntar las piezas. No Burke. West. Herbert West. Detective y reanimador. Tienes muchos talentos, West. Para mí que demasiados. Si no fueras tan inteligente, hasta te daría un puesto en mi gabinete.

West se sacudió como una fiera. Las patas del catre rechinaron contra el piso de concreto pulido.

—Loco maldito —gritó—. Voy a matarte. Voy a volver de la muerte para hacerte pedazos. Di algo, Kane. Maldito seas. Abre la boca. Di algo.

Kane no dijo nada. El disco terminó de girar. Pineda apretó el gatillo.

## 46

Giró otra vez la llave y levantó los ojos para ver cómo el Packard seguía alejándose por la calle a oscuras. El motor volvió a roncar unos segundos antes de apagarse. No podía creerlo. Apagarse del todo precisamente esa noche, a esa hora.

—Préndete, cabrón.

Pacho lo intentó de nuevo mientras contemplaba la cola del carro negro perdiéndose en una esquina dos cuadras adelante. Dio un puñetazo en el tablero del Renault. Se bajó y consideró durante unos segundos la posibilidad de echar a correr detrás de Pineda, pero desechó la idea.

Le dio una patada al carro. Abrió la puerta trasera y se echó encima de Palmer. El detective estaba dormido como un riel. Le dio dos cachetadas para despertarlo, pero no logró que reaccionara.

—Arriba, chingado —dijo entre dientes.

Lo sacudió por las solapas del saco, le dio cuatro cachetadas más. Dos puñetazos. Nada. Se le quedó viendo a la cara.

No. No era posible.

Le sacó el pañuelo de la boca y le pegó la oreja al pecho. Otra vez nada. Ni un latido. Pacho se le quedó viendo a la cara, como si de esa manera pudiera despertarlo. Palmer tenía los ojos abiertos y el mentón redondo cubierto de una fina película de baba.

—No, no, no.

Pacho mordisqueó las palabras. Sacudió a Palmer como a un muñeco de trapo. Entonces lo recordó.

Se sacó de la bolsa la jeringa llena de sustancia amarillenta, la vio resplandecer, misteriosa, bajo la luz de la única lámpara de aquella cuadra tenebrosa de Tegucigalpa.

Levantó la cabeza para echar una ojeada alrededor. Nada se movía en el barrio. Las sombras se tragaban ambos extremos de la calle silenciosa. Le quitó deprisa el capuchón a la aguja y expulsó el aire de la jeringa. No habría podido asegurar si era contraproducente o no inyectar aire en un cadáver en el proceso de revivirlo, pero prefería obrar a lo seguro. Le costó levantar con la mano izquierda la cabeza de Palmer, pero al final lo logró. Le clavó la larga aguja en un ojo y apretó con furia el émbolo.

No tuvo tiempo de sacar la aguja. El grito del detective lo hizo saltar y golpearse la cabeza en el techo del Renault. Los ojos de Palmer se abrieron tanto que parecían estar a punto de salir disparados de las órbitas. Pacho intentó ponerle la mano sobre la boca para contener sus aullidos, pero tuvo que apartarla de inmediato para evitar sus dentelladas. Le metió deprisa el pañuelo en la boca y salió lo más pronto que pudo antes de que Palmer lo aplastara con la panza contra el techo del Renault.

Diez cuadras arriba, los faros todavía lejanos de un carro con pinta de patrulla barrieron la calle. Pacho cerró la puerta trasera de una patada y se quedó contemplando cómo el Renault rechinaba con cada salto de Palmer. Volvió a la realidad y se insultó en voz baja. Abrió la puerta delantera, sacó sus cosas del carro, echó a correr y dobló en la esquina hasta perderse entre las tinieblas.

Tuvo que frotarse los ojos para convencerse de que la vista no lo engañaba. El Packard estaba estacionado frente a una casa de dos plantas con un amplio jardín descuidado que más parecía una selva. Pineda había dejado abierto el portón grande de la casa. Una luz amarillenta, casi enfermiza, reptaba como un gato por el piso y se desparramaba por la acera desde el garaje.

Se sacó la cuarenta y cinco del cinto, la amartilló, la mantuvo apartada del cuerpo, con el cañón hacia abajo, y se acercó de puntillas al portón cubierto de enredaderas. Asomó poco a poco la cabeza junto a una de las bases. El garaje era amplio y no tenía puerta abatible ni nada parecido. La casa de enfrente parecía deshabitada. La única señal de que alguien vivía en ella era una pelota desinflada y sucia tirada frente al portoncito que daba a la calle.

Tuvo que agarrarse una mano con la otra para detener los temblores. Se persignó y dijo un par de palabras en voz baja. Nunca se sabía. En una de esas no iba a tener tanta suerte. Entonces recordó que estaba muerto. No podía haber algo peor que eso.

Levantó la pistola y entró por el portón abierto.

## 47

—Sh. tranquila, señora. Trabajo con su hijo Lauro.

Sin soltar la cuarenta y cinco, pasó la mano frente a la cara de la mamá de Pineda. Los ojos cubiertos de una capa lechosa. Cataratas o algo peor. El cuarto en la segunda planta estaba limpio y ordenado. Se echaba de ver la mano cuidadosa de una mujer, aunque Pacho no había visto a nadie más en los otros cuartos.

—Mucho gusto —sonrió la mujer.

—Disculpe, señora, ando buscando a don Lauro de parte de casa presidencial. ¿Sabe dónde está?

—¿Laurito? Claro. Tiene su taller allá abajo. Ha de estar allí. Le gusta jugar con cosas en su tiempo libre. Hay veces que jala animalitos que halla en la calle, me los trae acá un ratito y después se los lleva —la voz de la anciana se ensombreció—. Hoy no ha traído nada. Ni música me puso. Sólo vino a darme las buenas noches y se fue para abajo.

—Gracias, señora.

Pacho tragó saliva y se alejó para echar una ojeada por la puerta abierta del cuarto. El pasillo apenas iluminado estaba vacío. Se asomó por la baranda. El primer piso, igual. Ni señas de nadie. Volvió a entrar y se acercó a la cama. Había varios frascos de pastillas en la mesita de noche. Leyó una etiqueta. Somníferos.

—Su hijo me ordenó darle estas pastillitas.

Le puso tres píldoras en la mano. Lo pensó mejor y le quitó una. Llenó un vaso con el agua de un jarro.

—¿Qué son?

—Vitaminas.

La mujer agarró el vaso de agua fría. Lo pensó un poco antes de tragárselas. Pacho le puso la mano en el hombro.

—Ahora se me acuesta y se me queda tranquilita, ¿okey?

—Bueno.

Arregló las almohadas y la guió con suavidad para acostarla sin dejar de echar ojeadas nerviosas para atrás.

Amartilló de nuevo la pistola sin hacer ruido. Ya se iba cuando la anciana le puso la mano en el brazo.

—Va a regresar acá, ¿verdad? Es que paso muy solita.

—Claro, señora —Pacho le dio una palmada en los dedos.

La mano arrugada se fue deslizando hasta caer sobre el colchón.

Pacho bajó al primer piso. Vio el reloj de pared. Las tres de la mañana. No tardó mucho en hallar la puerta que daba al sótano. Señales de ruedecillas recorrían el piso hasta perderse debajo de un armario vacío, mal acomodado en un rincón y cubierto con un tapete de crochet.

Acarició la cerradura de la puerta que daba al sótano. El roce del dedo bastó para hacer que fuera cediendo sin chirriar hasta abrirse completamente hacia adentro. Apuntó al frente con la cuarenta y cinco. Abajo, la luz opaca salpicaba la base de las gradas que arrancaban al pie de la puerta.

Contuvo la respiración. Escuchó algo. Voces apagadas, golpes. Gritos que bajaban y subían de intensidad.

Bajó sin dejar de apuntar al frente, rozando con la mano libre las paredes de roca. Llegó al pie de las gradas y pegó la oreja al metal de la puerta corrediza pintada de rojo chillón. Se quedó quieto, escuchando.

Los gritos, si es que eran gritos, se habían apagado hasta volverse casi inaudibles. No apartó la cabeza de la puerta y siguió oyendo con atención. Crujidos, chirridos, estrépito de cosas rompiéndose. Por debajo del ruido, el sonido incongruente de un bolero que Pacho creyó reconocer. Levantó la cuarenta y cinco mientras con la mano izquierda acariciaba el burdo llamador rojo.

Un golpe atronador en la puerta lo hizo gritar y pegar un salto para atrás. Se apoyó en la pared de roca y siguió escuchando alaridos, puñetazos y patadas contra la puerta corrediza. El estruendo pareció moverse a otro rincón del sótano. Apretó los dientes. Se abalanzó sobre la puerta roja y la abrió de un tirón.

Cuando vio lo que sucedía en la cueva, bajó la pistola y no supo qué hacer.

Pineda, desnudo, cubierto de sangre, daba zancadas erráticas con una criatura pegada al pecho. Era como si estuvieran ensayando los pasos de un baile alucinante. Pacho reconoció de inmediato la canción chillona que la aguja destrozaba en el disco desde un rincón de la cueva. *Perfume de gardenias* de Rafael Hernández.

Cruzadas de venas hinchadas y purpúreas, las piernas pálidas de la cosa tenían atenazado el cuerpo de Pineda y lo apretaban con tanta furia que Pacho pudo escuchar cómo le rompían las costillas.

Pineda giró sobre los talones. Sólo entonces Pacho pudo ver que el monstruo enrollado alrededor de su tórax había sido en un tiempo una mujer joven. Casi al mismo tiempo entendió que los alaridos no provenían de una sola garganta.

Sin dejar de chillar, la criatura rodeó con los largos dedos el cráneo del presidente interino. Por un momento, Pacho creyó que estaba acariciándole la cabeza calva y la cara de rata.

La ilusión duró muy poco. En realidad, la criatura estaba clavándole los pulgares en los ojos. Pineda aulló. Pacho hizo una mueca cuando los dedos acabaron de reventarle los globos oculares. Pineda vomitó. Había empezado a derrumbarse en el piso cuando otro grito hizo saltar a Pacho.

Era West.

—Quítame esto. Apúrate, hombre.

Pacho se agachó deprisa sobre el catre de Herbert mientras vigilaba con el rabillo del ojo a la mujer y a Pineda. Mantuvo levantado el cañón de la pistola y con la otra mano quitó las correas que mantenían a West atado al catre de hierro.

Una vez libre, Herbert se levantó de un salto. Se acercó deprisa al rincón donde estaba el tocadiscos y lo desarmó a patadas. Cuando terminó, se frotó las muñecas y observó cómo Pineda y el monstruo rodaban por el piso y derribaban una de las enormes hieleras. Los cubos de hielo se regaron por el piso. Pacho apuntó con la pistola, pero dudó entre matar a Pineda o a la mujer.

—Espera —dijo West—. Es Adela Salem.

—¿La muchacha perdida?

West asintió con la cabeza y le puso la mano en un brazo para indicarle que no disparara. Se quitó la chaqueta y la dejó caer sobre el cuerpo tendido en el otro catre. Por una fracción de segundo, Pacho vio una cabeza destrozada. Señaló el cuerpo con la barbilla.

—¿Quién era?

—Un buen amigo —contestó West.

Con un chasquido repulsivo, Adela Salem sacó de un tirón los dedos de las órbitas. Pineda había dejado de gritar. Aunque seguía vivo, era como si de golpe se le hubiera acabado la energía. En lugar de aullar, empezó a toser y a convulsionar. Adela lo contempló igual que una niña a su muñeco roto. Se levantó con lentitud y se vio las manos. Parecía llevar guantes rojos. Se alejó de Pineda dando pasos lentos, como con botas de hierro.

Levantó la cabeza y se quedó viendo a West y a Pacho con expresión intrigada. Pacho no dejó de apuntarle a la cabeza.

Pineda se había puesto de pie. A tientas fue buscando la puerta más pequeña hasta que dio con ella. Pacho dejó de dirigir el cañón hacia Adela Salem para apuntarle al presidente interino.

—Mejor cuídate de ella —dijo West.

Pacho señaló con la cabeza a Pineda.

—Pero se va a escapar.

—No creo que dure mucho. Además, él me dijo que esa puerta da a una red de túneles. Sólo el diablo sabe lo que hay allí.

La boca oscura se tragó a Pineda.

Las cejas despobladas de Adela Salem se arquearon sobre los ojos amarillentos. Hizo muecas y gruñó como una pantera acorralada. Dio media vuelta sobre los talones y entró corriendo en el túnel. Pacho corrió a cerrar la puerta. La atrancó con dos hieleras, una sobre otra.

West movió la mano para indicarle que guardara la pistola. Se sentó en el catre.

—Creo que tengo que darme un respiro —dijo.

Pacho negó con la cabeza.

—Yo no puedo darme ese lujo. Tengo que largarme de Honduras ahora mismo. A estas alturas la policía tiene mis datos y el cadáver de Palmer en el Renault.

—Tranquilo. Ya se me va a ocurrir algo.

Echó una mirada alrededor hasta detenerse en el cadáver de Macías.

—Espera. Ya sé lo que haremos.

—No te atrevas.

West suspiró. Se sacó los aparatos de Halsey de la bolsa del pantalón y se los mostró.

—Me robaron el dinero, pero esto no les llamó la atención —hizo una pausa—. Ahora óyeme bien. Te doy diez minutos para largarte de aquí. Luego voy a seguir con mi plan. Puedes hacer lo que se te dé la gana. Si te quedas, mejor. Vas a ver cosas increíbles.

Pacho no dijo nada. Cuando pasaron los diez minutos, ya se había sentado en el catre. West asintió, satisfecho. Le dio el aparato emisor y le pidió que se lo incrustara en la espalda. Luego buscó en la cueva hasta dar con el frasco de agente reanimador y la jeringa. Le dio vuelta a Macías, le adhirió el aparato receptor en la columna vertebral y le inyectó la fórmula en el ojo vaciado.

Retrocedió para observar el cuerpo inmóvil del presidente de Honduras.

—Dame la pistola.

Pacho se la entregó. West la amartilló y esperó un poco más.

Macías movió las piernas, los dedos de las manos, los brazos y la cabeza. Se sentó y vio alrededor con cara de curiosidad. Se contempló las manos, los brazos, la barriga floja por los días sin alimento.

—Parece que funciona —dijo West cuando vio cómo el presidente se acariciaba el bulto entre los muslos.

Macías vio a West y arrugó la frente. Soltó un gruñido cuando la cadena y la banda de metal alrededor de su cuello no lo dejaron moverse con total libertad.

West se acercó con cautela y se agachó para verlo a los ojos.

—Presidente.

Macías volvió a bufar.

—Parece que quedó medio sordo —dijo West.

Movió una mano frente a la cara del presidente.

Macías abrió la boca y habló, pero lo hizo con dificultad, como si no recordara del todo el significado de las palabras.

—¿Quién carajo es usted? —preguntó.

West sonrió con actitud triunfal.

—Vaya —dijo—. Esto empieza a ponerse interesante.

# ÍNDICE

Casasola Editores
Estados Unidos
XXIII.IV.MMXXIV